とめどなく囁《ささや》く（上）

とめどなく囁《ささや》く（上）

桐野夏生

幻冬舎文庫

目次

第一章　庭の勾配

1

五月に入ってから、美しい晴天の日が続いていた。今日も空は晴れ渡って、雲ひとつない。

塩崎早樹《しおざきさき》は、コーヒーを飲みながら、キッチンシンクの前にある大きな窓から、朝陽《あさひ》の当たる庭を眺め下ろしていた。

もともと自生していたマテバシイやクロマツなどの緑濃い樹木や、山桜に周囲を囲まれた南向きの広大な庭は、なだらかに相模湾に向かって延びている。

芝生の間を、白い石を敷き詰めた小道が縫い、黄色いコレオプシス、淡いブルーのアガパンサス、白のアリッサム、紫のラベンダー、ジギタリスなどがあちこち咲き乱れた様は、ヨーロッパの美しい庭園を見ているようだった。

夫の克典《かつのり》は、イングリッシュ・ガーデンが好きで、最初は意匠に合う花や樹木ばかりを植えようとしたらしい。だが、海を見下ろす開放的な立地では、あまり合わないようだと諦めた。

最近は、庭師の勧めで椰子《やし》を何本か植え、地中海風の庭に変えようとしているが、まだ完成はしていない。どころか、むしろ混然としていた。

しかし、早樹はこの未完成な庭が好きだった。外来種の取り澄ました花たちよりも、藤棚からこぼれるように咲いている薄紫の藤の花や、ところどころに植わっている白とピンクの鬱金桜《うこんざくら》、そして素朴なミカンなどの実生《みしょう》の方が好みだった。

それらが、克典の亡くなった妻が植えたと聞いて、いっそう好きになったものだ。

早樹は、庭の向こうに広がる相模湾に目を転じた。五月の陽光を浴びて光る今朝の海は、波もなく、誘うかのようにこんもりと盛り上がって見える。毎日こうして海を眺めて暮らしているのに、水平線がうずたかく見える日があるのが、不思議だった。

それにしても、海のそばで暮らすようになるとは思ってもいなかった。それも相模湾を望む家で。

早樹は思いを断ち切るように、コーヒーを飲み干した。自分のマグカップを手早く下洗いして、キッチンにビルトインされた食洗機に入れる。

その時、男たちの笑い声が風に乗って聞こえてきた。早樹は、キッチンの窓から背伸びして、笑い声のする方を見た。

テラスの赤いパラソルと木製のテーブルの横で、克典が若い庭師たちと談笑していた。庭造りの相談をしているのだろうか。克典の後ろ姿が、楽しそうに緩んでいる。

今日は月曜日だ、と思い出した。

毎週月曜日には、造園業者が早朝から軽トラックで来て、丸一日かけて庭の手入れをするのだ。本当は毎日でも手入れしないと、庭はすぐに荒れ始めるのだそうだ。

塩崎家の庭は二反《たん》ある。「反」という単位を知らない早樹に、克典は「一反は十アールだから、千平方メートル、つまり二千平方メートルあるんだよ」と、教えてくれた。

「反」という単位がピンとこないように、早樹には、まるで公園のような広い庭のある家に住んでいることにも、実感が湧かなかった。

いまだに、ここは自分の家ではなく、仮の宿で暮らしているような気がしてならない。が、そんなことを言ったら、克典は悲しむだろう。

早樹は思いを胸に仕舞い、皿やカトラリーを下洗いしてから、食洗機に並び入れた。

再びテラスの方を覗《のぞ》くと、克典と三人の庭師は、まだ話に興じていた。

庭師の一人は、この庭を担当している長谷川という男で、藤沢では大手の長谷川園という造園業者の三代目だ。

もう一人は、長谷川といつも一緒に行動している、アシスタントの三十代の男。そして今朝は、新顔の見習いらしい若者も一緒だった。新顔の方は、まだ二十歳そこそこにしか見えない。

長谷川とアシスタントの男は、いかにもベテランの庭師らしく、体にフィットした紺色のハイネックのシャツに乗馬ズボン、そして地下足袋《じかたび》という姿だ。

見習いの方は、白いTシャツに作業ズボン。全員が頭に白いタオルを巻いている。対する克典は、ジーンズに紺色のパーカーという若々しい形《なり》をしているが、頭髪は真っ白である。

四人の話がなかなか終わりそうにないので、早樹はコーヒーを新たに淹《い》れた。マグカップにコーヒーを注ぎ、シュガーポットとミルクピッチャーを盆に載せて、テラスに出た。

「おはようございます。皆さん、コーヒーはいかがですか?」

長谷川が恐縮して、頭のタオルをわざわざ取って挨拶した。長い髪をポニーテールのように結っている。

「ああ、奥さん、これはすみません。おはようございます」

見習いの若者が、「奥さん」と聞いて、驚いたように早樹の顔を見た。

「ご苦労様です」

早樹が頭を下げると、長谷川が見習いに指示した。

「おい、盆を持てよ」

若者は、早樹の手からもぎ取るようにして慌てて盆を受け取ったが、照れくさそうに俯《うつむ》いたままだ。

しかし、歳《とし》の離れた克典の妻への好奇心を隠せないらしく、ちらりと早樹の顔を窺《うかが》った。

早樹はその手の視線には慣れていたが、時折、男たちの戸惑う意識の方にどきりとさせられることがある。

「早樹、今ね、何の話をしてたと思う？」

克典が穏やかな顔を早樹に向けた。年齢の割に、綺麗に陽に灼《や》けた滑らかな皮膚をしている。

早樹には、それが資産家の象徴のようにも思えるのだった。太陽に炙《あぶ》られず、肉体労働もしないできた、手入れのよい皮膚。

克典はもともと痩《や》せ形で、今でも無駄な肉はない。頭髪が白くなければ、さぞかし若く見えることだろう。

しかし、早樹と再婚し、社長業を長男に譲って会長となってからは、克典の目から現世への執着のようなものが急速に失《う》せたように思う。目尻を下げて笑う顔には、いずれ好々爺《こうこうや》に変貌していく予兆があった。

「何のお話をしてらしたんですか？」

早樹は、長谷川らの手前、愛想のよい笑顔で克典を見上げた。心のどこかで、他人の前では仲のよい夫婦を演じなければ、と思っている。

克典だとて、早樹に向けられる若い男の好奇心には気付いているはずだが、素知らぬふりができるのは自信があるからだろう。

その自信とは、案外、財力によるものかもしれない、と早樹は密《ひそ》かに思う。

「この庭に蛇がいるんだってさ」

克典が愉快そうに言った。

「蛇が？」

早樹は驚いて訊《き》き返した。

広い庭だから、どこかに蛇くらいいるだろうと思っていたが、まだ遭遇したことはなかった。

「すみません、脅かしちゃって」

長谷川が困ったように頭を掻《か》きながら、白い歯を見せて笑った。

早樹と二つか三つしか違わない長谷川は、年中、真っ黒に陽灼《ひや》けしていて、いかにも湘南の自営業者の三代目然としている。

海岸べりやレストランで何度か見かけたことがあるが、庭師の仕事をしていない時は、Tシャツやアロハに短パン、ビーサンという格好だった。

幼い頃からやっていたというサーフィンはプロ並みで、大会で優勝したことも何度かあるらしい。だが、造園業が大好きだから、サーフィンを職業にはしなかったと、語ったことがある。

長谷川の妻は、藤沢でヨガとフラダンスを教えている。早樹もその教室に誘われたことがあるが、断った。

克典が、庭の中ほどにある藤棚を指差した。

「早樹、あそこの藤棚の下側に、石組みがあるだろう？　その中に蛇が棲《す》んでるんだってさ」

「藤棚なの？　あそこに棲んでるなんて嫌だわ。私、あそこ大好きなのに」

早樹が眉を顰《ひそ》めた途端、三人の男たちがどっと笑った。

「シマヘビですから、毒はありませんよ」

長谷川が言う。

「でも、結構長いですよ」

長身のアシスタントが両手を広げると、二メートル弱はあった。

「毒があってもなくても、蛇は見るのも嫌。大嫌いなんです」

藤棚の下には、御影石《みかげいし》のベンチが設《しつら》えてあり、海側にあるから見晴らしもいいし、風もよく通る。早樹の気に入りの場所だった。

特に藤の花が咲き始めてからは、そこでよく読書や昼寝をしていたから、近くに蛇の巣があると聞いて鳥肌が立った。

これまで見えなかった禍々《まがまが》しいものが、急に姿を現したような気がする。

「蛇は悪さをしないからさ、許してやんなさいよ。一番怖いのは人間なんだから」

克典が宥《なだ》めるように、早樹の肩をぽんぽんと叩《たた》いた。

「でも」

この後、何と続けようかと言葉を切る。

克典の言ったことは正論過ぎて、反論も同調もできなかった。いつもそうなのだ。

「でも、私も蛇は大嫌いですよ。こういう仕事してますけど、あいつらが出てくると、ほんと、怖くて逃げますもん」

長谷川が剽軽《ひょうきん》に続けて、何となく皆で笑った。

すると、見習いの若者がふざけて言った。

「じゃ、長谷川さん、俺、今度、車に投げ入れましょうか」

きつい冗談に、長谷川が苦笑する。

「これですからね、今の若いヤツは。やってらんないですよ。これでも私、一応、親方なんですけどね」

若者は言い過ぎに気付いたのか、肩を竦《すく》めて照れ笑いをしている。

長谷川が連れて来る若い衆は、始終入れ替わる。見習いといっても、皆、真っ黒に陽灼けしているところを見ると、庭の仕事などに興味のない、サーフィン好きの若者がバイトに来ているだけなのだろう。

「じゃ、退治しますか？」

長谷川が、早樹に尋ねた。

「退治？　殺すのはちょっと可哀相な気がしますけど」

「だけど、蛇がいつもいるのは嫌だろう」

克典が誰にともなしに言う。

「でも、何の罪もないのに、殺すと聞くと何だか躊躇《ためら》ってしまう」

「ですよね？」

長谷川が馴《な》れ馴《な》れしく、早樹の顔を覗き込んで同意を求めた。アシスタントの男は真面目な顔で、会話を聞いている。

「早樹が嫌なら、やはり駆逐してもらった方がいいな」と克典が言って、長谷川の顔を見た。

「長谷川さん、誰か蛇取り名人とか、そういう人いないのかい？」

駆逐という言葉に少し違和感を覚えて、早樹は黙った。

「いませんよ、そんなの」

長谷川が苦笑する。

「じゃ、俺やりますよ」と、若者が言った。

さっき、車に投げ入れる、と冗談を言っていたほどだから、蛇の一匹や二匹、殺すことくらい何でもないのだろう。

「では、こちらで何とかしますので、奥さん、ご心配なく」

長谷川が右手を挙げて、早樹の気持ちを宥めるような仕種《しぐさ》をした。

早樹は釈然としないままに頷《うなず》いた。

「いいんですけど、何だかそれも可哀相な気がします。どこかにさっさと出て行ってくれないかしら」

「引っ越しさせましょうか」

長谷川が笑う。

「いや、待ってたって仕方がない。やっぱり、うちの庭に蛇がいるのは困るよ。何とかしてもらおうよ」

克典が焦《じ》れたのか、長谷川に「よろしく頼むよ」と軽い口調で言う。

「わかりました。何とかしますので、ご心配なく。奥さん、どうもご馳走様でした」

長谷川たちがコーヒーの礼を言って、仕事を始めるべく庭に散って行った。

彼らを見送った克典が、マグを片付けている早樹に向かって言った。

「蛇の一匹や二匹、気にしなさんな」

その程度の殺生は気にするな、ということだろうか。早樹は返事をせずに、首を傾《かし》げただけだった。

存在など知らなければ、蛇も死なずに済んだだろうに。これから、あの若い見習いが蛇を捜し当てて、残酷に殺しているのではないかと思うと、気分が悪かった。

「何だか可哀相ね」

早樹の呟《つぶや》きが聞こえたのか、リビングルームに入ろうとガラスドアを開けかけた克典が、振り返った。

「早樹、今日は風もないし、お昼はマリーナで食事しようか。シャンペンでも飲んで、蛇を忘れようよ」

また気紛《きまぐ》れなことを、と早樹は思ったが、口には出さなかった。

「いいですけど」

「じゃ、そうしよう」

「ええ」

早樹の返事は、いまひとつ弾まなかったが、克典は気付かない。

今日の午後は、鎌倉のネイルサロンの予約を取っているので、昼からアルコールを口にしたくなかった。

それに昨日、克典が、「そろそろ冷たい素麺《そうめん》が食べたくなったね」と言ったので、昼食は素麺にしようと、昨夜、錦糸卵を作って冷蔵庫に入れてあった。

素麺のことなど、とうに忘れているのなら、作りたてを冷凍にすればよかったと思う。

克典は、昼食、夕食を問わず、早樹を連れて外食するのが好きだ。旨い店と聞けば、都内にまで出向く。だから、必ず家で食事を摂《と》るのは、朝食くらいだ。

前の妻とは、滅多なことで外食したことがないと聞いたから、それも克典の再婚後の変化なのだろう。

もっとも、克典は、夜はあまり飲めなくなった。若い頃はウィスキーを一本空けたと聞いたが、最近は深酒もしないし、食事の量自体も減った。体力が落ちたのかもしれない。

代わりに、昼食時にビールやワインを飲むようになった。飲んだ後は軽く昼寝して、午後から庭の手入れをしたり、散歩に出掛けたり、漁港に魚を見に行ったりして、気ままに過ごす。克典の日常は、まさに悠々自適だ。

「しかし、蛇の話は衝撃だったね」

克典が庭を振り返って言った。

「何も知らないであそこで本を読んでいて、突然蛇が出てきたら、仰天したでしょうね」

「仰天で済めばいいけどさ」

「私、腰抜かすかも」

克典がくっと笑う。

しかし、笑いごとではない。もう二度とくつろいだ気持ちで藤棚の下には行けないと思うと、残念だった。

早樹の気持ちを察したのか、克典が謝った。

「余計なことを言ったかな。知らないのが一番だからね」

「そんなことないのよ。知らないよりは知ってる方がいいから、気にしないで」

「そうだけど、ずいぶんショックを受けているみたいだからさ」

克典の最大の関心事は、何よりも、妻である早樹の平穏な毎日を保証することにある。

「じゃ、僕、書斎で仕事しているからさ。十二時ちょっと前には出よう」

盆を運ぼうとする早樹に、克典は手を振った。

「はい、わかりました」

早樹は後片付けをした後、レストランの予約をして、タクシーの手配をしなければならない。個人秘書のようなものだ。

午前中、克典は書斎で、自社の株価を見たり、息子から報告の電話を受けたり、指示のメールを書いたりして過ごすのを日課にしていた。

会社に行くのは、金曜日に開かれる取締役会の時だけだ。それも行ったり行かなかったりで、普段は湘南に籠《こ》もっている。

2

母衣山《ほろやま》庭園住宅というのが、早樹の住まう地域の名だ。

逗子《ずし》のK漁港に近い山に、一区画三百坪、という大きな区画を最小単位として売り出された超高級分譲地である。

美観を損ねる電線は地下に埋められ、手入れの行き届いた広い庭園を抱えた大邸宅が点在する山は、まるで海外の高級別荘地のようだと評判の場所だ。中でも、塩崎家は山の頂上にあり、敷地も一番広い。

家から、K漁港に隣接したマリーナまでは、母衣山を下るだけなので、タクシーで十分もかからない。徒歩でも行けるが、克典は歩きたがらなかった。

マリーナのレストラン前でタクシーを降り、椰子の木が等間隔に植えられたエントランスを、早樹は克典の少し後ろを歩いた。

克典は、人前で早樹に世話を焼かれるのが好きだ。いや、それは早樹も好んでそうしているところがある。

どこかに、歳の離れた資産家の男と結婚した理由は、決して金目当てではなく、その男を愛し、尽くすためだ、と周囲に知らしめたい思いがあった。

もちろん、克典を愛し、尽くしたいと思うのは、早樹の本心だ。ただ、世間がそう見ないことに対して、鎧《よろ》う気持ちがある。また、克典も本当に自分を慈しんでくれているのだから、応えなければ、とも思うのだった。

あまり顧みなかった妻を突然病気で喪《うしな》い、歳の離れた女を伴侶《はんりよ》として迎えた男の愛情が、これほどまでに悔恨に満ちた優しいものだということを、早樹は初めて知った。

結婚してからというもの、克典は仕事と庭以外のすべての時間を、早樹とともに過ごすことをおのれに義務づけているかのようだ。

例えば、克典はマリーナにクルーザーを繫留している。だが、早樹が海を好まないので、ぴたりと乗るのをやめた。

クルーザーは、たまに、克典の長男である智典《とものり》が、子供たちを連れて乗りに来たりするくらいで、宝の持ち腐れ同然となっている。

しかし、克典は超然としていた。ゴルフや海外旅行も同様で、早樹が興味を示さないことは一切しなかった。克典は、早樹の好むことを一緒にできればそれで幸せだ、と言って憚《はばか》らない。

しかし、早樹には、他人と分かつ趣味や楽しみは、ほとんどないに等しい。楽しみと言えば、一人で本を読み、映画を見ることくらいしかないのだから。

流行の先端ではないが、快適な服を着て、決して贅沢《ぜいたく》はしないものの、そこそこ旨い物を食べ、心穏やかに日々を過ごすことにしか、興味がなかった。

そんな自分が、どうして克典の興味を引いたのかは、まったくわからなかった。

克典は七十二歳。四十一歳になった早樹とは三十一歳違いだ。

克典にしてみれば、二人で過ごせる時間が限られているからこそ、無駄な時間は極力避けて、早樹に合わせて生きようと、決心しているのだろう。

だから早樹は、これまで克典に怒りを覚えたこともなければ、怒られたことも一度もなかった。親の愛情より、もっと大きな愛に包まれている、と感じている。

克典の子供たちは、四十六歳の智典を筆頭に、その下に娘が二人いる。長女の亜矢《あや》と、次女の真矢《まや》である。

長男の智典は、克典のゲームソフト会社を継いで社長となった。南麻布《みなみあざぶ》に住まいを持ち、軽井沢やハワイの別荘を、克典から譲り受けた。

妻は優子《ゆうこ》といい、早樹と同い年である。優子はテレビ局に勤めていて、早朝の情報番組に出演していた。それで智典に見初められたのだった。

長女の亜矢は四十四歳。歯医者と結婚して神戸に住み、小学生の子供が一人いる。次女の真矢も早樹と同じく四十一歳で、こちらは独身。都内の税理士事務所に勤めている。

つまり、塩崎克典の周りには、同年の女が三人もいるのだった。早樹、長男の嫁の優子、そして末娘の真矢だ。

優子に言わせると、舅《しゅうと》である克典は、早樹に出会ってから変貌したという。

『本当なんですよ。以前のお義父様は、本当の仕事人間。寝ても覚めても仕事、仕事っていう人だったんです。だから、どちらかと言うと自分中心で、奥さんの誕生日も忘れていたって、智典さんが言ってました。ほとんど家にいたことがなくて、ずっと会社にいて仕事ばかりしていたって』

優子は、早樹に興味を抱いたらしく、都内から自分で運転して母衣山に遊びに来ては、よく喋って帰った。

『お義父様は、内孫なのに、うちの二人の子供にも、全然興味がなかったのよ。生まれましたよと言っても、ああ、そうか、おめでとうって感じ。お義母様が亡くなって初めて、大事なものの存在がわかったんじゃないかと思うのよね。そのくらい鈍かった』

もちろん、優子が来るのは、克典が取締役会で留守をしている金曜が主だ。

『あたし、早樹さんを、お義母様とは呼べないですよね。何て呼べばいいんですかね』

苦笑した後に、あれこれと塩崎家に関する打ち明け話をしてくれた。

早樹は、その率直さが好ましく、優子は、克典の前妻や二人の小姑《こじゅうと》のことを、よほど煙たく思っていたのだろうと、同情すらしたものだ。

しかし、早樹の母親は、『あなたの結婚は、財産目当てだと言われかねないから、様子を探りにきたんじゃないのかしら』と言った。なるほど、それが世間の見方なのかと、早樹は愕然《がくぜん》とした。

が、最近の優子は、早樹を克典の老後を見てくれる重要な人物、と認定したらしく、いっそう遠慮がない。

マリーナ内のレストランでは、海の見える上席に案内された。

克典は座った途端、任務を割り当てるように早樹の顔を見た。

心得ている早樹は、シャンペンと、克典の好むニース風サラダを素早く決めて注文した。

「今日のパスタはウニの冷製ですって」

老眼鏡を掛けるのを面倒がって、克典は早樹に訊《たず》ねた。

「他は何？」

「あとはボンゴレと羊のラグーソースと、生シラスだそうです」

克典は周りを見回して言った。

「生シラスは生臭い。ウニのパスタを食べたいけど、どうだろう」

「ウニは、プリン体高めですよ」

尿酸値の高い克典には、あまり勧められない。

「でも、たまには食べたいな」

「じゃ、私とシェアしましょう」

てきぱきと決める早樹に、克典は満足そうに頷いた。

克典の視線が、早樹の左手に注がれている。

ダイヤの婚約指輪は立派過ぎるにしても、他に贈られた高価な指輪やブレスレットを滅多に着けず、シンプルな結婚指輪しかしていないことを、克典は気にしていた。

克典の視線を気にして、早樹は薬指を隠すように右手を重ねた。

シャンペンが運ばれてきたので、克典とグラスを合わせた。

「庭の蛇に乾杯」

克典がふざけて言うので、また思い出した。

今頃、長谷川たちは、蛇の死骸をどうしているだろうと想像すると、途端に気持ちが悪くなる。

「やめて」

「ごめん。本当に嫌なんだね」と、克典が苦笑した。「ところで、今日は午後からどういう予定になっているの？」

初めて訊かれたので、早樹はスマホに入ったスケジュールを見ながら答えた。

「二時から、鎌倉のネイルサロンに行くつもりですけど」

一時過ぎには、家に戻ってすぐに着替えて出なければならないし、シャンペンに口を付けてしまったから、タクシーを呼ばねばならない。などと、あれこれ算段していると、克典がのんびり言った。

「実はさ、長谷川君が、庭にアートを置かないか、と言うんだよ。あまり興味なかったんだけど、あれほどの庭なら、何か象徴するものを置いた方がいいと言うんだ。その写真を午後に持ってくるから見てくれってさ。早樹も一緒に見てほしいんだけど」

「アートですか？」

驚いて、訊き返した。

「うん。石で彫刻を作る作家を知っているんだそうだ。芸大を出た人でね、素晴らしい作品を作る男だから、その人の作った作品をうちの庭にひとつ置いてみたいんだって。そうすると、庭が締まるって。今のままだと、何風というのではなくて、何か和洋折衷というか、いろんな要素が入り過ぎているから、ひとつコンセプトがあった方がいいって言うんだ」

早樹は、イングリッシュ・ガーデン風でもあり、プロバンス風、地中海風でもありながら、日本の樹木もある今の庭が好きだった。

だから、そのままでいいと思ったものの、造園は今の克典の趣味でもある。

早樹は、余計な口出しはすまいと、口を噤《つぐ》んだ。

「ねえ、どう、思う？」

「克典さんがいいなら、それでいいと思うけど」

そう言うと、克典はほんの一瞬、苛立った表情をした。

「でも、早樹の庭でもあるんだよ」

「そうだけど」

「そんなこと、考えたことないのかな」

「そうねえ」と、首を傾げる。「どうだろう」

「何だか煮え切らないね」

いや、教師の娘だった自分は、金を存分に遣って思うように環境を変えられる暮らしに慣れていないだけなのだ。

あるいは、金をふんだんに遣える暮らしが、実はそんなに好きではないのかもしれない。

しかし、そんなことは口が裂けても、克典には言えなかった。

「ごめんなさい。こういうことに慣れていないだけなんじゃないかしら。お庭のことなんか知識がないし、アートなんて、どんなものかわからないし」

小さな声で言うと、克典はすべてわかっているかのように頷いた。

「なるほど、そうだね。あなたは控えめな人だものね。だから、僕は好きだし支えなきゃいけないと思っているんだよ」

昼間からシャンペンを二杯も飲んだ克典の顔は、赤く染まっている。私は果たして「控えめな人」だっただろうか。

自分がいったいどんな人間だったのか、早樹にははっきり答えられる自信がなかった。

3

塩崎克典とは、取材で知り合った。

五年前のことで、まだ克典が「ユニソアド」の社長だった頃だ。

当時の早樹は、友人が編集をしている新聞社系のウェブサイトで、社長訪問記のような記事を書いていた。

社長相手のインタビュー仕事は面倒だ。忙しい社長のアポイントを取るのもひと苦労だし、記事を書いた後のチェックもうるさい。

口を開けば、社の宣伝しか語らない社長もいれば、尊大な口を利く嫌な社長もいた。中には、セクハラをする輩《やから》も一人だけいた。

そんなこんなで苦労する割に、報酬は微々たるものだったが、早樹はもらえる仕事は何でも受けるようにしていた。そうしないと、先行きが不安で遣《や》り切れなかったのだ。

ユニソアド社は、塩崎克典の祖父が興した玩具会社「シオザキ」が始まりだ。

二十年前、克典が主体となって開発したゲームソフトが大ヒットしてから、ゲームソフト会社に業務基盤を変えた。最近はモバイルが主体となってマーケットが拡大し、株式も上場した。

何のコネも持たない一介のウェブライターに、塩崎克典がインタビューを許すとは思わなかったが、思い切って広報に申し込むと、あっけないほど簡単に承諾が得られたのは、驚きだった。

ただしインタビュー場所は、赤坂の本社ではなく、母衣山の自邸にしてほしいという。大会社の社長がプライバシーをさらけ出すのかと意外に思ったが、どうせ玄関先で取り澄ました対応をされるだけだろうと、腹を括《くく》った。

早樹は、母衣山という地名がどこなのかもわからずに、ネットで調べて逗子駅に降り立った。

秋口の肌寒い日だった。タクシー乗り場で、母衣山の住所を言うと、驚いた顔をされた。

「塩崎さんのお宅ですよね？」

「そうです。ご存じですか？」

運転手は、もちろんという風に頷いた。

有名な会社の社長だからだろうと思っていたが、母衣山に着いてびっくりした。塩崎邸は山の頂上にある大邸宅だった。

それはあたかも、塩崎邸の存在が、母衣山という日本でも稀有《けう》な高級住宅地を体現しているかのようでもあった。

白い壁に赤い屋根を載せたスペイン風の屋敷のエントランスは、気後れするほど流麗で、塀ではなく、植え込みに囲まれているのも異国風だった。

植え込みには、あまり住宅と合わない金木犀《きんもくせい》の大木が植わっている。ちょうど見事なオレンジ色の花を咲かせていて、その芳香は酔うほどに強かった。だが、芳香に包まれた家はなぜか、沈んで見える。

インターホンを押すと、驚いた男の声がした。

「あれ、お一人ですか」

緊張して待つ早樹の姿を家の中から見ているのだろう。

「そうです」

待っていると、ほどなく分厚い玄関ドアが開けられた。

写真で見慣れた男が、目の前に立っていたが、スーツ姿ではなく、白いシャツに黒いズボン姿だった。

目が落ち窪み、疲れた様子に見えた。

「ライターの加野《かの》と申します。今日はご自宅にまでお邪魔して、申し訳ありません。私どもでは」

口上を述べる早樹を遮るように、塩崎が口を挟んだ。

「あれ？　確か撮影もあるインタビューだと聞いたけどね。カメラマンの方は？」

ずいぶんせっかちな人だ、これから出掛ける予定でもあるのかと訝《いぶか》りながら、早樹は答えた。

「いえ、参りません。私がこれで撮らせて頂きます」

手にしたスマホを見せると、塩崎は苦笑した。

「そんなの、初めてですよ。きっと大人数で来るんだろうと思ってね。今、茶碗を四つくらい用意したところだった」

おや、塩崎克典の家には、家事をする人間はいないのだろうか。最初の疑問はそれだった。

玄関には、靴脱ぎがなかった。どうしようか迷っていると、塩崎が「靴のままで、お入りください」と言う。海外の家と同じように暮らしているのかと驚いた。

汚い靴は、室内では妙にみすぼらしく見える。早樹は古びたフラットシューズを恥ずかしく思いながら、家に入った。

リビングは広く、奥に長い。見事な寄せ木細工の床のあちこちに、段通《だんつう》やペルシャ絨毯《じゅうたん》が敷いてあった。

右手の壁面は天井まである棚で、本や陶器などが飾られている。左手は開放的なテラスになっていて、なだらかに下る庭園が見えた。

そして、その先には秋の海。

「海が見えますね」

思わず口にすると、塩崎は肩を竦めるようにして、言った。

「海はお好きですか？」

早樹は答えずに、相模湾を眺めていた。

はっと気付くと、塩崎が困ったように早樹を見ていた。

「どうぞ、お座りください」

「あ、すみません」

よほどぼんやりしていたのだろう。早樹は慌てて、勧められたソファに腰を下ろした。

革製のソファに、犬の毛らしき白い毛が幾本も落ちていた。指で摘《つま》んで脇に置く。

「すみません、掃除が行き届いていないんですよ。家内が亡くなってから、掃除の人が辞めたりなんだりで」

目敏《めざと》くそれを見た塩崎が謝った。

そう言えば、リビングの奥の飾り棚には、遺影らしき写真が飾ってある。申し訳ない気持ちでいっぱいになった。

「奥様がお亡くなりになったんですか。そんな時にお邪魔して、まことに申し訳ありません」

「いいんです。もう一年近く前のことですから」

塩崎が気にしていない様子で手を振った。

新聞にもネット記事にも載っていないから、まったく知らなかった。能天気にインタビューを申し込んだ自分を、塩崎が厚意で受けてくれたのだろう。

「ご病気でいらしたんですか？」

踏み込み過ぎかと思ったが、思い切って訊ねた。塩崎が戸惑ったように言う。

「あのう、もうインタビューが始まっているんですか？」

「いいえ、このことは書きません」

「そうしてください。プライバシーなんでね。加野さんと仰《おつしや》いましたかね。少し待ってください。お茶を淹れてきますから、その後で」

塩崎は生真面目な顔で返した。

カリカリという音がしたので振り向くと、テラスに通じるガラスドアの外から、白いプードルが小さな爪でガラスを引っ掻いていた。

来客なので、外に出されたのだろうか。犬と目が合う。年寄りらしく、痩せていて目の周囲が涙灼けしていた。

犬は中に入りたいらしく、必死にガラスを引っ掻いた。早樹はどうしようか迷ったが、塩崎の許可なく入れるわけにもいかず、そのまま犬と目を合わせていた。

「すみません、お待たせしました」

塩崎が戻ってきて、テーブルにコーヒーの入った碗皿を置いた。コーヒーシュガーの入ったポットと、ミルクもある。

「ありがとうございます」早樹は礼を言ってから、犬を指差した。「あの子を中に入れてもいいですか」

「ああ、いいですよ。どうぞ」

早樹がガラスドアを開けると、犬は飛び込んできて、塩崎に向かって抗議するように吠《ほ》えた。

「うるさいでしょう。すみません」

「いえ、私は平気です。塩崎さんは、あまり犬がお好きではないのですか？」

早樹が訊ねると、塩崎が驚いた表情をした。

「僕が犬嫌いに見えますか？」

早樹は言い過ぎに気が付いて、非礼を詫《わ》びた。

「すみません。お宅で飼っていらっしゃるのに、失礼なことを言ってしまいました」

「いやいや、全然失礼じゃありませんよ。僕は別に嫌いじゃないけど、この犬の方が、僕のことを嫌っているみたいなんです」

塩崎の言葉を理解したかのように、犬は急にそっぽを向いて、よたよたとよろめきながら、奥に行ってしまった。

「あれはね、家内の飼っていた犬なんです。もともと、あまり懐いてくれなかったんだけど、家内が死んでから急に、僕に向かって吠えるようになったんです。それに、夜と昼が逆転しちゃいましてね。夜になると、吠えながら家中をうろつき回るようになって、うるさくて閉口しています。最初は家内のことを捜し回っているのかと思いましたが、どうやら認知症になったらしいのです。犬もショックを受けると、精神に異常を来《きた》すことがある、と獣医から聞いて、納得しました」

塩崎が犬の去った方向を振り返って言った。

その視線の先には、妻の遺影が飾ってある。色白のふっくらした女性が、にこやかに笑っている写真だ。

「犬も認知症になるのですね。知りませんでした。奥様が亡くなられたのが、よほどショックだったんですね」

早樹は、犬が消えたリビングルームの奥の方に目を遣《や》った。右に曲がったその先は、薄暗がりになっている。

どうやら、犬はカーテンを閉め切った暗い部屋の中に消えたようだ。

「そう、犬にも危難がわかるんですよ。主人が突然死んでしまって、この男じゃまったく頼りにならん、とがっくりしたんでしょう」

塩崎が、コーヒーを啜《すす》りながら笑った。

「あのワンちゃんは、奥様を頼っていたんでしょうね」

「ええ。僕はいつも留守ばかりしていましたからね。こいつは駄目だ、失格だ、と烙印《らくいん》を押された」

犬にも寄る辺《べ》のないことがわかるのだろうか。早樹は、たった一人の頼れる飼い主を喪った犬を哀れに思った。

少し沈黙があった後、早樹はいつものようにＩＣレコーダーを見せて、許可をもらうことにした。

「これから録音させて頂いてもよろしいですか？」

「ええ、どうぞ」

塩崎がICレコーダーを見遣って頷く。

早樹は、ウェブページをプリントアウトしてきた物を、クリアホルダーから取り出して、塩崎に示した。

「三十分くらいお話を伺って、このサイトに掲載させて頂きたいと思います」

塩崎は、全国展開をしているディスカウント酒店チェーンの社長の写真を、興味なさそうに、ちらっと見た。

「こういう記事は、まず座右の銘とかを言うんですかね？」

早樹は微笑《ほほえ》みながら、首を振った。

「それでも構いませんが、いつも、どうしてこのページに出てくださることにしたのかを、最初に伺うことにしています」

「この社長さんは、何て言ったんですか？」

塩崎は、酒店チェーンの社長の写真を指差した。まだ三十代初めの社長は、自信たっぷりに見える笑いを浮かべている。

「会社の宣伝になるからだ、とはっきり仰いました」

早樹はノートを開きながら、塩崎の顔を見上げた。

「なるほど。そういうことを言わなくてはならないのですね。僕は、宣伝になるという発想はなかったな」

塩崎は独りごとのように呟き、庭の方を眺めた。

釣られて早樹も目を遣ると、相模湾が視界に入った。秋の海が、夏よりもキラキラ光って見えるのは、どういう光の仕業なのだろう。

早樹は、一瞬、関係のないことを思ってぼんやりしていた。

「加野さん、あなたは霊魂を信じますか？」

唐突に言われて戸惑ったものの、早樹は首を振った。

「信じません」

早樹の返しが早かったせいか、塩崎は少し笑った。

「即答でしたね。僕も信じていません。人間は死んだら終わりだ、と思っています。ただねえ、違うことを思う人もいる」と、言ってから、言葉を切った。「下の娘がちょっと変わった子でしてね。子供の時から、変なことを言うヤツだったんですよ」

塩崎の娘は、どんなことを言うのだろうか。言葉を待ちながら、早樹は身構える自分を意識していた。

「下の娘は、あなたと同じくらいの歳なんです。今、三十六くらいかな。そいつが、子供の時から、自分は霊が見えるって、よく周囲の人間に言っていたらしいのです。その話を家内から聞いた時、僕はあの子は頭が大丈夫だろうかと、本気で心配しましたよ。とんでもない目立ちたがり屋なんじゃないかってね。よくいるでしょう、ありもしないことを言って、注目を集めたい人が」

塩崎は同意を求めるように早樹の目を見た。

しかし、塩崎の娘の話だ。早樹は慎重に言葉を選び、小さな声で言う。

「そうですか」

「彼女は割と早くから、親元を離れて暮らしていますから、そんな癖もすっかり治ったと思っていたんです。そしたら、家内が亡くなった時に、ここに来てやっぱり言うんですよ。この家には、ママがまだいるってね。ほら、そこに来てるよって、寝室の暗がりを指差したりするんです」

塩崎の娘の悲しみはわかるけれども、オカルトは苦手だ。早樹は、霊能者と呼ばれる人々に、何度も嫌な目に遭《つぶ》わされていた。

早樹が思わず目を瞑ると、塩崎が謝った。

「怖がらせたなら、すみません」

「いいえ、私は平気です」

早樹は落ち着いて塩崎の顔を見返した。恐怖などなかった。それよりも、塩崎と、自分と同じ年頃だという娘の間に、何か確執があるのだろうかと考えていた。

塩崎が続ける。

「ママがこの家にまだいてくれるなら、僕は嬉《うれ》しいよ、ともかく謝らなきゃならないからね、と娘にははっきり言ったんですけどね。娘は、ここは怖いからとか言って、うちには寄りつかなくなりました。その時は、本気でまだ霊魂なんか信じていたのかと、驚きましたね」

「お嬢さんは、ずっと霊の存在を信じていらっしゃったのですね」

「ええ、そうです」と、塩崎。

「塩崎さんは、信じていらっしゃらないのですか？」

「もちろんです。僕は非科学的なことは大嫌いです。霊魂が見えるなんて、一種の信仰ですよ」

塩崎はきっぱり言った。

「ただですね、娘の話を聞いてから、ちょっと考えが変わったのは事実です。本当に家内の霊魂がその辺に漂っていると言うのなら、僕の決意を聞かせてやろうと。もう仕事は辞めるからねって。公に言ったから信じなさいよって。もうずっと家にいることにしたから、あなたも安心してお眠りなさいよ、とね。霊なんか信じていないのに、娘に影響されるのは矛盾していますが、何だかそう思えてきたのですよ」

「塩崎さんは、ユニソアドの社長をお辞めになるんですか？」

早樹は驚いて塩崎の真意を探ろうと、その顔を見た。塩崎はまだ六十六、七歳のはずだ。

「はい、じきに息子に譲ろうと思っています」

「それは、お嬢さんが霊が見えると仰ったからですか？　それが契機だからですか？」

「だから、それもある、と言ったでしょう」

その時の塩崎は少し苛立ったように見えた。

「塩崎さんは、その後、どうなさるんですか？」

早樹はめげずに質問を続ける。

「多分、会長職になるでしょうが、名目だけにしますよ。ほとんど引退して、庭いじりでもしようと思っています」

塩崎は再び、目を庭に転じた。トンビが二羽、秋空を舞っていた。

「まだお若いのにどうしてですか？　さっき仰ったように、奥様の霊を慰めるためですか？」

しつこいと思ったが、どうしても聞きたかった。塩崎はもう苛立っていなかった。静かに答える。

「いやいや、何度も言いますが、それは信じていないのです。ただ、考えるきっかけになっったということです。仕事するのに急に飽いたんでしょうね。これで一生が終わっていいのかって思ってね。そしたら、何だか嫌になった。みんな歳を取ると、やり残したことに気が付くらしいんで、僕も何か探そうかと思ってね。そんなことを言うと、あいつもとうとうヤキが回ったなと言われるでしょうね。でも、いいんですよ、ヤキが回っても。僕は僕の道を行く、ということですから」

塩崎はさばさば言って、もうないのか、とコーヒーカップを覗き込むような仕種をした。

早樹は思い切って訊ねた。

「塩崎さんは、信じていないと仰いますが、その決意を奥様の霊に聞かせたいと思っておられるように感じます」

塩崎が微笑んで、早樹の顔を見た。

「あなたは面白いことを仰いますね」

「そうでしょうか」と、早樹は首を傾げた。「面白いですか。私は何だか悲しいなあと思いながら、伺っていましたが」

「悲しいか。なるほど、あなたには吸収力がありますね」

吸収力とは、他人の悲しみを吸い取る力か。それとも同調する力か。早樹が、塩崎の話に興味を抱いたことは確かだった。

多分、塩崎の心に、誰かが絶えず囁《ささや》いているのだ。あなたはそれでよかったのか、と。早樹にはその囁きが聞こえるような気がするのだ。

「いいえ、私にはわかりません」

しかし、早樹は曖昧《あいまい》に答えた。

急に、取材対象者と話に興じている自分を恥ずかしく思った。

「すみません、出過ぎたことばかり言って。お許しください」

「いいんです」塩崎は手をひらひら振った。「僕も誰かとこんな話をしていると、気が楽になりますから」

「それならいいのですが」

早樹はICレコーダーの様子を確かめるふりをしながら、腕時計をちらっと見た。この家に来てから、三十分が過ぎていた。

「僕の家内はですね。去年の暮れに、この家で亡くなったのです」

不意に、塩崎が打ち明けた。

「このお宅でですか？」

さすがに驚いて訊き返す。

「そうなんです」塩崎は思い出すように中空に目を遣った。「クリスマスまで、あと三日という日でした。僕は大阪に出張していました。そこに、お手伝いさんから連絡がありましてね。家内が家で冷たくなっているということでした。それで慌てて帰ってきたのです」

早樹は急いでＩＣレコーダーを止めた。早樹の心遣いを認めた塩崎は、礼をするように頭を下げた。

「お手伝いさんは、毎週月、木、土に出勤してきて、家の掃除や家事の手伝いをしてくれることになっていましてね。僕が出張に出たのは、火曜でした。その時は家内も元気でした。『じゃあ』と言ったのが最後です。次にお手伝いさんは木曜に来たのですが、冷たくなっている家内を、風呂場の脱衣場で発見するんです」

塩崎はいったん言葉を切った。

「家内が倒れたのは、おそらく火曜の夜の出来事らしいです。風呂から出て、脱衣場で服を着ようとして倒れた。脳溢血《のういっけつ》でした。誰もいないのに、動けない、連絡もできない状態だったようです。犬がそばに蹲《うずくま》っていたそうですが、犬は電話できませんからね。僕が当夜いなかったばかりに、家内には、可哀相な最期を遂げさせてしまいました」

極寒の季節に裸で倒れて、動けないまま死んでゆく。その状況を想像することすら、辛い作業だった。

「それは、とてもお気の毒です」

早樹は小声で言った。

「本当に意外な別れでしたね」と、塩崎。「人は別れ方を選べない」

「でも、お嬢さんはどうして、怖いと仰るんでしょうか？」

思い切って訊いてみる。塩崎が首を傾げた。

「さあ、真意はわかりませんが、僕に怒っているのでしょう。本当に遊んでいたわけでもないのですから、運が悪かったと思うしかないのですが、一番仲のよかった娘には、動けなくて死んでいった家内の口惜《くちお》しさや無念が伝わって、僕への怒りに転化しているのでしょう」

何と言っていいのかわからず、沈黙していると、塩崎は夢から醒《さ》めた人のようにはっとして、照れ笑いをした。

「すみません。加野さんに、こんな話をするつもりはなかったんですよ。お一人でいらしたので、何だか調子に乗って話してしまいました。完全に僕の甘えですね、申し訳ありません」

「いいえ、とんでもありません」

早樹はかぶりを振った。記事の掲載を、塩崎は認めるだろうか。それが心配だった。

「塩崎さん、今日のお話はどういたしましょうか。サイトに載せるのはおやめになりますか。それとも、私の方でいったんまとめたものを読んで頂いてから、掲載をどうするか決める、という形ではいかがでしょうか」

「そうして頂けますか」

塩崎が安堵《あんど》したように息を吐いた。

「では、お写真だけ、撮らせてください」

早樹は、スマホで塩崎の正面からの写真を数枚撮り、塩崎に見せた。

「写真がお上手ですね」

塩崎は世辞を言った。

しかし、思いもかけず、塩崎の打ち明け話を聞かされた早樹の心は重かった。

数日後、早樹の名刺にあるメールアドレスに、塩崎からメールが届いた。先日のインタビューはやはり掲載しないでほしい、とあった。

無理からぬことだった。犬が騒いだことをきっかけに、思わず心情を吐露してしまったのだ。誰にも言えないことを喋ってしまった後悔は、よくわかる。

了解した旨の返信を書くと、丁重な詫び状とともに、「迷惑料」ということで、現金五万円が送られてきた。

早樹は困惑したが、送り返すのもおとなげないと思い、現金の入った封筒はそのままデスクの引き出しに仕舞った。

インタビューから半年経《た》った春先のことだ。

早樹は、銀座中央通り六丁目の交差点で、信号が変わるのを待っていた。

目の前に黒塗りの社用車が停まって、後部座席のウィンドウが開いた。

そこから顔を出したのが塩崎だとわかるまで、少し時間がかかった。なぜなら、インタビューで会った時はまだ半白だった髪が、総白髪《そうしらが》に変わっていたからだ。

それが塩崎が受けた孤独の罰のような気がして、早樹ははっとした。

「加野さんですよね？　塩崎です」

塩崎がドアを開けて、わざわざ出てきた。

仕立てのよいスーツに地味なネクタイは、いかにも優良企業の社長風だ。

「ご無沙汰しています。その節はありがとうございました」

早樹がお辞儀をすると、塩崎が謝った。

「こちらこそ、申し訳ありませんでした。わざわざご足労頂いたのに、お役に立てなくて」

早樹は現金の礼を言おうとしたが、信号が変わったのを見て、塩崎の方から頭を下げた。

「お急ぎでしょうから、またご連絡させて頂きます。お時間のある時に、お食事でもお付き合い頂ければと思います。よろしいですか？」

早樹は、はいと答えた。たった半年間で髪が白くなった塩崎が、気の毒でならなかった。

翌日、塩崎からメールがきた。

「本日、取締役会があり、新旧交代の決議がされました。加野さんのお心遣いには、深く感謝しております」とあった。

塩崎から食事の誘いがきたのは、その数週間後だった。

4

結局、ネイルサロンはキャンセルした。

昼食を終えた後、再びタクシーを呼んで、克典と母衣山の自宅に戻ったのは、午後一時を過ぎていた。

「お帰りなさいませ」

長谷川が玄関前で待っていた。

一度帰って着替えたのか、ハイネックの作業着は白のTシャツに、地下足袋はスニーカーに変わっていた。

「お待たせしちゃってすみません。写真、持ってきてくれた？」

克典が声をかけると、長谷川が手にした茶封筒とｉＰａｄを掲げた。

「はい、ここに」

克典が玄関の扉を開ける間、早樹は長谷川に訊ねた。

「皆さんは？」

長谷川は庭の方を指差して、「作業に入っています」と答える。昼休みはとっくに終わっているはずだ。

「皆さんに冷たいお茶でも、と思ったんですけど」

「いいですよ、適当にやってますから」そう言ってから、長谷川が思い出したように付け足した。「あ、そうだ。奥さん」

「何ですか」と、立ち止まる。

「蛇ですけど、捜しても見つかりませんでした。すみません」

長谷川が真面目な面持ちで謝った。

早樹は胸を撫《な》で下ろした。蛇に遭遇したくはないが、怖いからという理由で殺すのは、さすがに気が咎《とが》める。

「蛇、いなかったんだって？」

先に家の中に入った克典の耳にも届いたのだろう。克典が振り返る。

「ええ、あの辺をくまなく捜したんですけど、姿をくらましています。今度見つけたら、退治しておきますのでご心配なく」

「そんな威勢のいいこと言ってるけど、長谷川さんも苦手だって言ってたじゃないか」

克典が笑う。

「そりゃそうですよ。とぐろ巻いているところなんか見ると、マジ気持ち悪いですよ」

長谷川が額の汗を拭う真似をして、二人を笑わせた。

「まあ、じゃあ、引き続き捜索してもらうことにして、とりあえず、そのアートだかオブジェとやらを見せてもらいましょう」

克典がリビングの椅子に腰掛けて言う。

ランチにシャンペンを二杯も飲んだせいで、すでに眠そうで半眼になっている。

長谷川がソファに腰を下ろしたのを見届けてから、早樹はキッチンに入り、冷たい緑茶の用意をした。

窓からは、見習いの若者が慣れない足取りで花壇に分け入り、花殻を拾ってはビニール袋に入れているのが見えた。

「早樹、ちょっと来て」

克典が呼んでいる。

「はい、今行きます」

早樹は、冷茶を薄い清水焼《きよみずやき》の茶碗に注ぎながら、返事をした。茶托《ちゃたく》は黒の漆器を選んだ。

食器も茶器も花器も、日用品のほとんどは、克典の亡くなった妻が揃えた物をそのまま使っていた。

克典は早樹に、すべて捨てて新品にしよう、と提案してくれたが、克典だけでなく、三人の子供たちが馴染んできた、捨てがたい物がたくさんあるはずだと思うと、早樹にはどうしても捨てることができなかった。

どのみち、母衣山の家に住まうことにしたのだから、前妻が選び、遺《のこ》した物は、嫌でも目に入ることになる。家具、敷物、食器。

家の中のあちこちに、彼女の暮らした痕跡がある。どころか、家全体も庭もすべてに、彼女の好みが入っていた。

だが、早樹はあまり抵抗なく受け入れられた。亡くなった前妻の趣味のよさに感服していることと、彼女が自分の母親とほぼ同年齢なので、親近感があった。

そして、誰にも言ったことはないが、ここは仮の宿だという意識がどうしても拭えないのだった。

いつの日か、克典が旅立つ日がきたら、自分は母衣山を出て行くような気がしてならない。

「お待たせしました」

早樹は、長谷川と克典の前に冷茶をそっと置き、克典の隣の椅子に腰を下ろした。

克典は、茶封筒に入っていた大きなカラー写真をじっと眺めていた。長谷川はｉＰａｄの画面を、陽に灼けた指先でスクロールしている。

「これ、どう思う？」

克典が写真を数枚、早樹に見せた。

大理石を使った彫刻の写真だった。暖かみのある薄黄色の大理石で作られていて、表面はよく磨かれて光っている。

一枚の食パンを円く折り曲げたような柔らかな円筒形をしているが、閉じてはいない。彫刻の横に、黒い服を着た作者らしき髭面《ひげづら》の男が、腕組みをして立っていた。それで、図らずも作品の大きさがわかる。男の背丈ほどもある、大きな彫刻だった。

「この方が作ったんですか？」

早樹が訊ねると、長谷川が説明した。

「そうです。中神《なかがみ》さんという人でしてね。国際的な賞もたくさんもらっています」

ｉＰａｄを見せたが、克典は作家の名前を知らないらしく、首を傾げている。

「思っていたよりも大きいですね。こんな大きな石はどこで手に入るんでしょう」

早樹はそう言いながら、他の作品の写真も手に取って眺めた。

もうひとつは、白い大理石で作られた、麦の穂先のように先端が尖《とが》った塔の形をした作品だった。こちらも大きそうだ。

「こっちの円筒形の方を、庭の真ん中にどんと置いたら迫力ありますよ」

長谷川が、テラスの先に広がる庭を指差した。

「そうかなあ」と、克典。

いまひとつ乗り気ではないようだ。

「何かイメージが混乱しないかな」

「いいえ、逆ですよ。今はどっちつかずというか、海の見えるだだっ広い庭という感じじゃないですか。でも、アートを置くと、ちょっと不思議な感じになると思うんですよね。こっちの『焔《ほのお》』の方を、テラス前に設置するといいと思うんです」

麦の穂先に見えた物は、「焔」らしい。早樹は、写真を手にして、もう一度見直した。

「円筒形の方の作品のタイトルは、『海聲聴《かいせいちょう》』だそうです。だから、海に向かって立てるといいと思います」

「どういう意味だろう」

怪訝《けげん》な顔をする克典に、長谷川がｉＰａｄを見せて説明を始めた。画面には、中神のホームページが開かれている。

「海の底から響く聲《こえ》を聴け、という意味だそうです。この形は、海からのメッセージを受け止めるためだと書いてあります。何か、俺はそこに感動しちゃったんですよね」

長谷川が力説した。

克典が老眼鏡を掛けてiPadを受け取り、スクロールを始めた。

「なるほどね。確かに作品のコンセプトは庭に合うね」

克典がそう言ってから、何か問いたげに早樹の顔を見た。

「『焔』の方は何ですか？」

早樹が訊ねると、長谷川は画面を見ながら答えた。

「こっちは、人の生きるパワーを表している、とありますね」

「母屋の方が人間の生きるパワーで、庭の真ん中には、海からの聲を聴く耳を置く、ということかな」

克典が続けると、長谷川が嬉しそうに笑った。

「さすが塩崎さんですね。そう言われてみると、あの形はちょっと襞《ひだ》もあって、耳を表しているようにも思えますね」

「今度、中神さんに訊いてみてくれないか？」

克典が言うと、長谷川が頷いた。

「もちろんですよ。で、このふたつ、どうなさいますか？」

いつの間にか、ふたつが組になっている。

「じゃ、置いてみようか」

克典の返事に、長谷川が顔を綻《ほころ》ばせた。

「ありがとうございます。中神さんがすごく喜ばれると思いますよ。『海聲聴』は、この『焔』と対になった作品で、こういう海を望む場所に置いてほしかったんだそうですから」

「それで長谷川さんが勧めてくれたんだね」

「そうなんです。塩崎さんのお庭が最適だと思いましてね」

長谷川が、ｉＰａｄをケースに仕舞いながら嬉しそうに言った。

「ところで、ふたつでいくらするの？」

長谷川の声が幾分小さくなった。

「『海聲聴』の方が七百万で、『焔』は五百万だそうです。でも、中神さんの希望する、海の見えるお庭に立てるという、願ってもない条件ですから、お安くしてくださると思いますよ」

「どのくらいになるだろう」

克典が再び写真に目を落として言う。

「ふたつで、一千万くらいにはなると思いますよ。ぶっちゃけ、いくらになるか、訊いておきましょう」

「じゃ、その方向でお願いしますよ」

「ありがとうございます」

長谷川が弾む声で答えた。

高価な買い物なのにずいぶん簡単に決めるものだと、早樹は呆《あき》れたが、もちろん口は挟まなかった。克典の年収がいくらあって、どのくらい自由に遣えるのかも知らない。また、知る気もなかった。

「いいよね？　これを買っても」

克典が一応同意を求めてきたので、早樹は頷いた。

「ええ、いいと思います」

心配そうに早樹の顔を窺っていた長谷川が、「ありがとうございます」と、早樹に向かっても礼を言った。

「中神さんは、パブリックアートなんかもよくやっている人です。護岸のオブジェ作りの時に知り合いました。すごく熱い人なので、塩崎さんが気に入ってくれたって言ったら、喜びますよ」

早樹は、克典は人が好いと思った。

長谷川の顔を立てて、簡単に取り除けないような大きな作品を買ってしまったはいいが、庭に合わなかったらどうするのだろうか。

それに正直なところ、あの作品が、厳しいゲーム業界に身を置いてきた克典が、欲しがるような物にも思えなかった。

「では、これで失礼します」

長谷川が作業に戻った途端、克典は大きな欠伸《あくび》をして立ち上がった。

「少し昼寝するよ」

「ええ、その方がいいです」

早樹は茶器を片付けて洗ってから、寝室に様子を見に行った。

キングサイズのベッドの端っこで、克典が横向きになって寝ていた。

カーテンを引いていると、眠っていると思った克典が目を開けた。

「閉めなくてもいいよ」

早樹は手を止めて訊ねる。

「でも、眩《まぶ》しくない？」

「いいよ。寝過ぎてしまうから」

「じゃ、起こしましょうか？」

「それがいい。三時になったら起こしてくれる？」

「わかりました」

出て行こうとすると、克典が眠そうなくぐもった声で言う。

「さっきのアートだけどね。あれ、早樹は気に入らないんだろう？」

「いいえ、そんなことないの。大きいから庭に合うのかしらと、ちょっと心配になって」

言い訳をする。

「いや、わかってるよ、早樹がああいうのを好まないのはね。でも、僕はあの『海聲聴』という作品のタイトルが気に入ったんだよね。それで買っちゃったんだ」

「タイトルが？　どうして」

「早樹はいつも、海の聲を聴きたいと思って生きているんじゃないかと思ってね。だから、あれを庭に置くのは、何だかぴったりな気がしたんだよ。ま、気分だけどね」

克典は、早樹が返事をする前に寝息をたて始めた。それほどまでに長く、早樹は言葉を発することができなかった。

海の聲を聴く耳。そんな詩的な言葉で、早樹の気持ちは表せない。

本当のことが知りたいと思って生きてきたが、やがて、知ることが到底叶《かな》わないと気付いて諦め、心に留《とど》めるのをやめようと努力した。それが今の心境だ。

しかし、克典が自分を慮《おもんぱか》る気持ちは痛いほどわかるのだった。それは今後、庭に置かれた彫刻を見るたびに、心に突き刺さることだろう。

早樹は塩崎と結婚に至った経緯を思い出している。思えば、妙な縁だった。

銀座中央通りでばったり出会ってから数週間後、塩崎から食事の誘いのメールがきた。やんわり断ってもいいと思ったのだが、早樹が行く気になったのは、冒頭にこう書いてあったからだ。

「あの犬がとうとう死にました」

「とうとう」という言葉に表れているのは、塩崎の解放感だろうと早樹は思った。犬の身でありながら妄想に取り憑《つ》かれて、好きでもない飼い主に飼われるのは、さぞかし苦しいことだったろう。

犬に同情していたが、塩崎もまた、自分を嫌う犬と暮らすという面倒を背負い込んでいる。それもまた、気の毒なことだった。

塩崎が自分とそんな話をしたがっているような気がして、早樹は行くことにした。

招待された店は、星を幾つも取っているような、有名なフレンチレストランだった。気が張る店は苦手だが、会長に退くことになったとはいえ、塩崎は有名な経営者だ。安い居酒屋なんかに行けないのだろう。

「お待たせしました」

奥の個室に案内されて入って行くと、塩崎は先にビールを飲んでいた。グレイのスーツを着ていたが、沈んだ色ではなかった。

「すみません、先にやっていました」

「いいえ、どうぞ」

その方が気楽だった。早樹はほっとして、バッグを横の席に置いた。

「この間はインタビューを受けておきながら、ボツにしてすみませんでした」

塩崎が頭を下げた。

「いいえ、こちらこそ過分なお気遣いを頂きまして、かえって申し訳ありません。お礼も言いそびれて、失礼しました」

ひとわたり儀礼的な挨拶が済むと、気詰まりな沈黙があった。沈黙に耐えられなくなった早樹は、思い切って言った。

「あのワンちゃん、亡くなったのですね」

　塩崎が頷いた。

「そうなんです。帰ったら姿が見えないので、あちこち捜したら、家内のベッドの下で冷たくなっていました」

「家内のベッドの下」という語に驚き、早樹は、一瞬怯《おび》えた顔をしたらしい。

　塩崎が目敏く早樹の表情を見遣ってから、苦笑いした。

「まるで図ったように、だと思いませんか？」

「偶然だと思います」

　生真面目に答える。

「その通り、偶然です。でも、まあ、よほど僕のことを信用してないんだな、と思いました」と、言葉を切る。「実はあの時、お話ししませんでしたが、いいえ、本当は誰にも言ってないことがあるんですよ」

　早樹は赤ワインに口を付けかけていたが、下に置いて塩崎の顔を見た。

「家内のケースですが、どうやら丸一日以上は倒れたまま生きていたらしいのです。だから、僕が水曜の夜に帰れば、間に合ったんだと思います。でね、ここからが本番です。実は、僕は帰れないことはなかったのです。でも、何だか帰りたくなかった。だから、用事を作って、大阪でぐずぐずと、もう一泊しちゃったんですよ」

コース料理が運ばれてきて、塩崎は黙った。

「食事にしましょう」

しばらく互いに無言で食事をしていたが、早樹はフォークを置いて小声で訊ねた。

「塩崎さんは、どうしておうちに帰りたくなかったんですか？」

塩崎は首を傾げて苦笑した。

「どうしてでしょうね。大阪なんて、何度も来てますし、珍しいところでもない。だから、長居したい場所じゃないんです。では、京都に足を延ばして観光しようか、という気分でもなかった。神戸に上の娘が嫁いでいますが、会いに行こうなんて思ったこともありません。言っておきますが、もちろん、女なんていませんよ。結局、ホテルに延泊して、街をぶらぶら歩いたり、地下街の喫茶店に入ったりして、帰るのを遅らせていただけなんです。いつも忙しくしているから、仕事の合間のスポットみたいな気分を、一人で楽しんでいたんですね。たまに出張に行くと、そういう気持ちになることがあるんです。妻のことなんか、思い出しもしませんでした」

「お電話はなさらなかったんですか？」

「一度したんです、延泊すると決めた時に。留守電になったので、延泊する旨を入れました。

でも、一度きりでした。留守電だから変だ、なんて、これっぽっちも思わなかった。ママの様子を見に帰ろうと思わなかったのか、と下の娘に言われましたが、思いませんでしたね。いつも、そうやってきたからです。要するに、僕は自分の仕事が主軸で、それ以外のことには全然興味を持たない人間なんです」

「ご自分を責めてらっしゃるんですか」

しばらく塩崎は考えてから、首を横に振った。

「自分を責めたことはないです。でも、他人から見れば、まったく責任がないとは言わないでしょうね。僕はそういう人間だったのですが、家族は違う。不運に不運が重なったんでしょう。こういうミスマッチは、話してもわかってもらえないことです。だけど、人生にはそういうことがあるんじゃないですかね。辛くても、耐えるしかないわけです」

塩崎はステーキを切りながら言った。

この人は傷付いたのだ、と早樹は思った。おそらく、下の娘にひどく詰《なじ》られたのだろう。

「それで、お仕事を辞めてみようと思われたのですね」

「ええ、まあ。言うなれば、この歳で自己改造に取り組んだわけです」

塩崎は早樹を見て、微笑んだ。

「すみません、私は質問ばかりしていますね。インタビューの続きみたいですね」

早樹は謝った。

「いいですよ。他に訊きたいことはありますか。僕も言葉にするとすっきりします」

塩崎はステーキの皿から顔を上げた。

「その後、下のお嬢さんとはどうされましたか？」

早樹は気になっていたことを訊いた。塩崎は首を振った。

「ほぼ音信不通です。僕のところには全然寄りつきません。だから、犬のことも言ってません。娘も可愛がっていたから、早く伝えた方がいいのかなと思いますが、もういいでしょう。娘も知りたくないかもしれない」塩崎は、さばさばした口調で言った。「長男は仕事が一緒なので、しょっちゅう会いますが、長男も家族がいますしね。上の娘は神戸に嫁に行って、滅多に帰ってきません」

要だった母親の死で、家族がバラバラになったのだろう。しかも下の娘は、父親に不信感を抱いている。

早樹が黙っていると、塩崎が訊ねた。

「失礼ですが、加野さんは、うちの下の娘と同じくらいですか？」と、その娘の生年月日を付け加える。

「同い年です。私の方が、ふた月年上です」

「だったら、あなたも霊とかが見えますか？」

塩崎がふざけて訊いたので、思わず笑った。

「残念ながら、見えません」早樹はそう答えてから、迷った末に続けた。「でも、霊魂が見えるという人たちに会ったことはあります」

「いわゆる霊能者にですか？」

早樹は頷いたが、言葉には出さなかった。

霊能者たちは、庸介《ようすけ》の母親の知人が呼んできたのだった。庸介とは、早樹の夫である。

「私は信じませんでした。あの人たちは、自分の心の中にある妄想を語るだけだと思います。場合によっては、相手を傷付けます。塩崎さんはインタビューの時に、あれは一種の信仰だと仰っていましたね。その通りだと思います」

早樹は一気に喋ってから、赤ワインを飲んだ。

「ところで、加野さんは結婚されてますよね？」

塩崎が早樹の左手の薬指にある結婚指輪を見て言った。

「していますが、複雑なことになっています」

早樹の答えに、塩崎は離婚問題かと思ったらしい。慌てて言った。

「いいですよ、お話ししたくなければなさらなくて」

「いえ、私は平気です」

早樹はそう言った瞬間、自分も誰かに話したかったのだと気が付いた。

「実は、私の夫は行方不明なのです」

塩崎の顔色が変わった。

「それは大変だ。余計なことを言って、申し訳ない」

5

早樹の夫、加野庸介は三年前の秋、三浦半島に一人で海釣りに出掛けて帰らなかった。

翌朝、沖合でボートが発見されたが、釣り道具は残っていたのに、庸介の姿だけがなかった。

庸介が、三崎港でボートを借りて出港したところは、数人の漁師や釣り人たちが見ていた。

出港自体は、こうして証明されているが、当日は穏やかな曇天の日だったことから、遭難自体の証明はいまだされていないのだった。

燃料もあり、エンジンもバッテリーも異常がないのに、洋上で庸介だけが忽然《こつぜん》と消えた。

よく用足しの時に落水することがある、と聞いたが、海釣りに慣れた庸介が、そんな失敗をするはずがないと、早樹は思う。

早樹が話し終わると、塩崎は気の毒そうな表情をした。

「あなたはずっとご主人を待っているんですね」

「ええ、待っていました」

過去形。それは本音だ。最初の一年はどうしたらいいかわからず、待つと同時に、毎日新たな覚悟を積み上げざるを得なかった。

日にちが経てば経つほど、もう二度と会えない、という覚悟の方が強固になっていく。

次の年は、疑惑と悔恨に暮れた。庸介は遭難したのではなく、自殺したのではないかという疑惑に駆られたのだ。

自分のせいかもしれない、という後悔の念が湧いて、ああでもないこうでもないと、想念が身内を駆け巡り、身の置き所がなかった。思えば、この年が最も心が弱った時だった。

三年目になると、庸介の生還を完全に諦める一方、自分の生活を立て直さねばならない、と強く思うようになった。

庸介のことはさておいて、自活できるようにしなければならない。

貯金を取り崩してマンションの家賃を払っていたが、それも限界に近付いている。マンションを引き払って、家賃の安いアパートに引っ越そうとした時、庸介の母親が介入してきた。

それでは、庸介が帰って来た時に、帰る家がわからないではないかと言うのだ。

義母は、庸介が帰ってくると信じているのを知って、早樹は愕然とした。確かに、母と息子の間には、妻とは違う絆がある。

早樹は、死亡認定されるまで、引っ越しを留まるのを条件に、庸介の親から家賃の補助を受けることになった。

補助と言っても、年金生活をしている老夫婦の出す金は微々たるものだった。

しかし、その微々たる金で、早樹は宙ぶらりんの生活を強いられることになる。

そのうち、毎日一回は、義母から電話がくるようになった。「今日はどうしてるの」と、訊かれ、「映画を見に行こうかと思っている」と、答えると、誰とどこで何を、と矢継ぎ早に訊ねられる。息が詰まりそうだった。

以来、仕事を貪欲に取って、ウェブライターの仕事も始めた。

しかし、早樹の自立への努力は、庸介の母親にとっては、寂しい限りだったらしい。まるで息子が早樹に忘れられる、と言わんばかりに責められたこともある。こうして、義母との距離は日増しに遠のく一方だった。

考えに沈んだ早樹に、塩崎が話しかけてきた。

「加野さん、待つのも限度があるでしょう。海難事故の場合、死亡認定は早いのではないですか？」

塩崎はさすがに現実的だと思いながら、早樹は答える。

「それは、漁船が遭難したり、津波にさらわれたり、明らかな海難事故だとわかっている場合のようですね。誰も事故そのものを見ていなくても、海が荒れていたり、水温が低かったり、ライフジャケットを着けていなかったのを誰かが見たとか、そういう客観的証拠の積み重ねで決められるようです。だから、うちの場合は、目撃者もいないし、秋口だから水温もまだ高い、ということで、なかなか認められていないんです。多分、普通の失踪事件みたいに、七年はかかると思います」

「では、生死どっちつかずのまま、七年待てということですか」

早樹は溜息混じりに首を振る。

「いいえ、生の方はほとんど諦めています。もう待つのは疲れました」

「そうでしょうね」と、塩崎は頷いた。「まだあなたは若いのだから、前に進まないと駄目ですよ」

自分は冷たい妻だろうか。いや、そうは思わない。しかし、三年経ったら仮葬儀を出そうと提案したところ、庸介の母親にひどく叱られた。

自分たちは希望を失っていないのに、早樹さんはさっさと葬儀をして庸介を忘れたいというのか、と。

では、庸介はどこに行ったのだ？

なぜ、私の元に帰ってこない？

早樹は、庸介の母親にそう言って詰め寄りたい気分だった。

しかし、庸介の父親が重病だったこともあったので折れ、結局、死亡認定がされたら、葬儀を出す、ということになった。

「こういうことには、区切りが必要なんです。でないと、心が保《も》ちません」

早樹が思わず声に出して言うと、塩崎が同意した。

「そうなのでしょうね。わかるような気がします。僕の場合は、区切りが早くつき過ぎてしまって、もう少し余裕が欲しかったですが、あなたの場合は考える時間が長過ぎますね」

だが、庸介の母親は区切りをつけたいと思っていない。むしろ区切りをつけないことが、生きるよすがとなっている。どうしたらいいのだろう。

「同病相憐れむなんて、嫌な言葉だと思っていたけれども、正しいところもありますね」

「そうでしょうか」

早樹は首を傾げた。

「これは失礼。僕が勝手に同病と思っているだけだったかな」

二人に共通しているのは、激しいダメージを受けたことだけだった。

だが、塩崎が続ける。

「よかったら、また会って話しましょう。あなたが母衣山に遊びに来てください」

自分から行くと言わないのは、歳が離れていることに対する遠慮なのだとわかっていた。

「あ、これは申し訳ない」

塩崎が何かを思い出したように、突然声を上げた。

「何ですか」

早樹は驚いて、赤ワインの入ったグラスをテーブルに置いた。

「僕の家からは相模湾が見えます。それなのに、母衣山に来てくれなんて、無神経でした」

「無神経だなんて、思ってもいませんが」

いやいや、と塩崎は首を振る。

「あなたはうちにいらした時に、開口一番、『海が見えますね』と仰った。僕は、あなたは海がお好きなのかと思って、適当な返事をしたけれど、あれは失礼なことだったかもしれません」

「いいえ」と、早樹は塩崎の気遣いに苦笑した。「そんなことはありませんから、気にしないでください」

「だって、ご主人は相模湾で遭難されたのでしょう？　海を見るのは嫌じゃないですか」

早樹は首を傾げて、しばし言葉を探した。

「いいえ。私は海を見ると、とても不思議な、何とも言えない気持ちになるんです。あの人は、あんなとりとめのない、怖いところでいなくなったのだから、見つからなくても仕方がないなと。だから、積極的に海を眺める方がいいのかもしれません」

塩崎が苦笑混じりに溜息を吐《つ》いた。

「なるほどね。確かに、海はとりとめがなくて怖いですが」

美しくもある、と続けたいのだろうか。早樹はゆっくりと頭を振った。

「もう、いいんです。待ってても待ってても、帰ってこないんですから」

何と諦めの早い妻だと呆れられるかもしれない、と思ったが、正直に語った。

「わからなくもないです。ところで」塩崎はいったん言葉を切って、話を変えた。「失礼ですが、ご主人は何をなさっておられたんですか？」

「大学で教えていました」早樹は、神奈川県にある私大の名前を告げた。「そこの文学部の准教授です」

早樹と夫の庸介は、都内にある私大で知り合った。早樹が大学院生で、三歳年上の庸介が、博士課程に在籍していた時のことだ。

博士課程を出ても、なかなか仕事が得られないのが現状だが、庸介の場合は比較文学専攻なので、割とすんなり職を得ることができた。

だが、勤務先の大学では、日本の近代文学のクラスの他、フランス語のクラスも持たされて、週に八コマもあった。

さらに、受験シーズンには、入試問題を作らされ、『比較文学はこき使えるから、就職先があったんだよ』と、庸介は常日頃、早樹に愚痴をこぼしていた。

「ご主人のご専攻は何ですか」

塩崎の方から訊いてきた。

「日本の近代文学とフランスの比較文学です。近代文学の専門は、谷崎潤一郎です」

「へえ、優秀な方なんですね」

塩崎は何を思い出したのか、ぼんやりと中空を見るような仕種をした。

そうだ。庸介は、義父母の自慢の息子だった。

『子供の時から勉強ができて、目から鼻へ抜けるようだ、とよく言われたものよ。小学生なのに、いつの間にかお父さんの本棚の本を全部読んでしまっててね。後で全部読んだと聞いて、あんなに驚いたことはなかった』

義母が嬉しそうに話すのを、何度聞いたことだろう。

「あなたも、書くお仕事をしていらっしゃるからには、そういう勉強をされたんでしょうね」

塩崎が、デザートのメニューを受け取りながら、早樹の顔を見た。

「ええ、加野とは同じ大学で知り合いました。私は大学院を出た後、就職先がなかなか見つからなかったので、銀行の広報誌の編集をする会社に入ったんです。仕事はとても面白かったんですが、その銀行が広報誌をやめてウェブマガジンにしてしまったんです。会社はIT会社に吸収されましたが、私は希望ではないので辞めました。それで、フリーライターになったんです。塩崎さんのインタビューも、そういう仕事のひとつでした」

「あなたも谷崎の研究をされたんですか？」

いいえ、と早樹は俯いて、言うのを躊躇った。塩崎の自分に対する強い興味を感じて、少し怖《お》じたからだった。

「私はアメリカ文学の方です」

トルーマン・カポーティと続けようかと思ったが、思いがけず話が弾んだりすると億劫《おっくう》な気がして、口を噤んだ。

塩崎が妻を亡くした経緯は気の毒に思っていたし、好感は抱いていたものの、特別な関係になりたいなど、まったく思っていなかった。いや、その時の早樹は、誰ともなりたくなかった。

「アメリカ文学か。私はそっちの方は不調法でしてね」

塩崎はそう言って笑ったきり、黙ってしまった。案外、自分が情報をシャットアウトしたのを感じたのかもしれないと、早樹は塩崎の鋭敏さを好ましく感じた。

秋口にまた、食事の誘いがあったが、日にちが合わず、その年はとうとう会わずじまいだった。

翌年の春、長い間、入退院を繰り返していた庸介の父親が、とうとう肺ガンで亡くなった。

早樹は、情緒の安定しない義母を見舞うために、中目黒のマンションから、大泉学園《おおいずみがくえん》にある庸介の実家まで、週に何度も往復することになった。

いや、通うだけなら、まだよかった。一人息子が行方不明のまま、夫を亡くしてしまった義母は、心細がって早樹と暮らしたがった。

『お互いに寂しいんだから、助け合いましょうよ。それに、一緒に住めば、家賃の足しにしている分が浮くじゃない』

それだけは避けたいと、早樹はますます仕事に身を入れ、義母宅への訪問を少し減らすことにした。しかし、一生懸命働いても、年収六百八十万の夫がいなくなった穴は大きかった。

早樹は中目黒の賃貸マンションを出て、高井戸《たかいど》に2Kのアパートを借りた。その時、義母は同じ言葉を繰り返した。

『庸介が帰ってきた時、家がわからないじゃない。お願いだから、引っ越さないでちょうだい』

そうは言っても、金がなければ暮らしていけない。早樹は義母に内緒で引っ越すことにした。どのみち、電話は毎日かかってくるのだから。

やがて、庸介が消えて五年という月日が経った。その年は、会長職に退いた塩崎と数カ月に一回会って、夕飯を食べた。

女友達や仕事相手とだけ話す日々に飽きた早樹に、塩崎はいい話し相手だった。

だから年の暮れに結婚を申し込まれた時は、意外だとは思わなかった。

「ご主人がいなくなって七年経ったら、死亡認定されると仰っていましたね。その後、僕と結婚しませんか。あなたは僕より三十歳も若いんだから、縛る気はありません。何も望んでいません。ただ、一緒に暮らして、いろんな話ができたら楽しいだろうと思ったのです。それに、あなたは苦労している。僕が金銭的にも気持ち的にも楽にしてあげられたらと願っています」

そう言われて初めて、早樹はひどく疲弊している自分に気が付いたのだった。

第二章　海からの声

1

真夏の陽射《ひざ》しをまともに受けて、庭の樹木はすべての活動をやめたかのように静まり返っていた。相模湾の沖合を、ヨットが葉山方向に向かって行く。豆粒大だが、青い海と白い帆の対比が鮮やかだから、ここからもよく見える。

眠くなるような真夏の午後、克典の長男一家がクルーザーに乗りに来たついでに、母衣山に寄った。正月以来のことだ。

「何だ、ありゃ」

智典が遠慮のない声を上げた。

指差す方向には、薄黄色をした巨大なオブジェが、太陽光を反射して輝いていた。

克典が購入したアート作品は、庭のど真ん中で異様な存在感を放っている。

「先々週、設置したんですよ」

早樹は椅子に腰掛けたまま答えた。

「へえ、そうですか。驚いたな。優子、ちょっと来て見てごらん」

智典が妻の優子を呼んだ。

小さく切ったスイカに、赤ワインをかけて食べようとしていた優子が、デザートスプーンを置いて立ち上がった。

「あら、いつの間に。結構、大きいわね」

優子が智典の横に立って、手庇《てびさし》で庭を眺めながら言った。

「何だかさ、ほら、箱根にある美術館みたいじゃないか。あれ、何だっけ」

「彫刻の森美術館？」

優子が答えてから、何か思い出し笑いをした。

だが、智典は険しい顔でオブジェを凝視している。

「驚いたなあ」

智典はまた同じ言葉を呟き、ソファに座っている息子たちの方を振り向いた。

夫婦の息子たち、直典《なおのり》と悠人《ゆうと》は、二人ともゲームに夢中で、両手で持ったゲーム機に顔を突っ込まんばかりにしている。おそらく、両親の会話も聞こえていないだろう。

長男の直典は小学三年生で、塩崎家の長男に代々伝わる「典」の字を付けられている。

次男の悠人は小学一年。次男だから「典」を使わなくていいということで、優子が名付けたらしい。そのせいなのか、優子は次男を特に可愛がっているように見える。

「早樹さん、あれはオヤジの道楽ですか？　どうして止めてくれなかったんですか？」

智典が早樹に言った。口調は不満そうだが、目は笑っている。

「そんなに変ですか？」

智典の言いたいことはわかっていたが、早樹は意外であるかのように驚いたふりをした。

「変ですよ」

智典がちらりと奥を気にしながら言った。

克典は、昼食時に鰻重と一緒に冷酒をしこたま飲んだせいで、寝室で昼寝していた。

「どうしちゃったんだろう。あんなものを好む人じゃなかったんだけどな」

智典が何度も首を傾げる。

「早樹さん、ああいうの、お高いんでしょう？」

優子が声を潜めて訊いた。

「正確な値段は知りませんけど、結構すると聞いています」

早樹は当たり障りのない言い方をした。

設置費用や運搬費を入れれば、中神には一千二百万は支払ったはずだ。

「まいったなあ。この庭は何もないからよかったのに。ど真ん中に、あんなのがどんとあると、何だか変な感じじゃない？」

克典がその場にいないので、智典も遠慮がない。同意を求めるように、優子の顔を見て、次に早樹の方を振り返った。

痩身《そうしん》のところなど、体型は克典にそっくりだが、誰に似たのか、智典の頭髪はすでに薄くなっている。しかし、洗いざらしの青いTシャツに、白い短パンを穿《は》いて窓辺に立っている姿は、いかにも遊び慣れた様子で様になっていた。

優子は髪をアップにして、流行のロングスカートに白いタンクトップ。耳に大きなフープ型のピアスを着けている。陽に灼けた膚にすべてがよく似合って、十歳は若く見える。

「テラスにある彫刻と対になっているんだそうです」

早樹の説明に、智典は驚いた顔をした。

「これも買ったんだね。ふたつでいくらくらいするんですか？　高そうだな」

外は暑いので、テラスに通じるガラスドアを開けようとせずに、智典が「焔」の方を指差した。

「値段は克典さんに訊いてみてください」

早樹は微笑みながら言った。

「でも、申し訳ないけど、ちょっとテラスの方のは邪魔じゃないかしらね」

優子が小さな声で異議を唱えて、智典の顔を見る。

「うん、視界が遮られるね。しかもさ、そんなに簡単に取り除けるような大きさじゃないじゃない、これ」

購入を決めてから、作者の中神が庭を見に来て設置場所を定め、それからコンクリートで土台を作る作業をし、一カ月乾かした後に設置したのだから、すべて終わるまで二カ月以上はかかったことになる。設置もクレーン車を使わねばならないので、作業員が大勢来て、ちょっとした工事並みの騒ぎだった。

「早樹さん、オヤジが死んだ後、これどうするの？　このままにするの？」

息子の智典は、オブジェを買ったのは完全に父親の道楽だと思っている様子だ。

そうではなく、早樹の気持ちを慮っての買い物だったと説明したいところだが、庸介の事故を智典たちに詳しく説明したことはなかった。克典も、早樹の前夫は亡くなった、としか伝えていないらしい。

「ええ、私はいいと思っています」

早樹は、克典の味方をする。

「ま、早樹さんがいいならいいけどね」

智典は、優子の顔を見ながら言った。

克典の死後、母衣山の家は、早樹に譲られると思っているのだろう。

しかし、この広い庭を持つ家で、毎日相模湾とオブジェを眺めて一人暮らすことを思うと、気が重くなるのだった。

智典は何を思ったか、突然、息子たちに呼びかけた。

「ほら、直と悠。パパと庭のあの変なのを見に行こうよ」

「変なの」と聞いて、怪訝そうに顔を上げたのは次男だけだ。長男は素知らぬ顔でゲームを続けている。

「直くん、パパが一緒に庭に行きましょうって」

優子が声をかけると、直典は一瞬面倒そうな顔をしたが、素直にゲーム機を置いて立ち上がった。

「ほら、直もおいで。あれを見に行こう」

「外、暑くない？」

直典が優子に訴えるように仰ぎ見たが、すでに智典と弟がテラスのガラスドアを開けたので、仕方なさそうについて出て行く。

「おお、暑いこと」

優子が慌ててテラスのドアを閉めた。

家は山の頂上にあるので風は入るが、外気温は三十五度もあるので、熱風になっている。

優子が早樹の向かい側に座って、スイカを食べていたスプーンを取り上げた。

「早樹さん、マリーナで訊いたら、船も全然乗りにいらっしゃらないんですってね」

「すみません。私が船が苦手なものですから」

謝る必要はないのだが、優子の言い方は詰問調に聞こえた。

「お義父様、優しいわね」優子が小さな声で続けた。「あんなに船がお好きだったのに、早樹さんに合わせているのね」

「そんなことないと思いますけど」

「そう言えば、あなたは、ゴルフもなさらないんでしたね」

「ええ、したことないです」

まったく興味がなかった。

「それで、お義父様もゴルフをなさらなくなったのかしら。それも合わせているのね」

「さあ、どうでしょう」

とぼけていると、優子が身を乗り出した。

「じゃ、二人で毎日何をなさってるの？　ここじゃ退屈でしょう」

優子の、決めつけるような言い方に、反感を覚えなくはなかったが、早樹は素直に答えた。

「さあ、何しているのかしら。克典さんと話したり、ご飯を何にしようかと考えたり、テラスのお掃除をしたり、庭を眺めたりして一日が過ぎていく感じですかしらね」

それは本当だった。歳を取ると月日が経つのがとても早く感じられる、とは克典がよく言うことだが、まるで克典の感覚が乗り移ったかのように、早樹も月日が飛び去るように過ぎていく気がした。

「早樹さんも老成しちゃったんじゃない？」

優子が急に同い年の物言いになって笑った。

「そうかもしれない」

早樹も釣られて笑う。

「まだ、早樹さんは老け込むには早いわよ。あたしと同い年じゃない」

「そうだけど」

「ねえ、今度、一緒にハワイに行きません？」

「いいですね」と、調子を合わせる。

「楽しいわよ。午前中早くにゴルフ行って、午後からヨットに乗るの。その後、ショッピングよ。今度、ママ友たちと行くんだけど、あなたもいらっしゃらない？　いつもいつも、お義父様と一緒じゃ、ストレス溜まるでしょう。だって、お世話係みたいなものでしょう」

優子は誤解している、と早樹は思う。

もちろん、店の予約をしたり、車の手配、さらに頂き物の礼状を書いたりと、秘書的な雑務は多い。

だが、克典は手の掛からない夫だ。早樹は、克典自身の世話を焼いたことなど、ほとんどなかった。

書斎はいつも整理整頓されて、身だしなみも自分で整えている。それも趣味がよく、気が利いていた。外出や出張の準備もすべて克典自身がする。むしろ、克典は他人の手が入るのを嫌う質《たち》だった。

「お世話なんて全然してません。克典さんは、全部自分でしちゃうから」

冗談めかすと、優子は言い過ぎに気付いたらしい。

「あら、すみません。うちの主人とそこが違うのよね」笑って誤魔化した。「あの人は家で何もしないのよ。よく、ご主人がゴミを出してくれるとか言うじゃない。そんなこと一回もしたことないの。何度言っても、服は脱ぎっ放しだし、便座は上げっ放し。家に帰ると、急にだらしなくなるのよね。息子たちが真似するから困るわ」

「よほど、外で気を張ってらっしゃるのね」

「そんなことないわよ。あたしに甘えてるの」

優子が手で払う仕種をした。話しているうちに、遠慮がなくなってきた。

「そうかしら。智典さんて、お父さんとあまり似てないんですね」

優子は美しく描いた眉を顰めた。

「確かにそうね。ただね、意外なんだけど、うちの主人は鍋奉行的なことが好きなのよ。バーベキューも仕切りたがるし、たまにビーフストロガノフとか、凝った料理も作るの。お料理は割と好きみたいよ。お義父様は、全然なさらないでしょ？」

「ええ」と、早樹は頷いた。

克典は、食事を作ることだけは不得手だ。妻が亡くなってから、いったいどうしていたのだろう、と訊いてみたことがある。

通いの家政婦は、午前九時から来る。だから、朝は自分で淹れたコーヒーを飲むだけで、出勤していたらしい。

昼食、夕食ともに外食で済ませ、休日は朝からマリーナに行って食事をして、一人で海に出ていたという。

克典が今、早樹と二人で食事をするのを好むのは、その時の寂しさの反動もあるのかもしれない。

「うちの主人は、亡くなったお義母様に似たんだと思うのよ。顔もそっくりだし、お義母様は、お料理もお上手でお好きだったから」

そう言ってから、優子はしまったという風に口を噤んだ。またしても、同年とはいえ、後妻の前で言い過ぎたと思ったのだろう。

優子は思ったことがすぐ口に出る粗忽者《そこつもの》だけれど、気付いた後の反応もまた素直なので憎めなかった。

「そうなのね、きっと」

早樹は柔らかに同意して、庭の方に目を遣った。

炎天下、智典と二人の幼い息子たちが、オブジェの前で騒いでいた。

悠人が、オブジェにしがみつくような格好をしておどけたので、智典と直典がそっくりの顔をして笑っている。

「ねえ、さっきの話だけど、ハワイにはいらっしゃらないわよね？」

優子が、赤ワインをたっぷり注いだスイカを口に入れながら念を押した。

「克典さんと一緒なら行きたいけど」

一人は難しいです、という言葉を呑《の》み込んだ。優子ならわかっているだろう、と思ったからだ。

「それじゃ駄目よ。だって、女だけで行くから楽しいんだもの」

「そうよね。じゃ、残念ですが」

「早樹さんとこは、いつも二人一緒ですものね。仲がいいわ、ほんとに」

早樹は曖昧に笑った。確かに、克典は優しい夫だ。早樹の心を誰よりも正確に読んで、その負担をできるだけ減じようとしてくれる。

でも、いつも先んじて読まれる心は、疲れることもある。だから、それは束縛とも呼ぶのではないだろうか。

束縛？　不意に湧いて出た言葉に、早樹は内心ぎょっとした。そんなことはない、と打ち消す。

「ねえねえ」と、優子が急にくだけた口調になった。「あなたとあたしって、同い年じゃない？　それなのに、父親と息子のそれぞれの奥さんになってるって、何だか不思議だわね」

「ええ、確かに」

「ぶっちゃけ、どんな感じなの？」

優子が身を乗り出して訊いた。

「どんなって？」

「年代も違うでしょう。二人でどんな話をしているのかなって」

　またか、と思う。

　二人でいつも何をしているの？

　どんな話をしているの？

　退屈なんじゃないの？

　優子の好奇心は尽きることがない。

「普通の夫婦の会話じゃないかしら。お天気のこととか、桜の花が咲いたねとか、新聞の一面に出ているようなこととか、そんな他愛もない話」

　早樹は首を傾げて考えながら答えた。

　だが、優子は厳然と首を振る。

「普通の夫婦はそんな話はしないわよ。まず、子供の学校のこととか、塾の相談。それから夜ご飯はどうするとか、冷蔵庫が古くなったから新しいのを買おうかどうしようかとか、業務連絡がほとんどよ。やっぱり、早樹さんのところはのんびりしてる。本当に羨《うらや》ましいわ」

「だって、克典さん、引退しているんですもの」

　早樹が笑う番だった。

　夫婦の会話は、子供がいるといないでは、そんなに違うものなのだろうか。自分が持たなかった子供という存在が、夫婦の在り方を変えるのか。

克典はすでに三人の子持ちで再婚したが、自分にはいない。

早樹は子供が欲しくないのか？　という問いは、克典の口から一度も出たことがない。

克典は、もう子供を必要としないからだろう。末娘とは決裂しているし、新しく子供が出来れば、相続も面倒になる。

早樹の心を読むのに長《た》けた克典が、唯一、無視している事柄だった。だから、早樹は子供が欲しいなどと思わないようにしている。

互いに気遣う夫婦像を根底から覆してはいけないのだった。

でも、庸介とは互いに無防備だったと思い出す。

庸介は、大学への不満や教授に対する悪口、気の合わない学生との軋轢《あつれき》で悩んでいることなど、そんな愚痴ばかり早樹に喋り散らした。

早樹だって、結婚した途端に、家事の分担や義父母のことで、庸介に文句ばかり言っていたのだから、褒められたものではない。

結婚する前の二人の会話は、映画の話や本の感想など、もっと楽しいものだったのに。

そんなことを思い出してぼんやりしていた早樹に、優子が言った。

「ねえ、真矢ちゃん、知ってる？」

「真矢ちゃんて、下のお嬢さんのことですか？」

「そう、智典さんの下の妹のこと。あたしたちと同い年の」

優子がちらりと庭を窺ってから、口許《くちもと》を手で覆って声を潜めた。

これは、何か早樹の知らない塩崎家のことを言おうとしている時の優子の癖だ。

「私は一度もお目にかかったことがないんです。結婚式も来てくださらなかったし」

「そうだったわ。あれは失礼だと思った」

優子が思い出して肩を竦める。

麻布十番の小さな教会で挙げた結婚式には、智典一家と神戸の亜矢の一家、そして、早樹の両親と弟夫婦が出席した。

その後、レストランで会食しただけの、ごく内輪の会だったのに、真矢は欠席だった。

『あなたと同い年だから、お父さんの結婚に抵抗があるんじゃないかしら』

そう言ったのは、早樹の母親だ。早樹の両親は、末娘の欠席を気にかけていた。

しかし、早樹は、克典と真矢との対立をあらかじめ聞いていたので、仕方がないことだと諦めていたし、夫とその娘との諍《いさか》いに、介入する気はなかった。

「あなたが結婚してから、真矢ちゃん、一度もこのお宅に来ていないの？　一度も？」

寝室で寝ている克典を気にして、優子が囁くような声で問う。

「一度もありません。どんな人なんですか？」

「変人よ」と、優子が切り捨てた。「あなたに会いに来なかったら、それだけで気に入らないって宣言しているようなものでしょう。お子ちゃまなのよ」

早樹は優子の言い方に、何か憤懣《ふんまん》を感じて黙った。気に入らないことがあったのだろう。

「実はあたし、中学高校が一緒だったの。それはまったくの偶然なんだけどね。一度もクラスが一緒になったことがないから、よく知らないんだけど。でも、あの子、みんなに嫌われてたみたいよ」

「どういうところが？」

早樹は興味を感じて、優子の目を見た。

「空気読めないっていうのかな。そういう人だったみたい。それに、『今あなたの隣にいた人は誰』とか言って、脅かすんだって。そんなこと言われると、信じてなくてもぞっとするじゃない。だから、友達もほとんどいなくて孤立していたみたい。あたしがテレビ出てる時に、智典さんがあたしのこと気に入ってね。真矢ちゃんの伝手《つて》を頼って連絡を取ろうと思ったんだって。でも、断られたと言ってた。そういう人よ。あたしはその話を聞いて、ああ、智典さんは、あの塩崎真矢のお兄さんだったんだって、ちょっと引いた。でもね、塩崎家の跡取りだものね」

優子はそう言って、自嘲的に笑った。

率直で正直な人なのだ、と早樹は優子を眩しい思いで眺める。

「真矢さんは、今もお勤めしてらっしゃるんですか？」

「税理士さんの秘書みたいなことしているらしい。空気読めないのに、よく秘書なんかできるって、逆に感心するけどね。親に買ってもらった麻布の高級マンションで、優雅な独身生活送ってるんだと思う」

優子だって、きっと「玉の輿《こし》」と言われたはずなのに、羨ましげな顔をしてみせる。

「優子さんの方が優雅じゃない」

「何言ってるの。早樹さんが一番優雅よ。ここで朝陽や夕陽を眺めてワインとか飲んで、お義父様は優しいし」

「そんなことないのに」

他人からは優雅に見えるのか、と早樹は苦笑した。

「ねえねえ、あたし、真矢ちゃんのブログ発見しちゃったんだけど」

優子がにやりと笑った。

「彼女、ブログ書いてるんですか？」

「そう。あたし、そういうの見つけるのうまいのよ。真矢ちゃんの同級生のフェイスブックから探って、噂話を集めて、遂に発見したの」

思わず身を乗り出した。

「どんなことが書いてあるのかしら」

「お義父様の悪口。あと、あなたのことも書いてある。主人にちらっと言ったら、そういうことは誰にも言うなって怒ったけど、あたしは早樹さんは知っておいた方がいいような気がするの。だから、教えてあげるわね」

「克典さんには言った方がいいかしら」

「さあ、それは奥様の判断よね」

よほど嫌なことが書いてあるのだろうか。心が騒いだ。

早樹自身は、フェイスブックもツイッターもやっていない。あまり過去を振り返りたくないし、今の自分を過去の友人たちに知られたくはなかった。

好奇心旺盛な庸介だったら、フェイスブックにはすぐ嵌《はま》ったかもしれない。だが、行方不明になった八年前は、まだ流行《はや》っていなかった。

「ＬＩＮＥで、ＵＲＬを送ってあげるから、暇な時に見てみて」

優子はそう言いながら立ち上がった。

子供たちが庭から戻ってきて、外が騒がしくなったからだ。

キッチンで、冷蔵庫を開ける音がした。克典が昼寝から起きて、水でも飲んでいるのだろう。

子供たちもきっと冷たい飲み物を欲しがるだろうから、と早樹は立ち上がってキッチンに向かった。

果たして、克典が冷蔵庫からミネラルウォーターのペットボトルを出して、グラスに注いでいた。

「喉が渇いたよ。日本酒は駄目だね」と、ひと息にグラスを呷《あお》る。

「暑いのに、あまり飲むからよ」

早樹は、汗だくの子供たちに麦茶を飲ませようと、ふたつのグラスに氷を入れた。

「すみません、僕にもください」

智典がキッチンに入ってきた。

「ビールもありますけど」

「駄目だよ、運転するんだから」

克典に言われて、はっとした。

このまま智典一家は夜まで母衣山にいて、夕食を一緒にすると思い込んでいた。じきに、智典が運転して都内に戻る予定なのだろう。

智典が、麦茶を飲みながら父親に訊ねた。

「お父さん、あのオブジェ何ですか？　びっくりしましたよ」

「あれは長谷川園が持ってきたんで、買ってやったんだよ」

克典がさも面倒そうに言うので、智典は呆れ顔をした。

「吹っかけられたんじゃないんですか？」

克典がその質問には答えず、のんびりと早樹に言った。

「ああ、そうだ、思い出した。さっきね、早樹のスマホが鳴ってたよ。それで起きたんだ。助かったよ。スマホが鳴らなかったら、夕方まで寝ていたかもしれない」

寝室に置きっ放しだったらしい。早速、優子が、真矢のブログのURLを送ってくれたのだろうか。

「それって、LINEの音だった？」

克典が首を振った。

「いや、電話だったね」

「電話？」

麦茶は智典が運んでくれるというので、早樹は寝室にスマホを見に行った。

ベッドサイドテーブルに置きっ放しになっているスマホを取り上げ、着信履歴を見る。発信元は、庸介の母親、加野菊美《きくみ》だった。

克典と再婚してからも、早樹は月に一、二度は菊美に電話して話を聞いたり、たまに大泉学園まで出向いて様子を見に行っていた。

一人息子が海難事故で行方不明になった上に、夫も亡くなり、独りきりで心細がる菊美を、放ってはおけなかったのだ。

消え入るような細い声で、留守電が入っていた。声も年々細くなり、戸惑うようにゆっくり喋るので心配になる。

「もしもし、早樹ちゃんのお電話ですか？　大泉学園の加野です。最近、お電話ないけど、お元気ですか？　あのね、ちょっとお話ししたいことがあるの。電話じゃ、込み入ったことも話せないので、よかったらうちに来てくれないかしら。あなたが忙しくしているのはわかってるし、人の奥さんになっちゃったから、図々《ずうずう》しいのは百も承知よ。でも、あなたにしか話せないことなの。すみませんが、よろしくお願いします」

いったい何が起きたのだろうか。

住んでいるマンションが老朽化したので、改築工事案が出ていると不安がっていた。お金の工面のことだろうか。

早樹は心配になって、折り返し電話をしてみることにした。

「はい、もしもし？」

いつもの怖じたような声がする。菊美は高齢者向けの携帯電話を持っていて、それでたどたどしくメールを打ったり、電話をかけてくる。時折、面倒に思うこともないではないが、画面を見る時に目を眇《すが》める菊美の表情などが蘇《よみがえ》って、その寂しさを思うと、胸がいっぱいになるのだった。

「もしもし、早樹ですが、ご無沙汰していてすみません」

「早樹ちゃん？　ごめんなさいね。お邪魔をしちゃって。ご主人、大丈夫？」

菊美の話し方はいつも遠慮がちだ。

「ええ、大丈夫です。どうしました？」

「会って話すわね。すみませんけど、今度、こっちに来てくださらない？」

「ええ、最近伺っていないので、近いうちに行こうと思っていました。申し訳ありません」

菊美のことを忘れていたわけではない。むしろ、いつも気にかけている。しかし、庸介が行方不明になってから、実の親のところよりも、繁《しげ》く行き来していた時期があった反動なのか、最近は無沙汰がちだった。

「いえね、あたしは早樹ちゃんを責めているわけじゃないのよ。わかってね」

「はい」わかっています、とその後に続く言葉を呑み込んだ。菊美が続けたがっているのを感じたからだ。

「あなたにしかわかってもらえないことだから、是非聞いてほしいと思ってるのよ。こんなこと、人に言ったら、アルツハイマーじゃないのって言われちゃう」

菊美が細い声ながら、有無を言わせぬ調子で言った。

ちょうどその時、リビングルームの方から、わーっと子供たちの騒ぐ声が聞こえてきた。

早樹は振り返った後、電話を切ろうとした。

「わかりました。では、来週か再来週に時間をつくって伺うようにしますね」

「来週か再来週？」

心外そうに語尾が震えた後に、大きな溜息が聞こえてきた。

「すみません。急には出にくくて」

「そうよね。あなた、結婚しちゃったんですものね。それもすごいお金持ちと」

決して厭味《いやみ》ではなく、素直に本心から語っているのはわかるのだが、無防備とも取れる言葉に、早樹は項垂《うなだ》れた。また、あの繰り言を聞かねばならないのかと。

繰り言と断じる自分にも冷酷さは感じるが、菊美の話は時として堂々巡りで、いつまで経っても終わらないのが常だった。それを聞くのは、忍耐が要った。

「あのね」

菊美が何か言おうとしたのは感じたが、無理に切ることにした。

「すみません、ちょっと立て込んでまして。またご連絡しますね。失礼します」

早樹は後味の悪さを感じながら、リビングに向かった。

ところが、そこで冷たい麦茶を飲んでいると思った子供たちだけでなく、智典と優子までが庭に出ていたのでびっくりした。

「皆さん、どうしたの？」

ガラスの引き戸越しに、庭を眺めていた克典に訊くと、愉快そうな顔で答えた。

「いや、あの子らに教えてやったんだよ。あの藤棚の下に蛇が棲んでいるんだよって。そしたら、捜しに行くって、大騒ぎして出て行ったんだ」

「こんな暑い時に出てくるかしら」

早樹が呟くと、克典が笑った。

「悠人なんか、引きずりださんばかりの勢いだったよ。男の子だな」

克典が愉快そうに言った。

「蛇も可哀相になるわ」

「ほんとだね」克典が笑った。

前妻が亡くなるまでは、孫たちにまったく関心がなかった、と優子が克典を評していたが、最近の克典は孫たちが可愛いらしい。それも再婚後の変化なのだろうか。

「克典さん、直ちゃんたちに、お小遣いあげた？」

早樹が訊ねると、克典が意外そうな顔をした。そういう時は若く見える。

「だって、お年玉はやったじゃないか。確か一万ずつだったかな」

「でも、久しぶりに会ったんだから、またあげてもいいんじゃないかしら。直ちゃんは、もう三年生なんだし」

克典は世事に疎《うと》いところがある。早樹は笑いながら言った。

「じゃ、二人とも五千円くらいでいいか？　少ないかな。早樹、用意してよ」

早樹が財布を取りに踵《きびす》を返すと、克典が訊いた。

「そうそう、誰からの電話だったの？」

「加野のお母様でした。話したいことがあるから、来てくれって」

「何の用？」

「電話じゃ言えないって、一点張りなの。何だか気になるわ」

「心細いんだろう。行ってあげなさい」

克典と加野菊美は、同い年だ。

早樹が再婚すると報告した時、菊美が面と向かって言った言葉が忘れられない。

『あなた、うちのお父さんと同じくらいの人と結婚するの？　あなたはいつもお金のことを言ってたけど、だからってねえ』

さすがに早樹は憤慨したが、菊美にはまったく悪気がないのだった。

2

海に近いせいか、夏は母衣山に来客が多い。

先日の智典一家に続き、早樹の弟夫婦も遊びに来た。そして、海水浴や釣りのついでに寄ったという、克典の会社関係の人たち。彼らを接待しているうちに、お盆が過ぎてしまった。

菊美から、催促の電話があったのは、八月とは思えない初秋のように涼しい雨模様の日だった。

「早樹ちゃん。急《せ》かして悪いけど、いつ頃来てくれるのかしら？」

「すみません。夏はお客様が多くて、バタバタしていました」

早樹が弁解し終わらないうちに、菊美が焦ったように言葉を被せた。

「それくらい、わかってるわ。早樹ちゃんは、現役の主婦ですものね。忙しいのは当たり前よ。でもね、あたし、何だか怖くなっちゃったの。だから、早く誰かに話したくて仕方がないのよ。こんなことが言えるのは、いろいろ考えたけど、あなたしかいないの。もう他のおうちにお嫁に行ったんだから、甘えちゃいけないってことは、重々わかっているわ。もし、お父さんが生きていたら、早樹ちゃんの立場も考えなさいって、怒られると思う。だけど、他の人にこんなことを言ったら、あんたアルツハイマーになったんじゃないのって、疑われるだけだと思うのよ」

切迫した様子ながらも、滔々《とうとう》と喋る。

しかし、それでも、世間慣れのしていない無防備な菊美のことだから、どこか浮世離れした悩みではないかと、早樹は訝ってもいた。

「いったい、どうなさったんですか？」

再び問うても、菊美は頑固に話そうとしない。

「電話じゃ、ちょっとあれなのよ。早樹ちゃんのお顔を見てから話しますね」

埒《らち》が明かないので、早樹は「じゃ、このまま待っててください」と、スマホを手で押さえ、その場で克典と日程の相談をすることにした。

加野家に行く時は、できたら自分の出勤日に合わせて上京し、どこかで待ち合わせて食事をして帰ろう、と克典が以前言いだしたからだ。

「加野のお母様からなんだけど、いつ来るか、知りたいみたいなの。あなたの都合を教えてくれない？」最近は、菊美のことをそう呼んでいた。

「金曜だったら、今週の方がいいな」

克典から即座に返事があったので、早樹は急かされるように言った。

「今度の金曜日の一時頃に伺います。何か買って行きますので、一緒にお昼ご飯を食べましょう」

「よかった、ありがとね」

菊美は心底ほっとした様子で、急激に口調が柔らかくなった。

約束した日は八月最後の金曜日で、朝から雨が降っていた。

菊美の電話以来、まるで秋の長雨が始まったかのように、雨降りの日が続いている。

庭のオブジェも濡れそぼって、裸体の巨人が背中を向けて項垂れているかのようだった。

相模湾も、雨の日は灰色に煙って見える。

早樹は八時前に社用車で出発した克典を見送り、ゆっくり身支度をしてから、タクシーで逗子駅に向かった。

十一時過ぎの湘南新宿ラインに乗る。

グリーン車の席に座ったちょうどその時、LINEがきた。見ると、優子からである。


早樹さん、こんにちは。先日はご馳走様でした。

早く学校が始まらないかなと、じりじりしている毎日です。

もうちょっとの辛抱ですが（笑）。

真矢ちゃんのブログのURLを送るの忘れていたので、お送りします。

読んでびっくりされるかもしれませんが、ちょっと変わった人なので、あまり気にしなくていいかと思います。

私も彼女には結構悩まされました。

最後になりましたが、時節柄、ご自愛くださいませ。


最後はそつなくまとめている。優子が、「ぶっちゃけ」と言う時の嬉しそうな表情が蘇り、早樹は思い出し笑いをした。

同年だし、嫁同士だから、優子も早樹には気楽にものが言えるのだろう。

しかし、真矢のブログを読むのは気が重かった。

一度も会ったことのない、克典の末娘のブログに何が書かれているのか、すぐには読む気がしない。

だが、池袋駅に着くまでには時間がある。

とりあえず、送られたURLを開いてみることにした。

「夜更けのマイヤ」という文字とともに、白いプードルの写真が現れたので、ぎょっとした。

犬の顔は見分けがつかないが、首輪や涙灼けした目許などを見ると、早樹が初めて克典に会った日、家の中に入りたがってガラスドアを前脚で引っ掻いていた犬のようだ。

真矢が可愛がっていたと、克典も言っていたから間違いないだろう。

ブログのタイトルの「マイヤ」とは、真矢自身のことだろうか。しかし、最初から読んでみたら、プードルの名前だと明記してあった。

マイヤというのは、私が可愛がっていた犬の名前です。白のプードルで、女の子。

正直に言いますと、本当は違う名前が付いていました。

私がマイヤという名前にしたいと言ったら、母が反対したからです。

あまりにも、私の名前に似ているから駄目だ、と言うのです。

だから、私だけがあの子のことを、密かにマイヤと呼んでいました。

ペットショップで、マイヤを選んだのは私です。今でも、彼女は私の犬だと思っています。

でも、私は家を出ることになったので、マイヤと別れなければなりませんでした。

私が独り暮らしをするマンションは、ペット禁止だったからです。

悲しかったけれど、あの頃は母も生きていたので、しょっちゅうマイヤの顔を見に帰っていました。

私がマイヤを置いてでも家を出たかった理由は、ただひとつです。

父が大嫌いで、顔も見たくなかったからです。

私は小さい時から、父に嫌われていました。兄と姉は可愛がられているのに、父が私を見る目は厳しく、冷たいものでした。

いつも三歳違いの姉と比べられて、目立ちたがりだの、落ち着きがないだの、嘘をついただの、勉強ができないだのと、いろいろネガティブなことばかり、あげつらわれて育ったのです。

子供の頃は、どうして私だけが責められ、叱られるのだろうと悲しかったです。

いくら努力しても、父は認めてくれないからです。

けれど、中学生になったある日、はっきりわかったんです。

私が悪いのではなく、父の方が悪いのだと。

それからは戦争でした。父と私は、寄ると触るとケンカばかり。

父は暴君ではありませんが、いつも仕事、仕事と偉そうにしていて、家では何もせず、全部母に任せっきりでした。

休日、たまに家にいても、書斎に籠もって好き勝手に過ごすのです。

父が家にいる日は憂鬱なので、風が吹こうが嵐がこようが、私は外に出て行きました。

家を出る時、私はマイヤを抱き締めて、私の代わりにママを守ってね、と言いました。

いつか父が死んだら、この家に帰ってきて、マイヤと母と楽しく暮らそうと思ってたんです。

なのに、まさか母が突然亡くなるなんて、思ってもいませんでした。

母は誰もいない家で、一人倒れて死んでいたんです。父は出張で留守でした。

まさか、母があんな死に方をするとは思わず、私はしばらく母の死を受け入れることができませんでした。

もう六年前のことですが、今でも強張《こわば》った母の遺体を思い出すと涙が溢《あふ》れます。

長い間、俯《うつぶ》せで倒れていたので、両腕が曲がったままで、口も大きく開いていました。

マイヤは、母のそばに蹲っていたそうです。約束通り、母を守ってくれたんだな、と思いました。


母の死から約一年後、マイヤも死にました。

でも、それは私には知らされず、姉から聞きました。

ちょうど私がペット可のマンションに引っ越して、マイヤを引き取ろうと思っていた矢先の出来事でした。

父は、私にマイヤの死を教えてくれませんでした。

私はそのわけを知っています。

父は、母を見殺しにしたことを、私に知られてしまったからです。

だから、私の味方のマイヤをも、邪険に扱ったのです。

マイヤは、ゴミ同然にペットの死体引き取り業者に引き取られたと聞きました。

ひとこと言ってくれれば、私がお墓を買って、葬ってあげたのに。

そう思うと、どこかで焼かれて捨てられてしまったマイヤが哀れでなりません。

きっと母が死んだ後のマイヤは、寂しくてならなかったでしょう。

しかも、あろうことか、父は私と同い年の女と再婚しました。

その女と父は、母が生きている時から付き合っていたのかもしれない。

そう思うと、私は父に騙されてきた母が可哀相でならず、父だけは絶対に許せないと思うのです。

このブログは、母とマイヤの鎮魂のために開設しました。

皆さんと意見の交換ができると嬉しいです。


早樹は「夜更けのマイヤ」を続けて読むことができずに、途中で目を逸《そ》らした。

スマホの小さな画面を息を詰めて見つめていたため、焦点が合わない。

目頭を押さえてから、窓外の景色を眺める。じきに池袋だった。

克典と真矢の軋轢は、誤解が重なった不幸な例だと思う。だが、ここまでこじれたら、関係の修復は難しいと思われた。

しかも、真矢は思い込みが激しい幼稚な人間でもあるようだ。

『その女と父は、母が生きている時から付き合っていたのかもしれない』

真矢の邪推は、克典を傷付け、早樹を傷付け、捻《ね》じ曲がった悪意を周囲に伝播させていく。

気が滅入った早樹は、大きな溜息を吐いた。

気を取り直してコメント欄を見ると、「私も父が嫌いです」「早く死ねばいいのにと、何度願ったことか」「あいつだけは許せない」「その女最低ですね」などの書き込みがたくさん寄せられていた。

真矢は、こうして他人の恨みや悪意をも取り込んで、克典への怒りの火に油を注いでいるのだろう。

早樹は、このブログの存在を克典に伝えた方がいいのかどうか、迷った。

克典はさぞかし不快に思うだろうが、息子夫婦が知っているのに、当の本人が知らないのはアンフェアに思えた。

電車は池袋駅に着いた。早樹は西武池袋線に乗り換えるために下車した。

西武デパートの地下で、柿の葉寿司やサラダ、一人で夕食を食べる菊美のために刺身などの総菜を仕入れ、西武線に乗った。

菊美の用件が、もしや生活の困窮かもしれないので、封筒に入れた現金五万も用意してある。

そこまですることはない。もう縁を切ってもいいのではないか。

　そんな声はいくらでもあった。現に、早樹の両親、特に母親は、塩崎克典と再婚したのだから、加野家との交際はやめてもいいのではないか、と言った。年賀状程度の遣り取りで済ませた方がいいと。

　早樹の母は、庸介との結婚で、娘が傷付けられたと思っているのだ。それが不慮の事故だとしても、結婚の失敗を味わわせられたと。

　その通りだと思う。

　菊美には、克典との再婚に当たっても、厭味とも取れる言葉を何度も投げかけられたし、拗《す》ねるようなことを呟かれたこともある。

　それでも関わりを続けているのは、もちろん、独りになった菊美を放っておけないという気持ちもあるが、どこか釈然としていないからだ。

　庸介との婚姻の終わり方にどうにも納得できない、と言った方が正しいだろうか。結論など出っこないのに、死亡が認定されて葬儀をしたからと言って、関係が終わるものではない。では、どうしたらいいのだろう。

　菊美の住むマンションは、駅からバスで十分ほどかかる。駅前のターミナルに、行く先のバスが見当たらないので、早樹はタクシーに乗った。

元は農道と思われる狭い道を、ビニール傘を差して歩く学生たちを車窓から眺める。

庸介と結婚した頃は、まだ畑が多かったのに、今は細々した住宅で埋め尽くされていた。

そもそも大泉学園にマンションを購入したのは、庸介が近くにある国立大の付属小学校に通っていたからだと、菊美が語っていた。

そのマンションが見えてきた。十階建ての白い建物は壁が黒ずみ、老朽化が目立った。

マンションのエントランスには、チラシや紙くずなどのゴミが落ちていた。掃除が行き届いていないせいか、はたまた雨のせいか、古びて陰気に見えた。

以前、常駐していたはずの管理人はいなくなったらしく、管理人室のガラス窓は、緑のカーテンがきっちりと引かれて人影がない。

早樹はエレベーターに乗って、八階のボタンを押した。エレベーターの壁も心なしか黄ばんで見える。

今年に入ってから、まだ一度も訪れていなかったのだが、こうやってしばらくぶりに来てみると、何もかもが次第に変化しているのに気が付く。

不意に、両親にぜひ会わせたいからと、庸介に初めてここに連れて来られた時のことを思い出した。

一月の寒い日だった。早樹は、コートを着たまま加野家の玄関に入るのは失礼だろうと、このエレベーターの中でストールを取り、コートを脱いだのだった。すると、「ずいぶん気を遣ってるね。いつも、そんなことしないだろ」と、庸介に冷やかされた。気恥ずかしくなって再びコートに袖を通すと、庸介が口づけをした。その途端、エレベーターが途中階で停まった。そこには誰もいなかったが、二人して、はっと身を離してから、弾けるように笑った思い出がある。

その時の庸介の声音《こわね》や唇の感触が蘇って、早樹は息を止めた。菊美に会いに来るたびに、過去に引き戻される。それも、突然断ち切られて、否応なく手放した過去に、だ。

しかし、過去を思い出すのが辛かった時期は過ぎ去った。今はもう、こんなところにでも来なければ、思い出すこともなくなっているではないか。

八階に着いた。長い開放廊下が奥まで延びている。それぞれの家の前には、三輪車や生協のコンテナ、果ては自転車までが置いてあった。

管理人が常駐していた頃は、そんなことはなかったのにと思いながら、早樹は廊下の端まで歩いた。

何軒か、湿気が入り込むのも厭《いと》わず、玄関ドアを少し開けて風を入れているうちもあった。まるで長屋のようになったと思いながら、八一三号室のインターホンを押す。

「はあい」菊美の億劫そうな声が聞こえた。

「あのう、早樹です。こんにちは」

「はいはい。ちょっと待ってね」

開放廊下で待っていると、やがて鋼鉄の玄関ドアが重そうに開けられた。

細い隙間から、こちらを窺う菊美の顔が覗いている。見覚えのある、浴衣《ゆかた》の生地で作られた夏のワンピースを着ている。

「いらっしゃい。わざわざすみませんねえ」

むくんでいるのか、以前より顔が大きくなったし、髪も薄くなった。動作も鈍く、七十二歳という実年齢より、十歳は老けて見える。

早樹は、体調でも悪くてその相談なのかと気を回した。

「お邪魔します」

加野家の臭いは変わらない。家に染み付いた出汁《だし》と味噌の臭いだ。今日は、その臭いに、トーストと線香の香りが加わっている。

「お母様、体調はどうなんです？」

早樹が訊ねると、菊美はゆっくり首を振った。

「あたし、元気よ。早樹ちゃんはどうなの？」

菊美が、早く中に入りなさい、という仕種をしながら問い返した。

「私は変わりないです」

サンダルを脱いで、出されたスリッパを履く。スリッパは買い替えていないらしく、素足で履くのが躊躇われるほど薄汚れている。

先にゆっくりと歩く菊美が、振り向いて訊いた。

「おめでたとかは、まだないの？」

「ないですよ」と、苦笑する。

「そりゃそうよね」

ええ、と笑って答えたが、克典の年齢を考えると、今の質問は素直に受け取れなかった。菊美は決して意地悪ではないのだが、軽率なところがあった。そしてまだ、自分を「加野家の嫁」と見なしている、と早樹は不満に思った。

とはいえ、何年もの間、心労をともにして慰め合い、足繁くこの家に通っていた時期とてあったのだ。もう菊美とは関係ない、と無下《むげ》にすることは、早樹にはできない。

リビングには、昔と変わらぬ大きなダイニングテーブルが置いてある。

その上のほぼ半分は、朝刊やダイレクトメールの類《たぐい》、そして薬の袋やレシートなどが雑然と載っていた。前はもっと片付いていたのに、と心配になったが、早樹は何も言わずに買ってきた食物の包みを、テーブルの残ったスペースに置いた。

「お寿司とお総菜を買ってきました。一緒に食べましょう」

「ありがとう」

菊美は冷蔵庫から、ウーロン茶のペットボトルを出した。

早樹は、買ってきた刺身や酢の物のパックを冷蔵庫に入れた。ついでに中を見ると、あまり物が入っていないので心配になった。

「お母様、ちゃんと召し上がっているんですか？」

ウーロン茶をグラスに注いでいた菊美が、むくんだ顔を上げた。

「食べてるわよ。近頃は、ずっとコンビニ飯だけどね。あれは便利よね」と、笑う。

早樹は、菊美の口からコンビニメシという言葉が出たことに驚いた。

「近くにあるのなら、それでもいいと思いますよ。ともかく、ちゃんと食べないと」

調子を合わせたが、庸介の父親が亡くなってからというもの、菊美は急激に何かが緩んできているように見えた。

食卓に向き合うと、菊美が感嘆したように言った。

「早樹ちゃん、何だか綺麗になったわね。とても落ち着いて見える」

小皿に醤油を差していた早樹は、照れくさくなって呟いた。

「そうですか。そんなこと誰にも言われたことないのに」

「ううん、綺麗になった。あなた、再婚して本当によかったわね」

そう言いつつも、菊美は柿の葉を手で剝《む》いて、大きな溜息を吐く。

「ご主人は、お元気なんでしょう？」

「ええ、おかげさまで元気にしてます」

「よかったわねえ、ほんとに。再婚してよかった」と、繰り返す。

しばらく、二人とも無言で、早樹が買ってきた寿司やサラダなどを食べた。

「で、お話って何ですか？」

何も言いださない菊美に焦れて、早樹は思い切って訊ねた。

「うん、こんなこと言っても、あなたは信じないと思うのよね」

早樹は黙って、菊美の言葉を待っている。

が、『他の人にこんなことを言ったら、あんたアルツハイマーになったんじゃないのって、疑われる』という菊美の言を思い出して、腰が退《ひ》けているのも事実だった。

今の自分に、菊美の悩みを受け止めるだけのパワー、いや熱意はありそうにない。

菊美が思い切ったように語り始めた。

「駅のこっち側にスーパー出来たじゃない。知ってるわよね？」と、その名前を告げる。

出来たと言っても、もう何年も前のことだから、早樹は頷いた。

「はい、知ってます」

「お盆になる前だったかしらね。殺虫剤とか、いろんな物が切れかかっていたんで、あたし、あのスーパーに買いに行ったのよ。あそこは一階に食品だけでなく、日用品もあるもんだから、つい石鹸とかお線香とか、余計な物まで買っちゃったの。ああ、こんなに買って、いくらカートだって重いし、引いて帰るの面倒くさいなと思いながら、エスカレーターで二階に上がったの。あそこ、二階にお総菜を売ってるところがあるのね。知ってる？　あそこの焼き鳥屋で何串か買って帰ろうと思ったのよ。お夕飯が面倒くさいと言ったって、動物性蛋白《たんぱく》質《しつ》は必要じゃない」

菊美の話は長い。電話でもそうだが、早樹は頷くのに疲れて、延々と喋りそうな菊美の顔を見つめた。

「それで、エスカレーターで上がって行ったら、何か誰かが見ているような気がして、ちょっと振り向いたのよね。そしたら、一階のところから、男の人がこっちを見上げていた。それがね、庸介みたいだったのよ」

「まさか」

早樹の全身に鳥肌が立った。こんな用件だとは思いもしなかった。

「そうなの。まさか、でしょう」

菊美もそそけだったような顔をして、両頬を手で押さえた。

「それは、あり得ないですよ」

「わかってるの、わかってる。あたしも、ドキッとしてね。戻ろうとしたけど、エスカレーターだから戻れないじゃない。そうこうしているうちに、二階に着いちゃったから、慌てて反対側に回って、今度は降りるエスカレーターに乗ったけど、一階にはもういなかったの。それから、ずっとスーパーの中をぐるぐる回って捜し歩いて、果ては、店員さんにまで、あそこに男の人がいたけど、見ませんでしたかって訊いたりしてね。その店員さん、気持ち悪そうにあたしの顔を見てるから、ああ、頭のおかしな婆さんだと思ってるんだと気になったりして」

菊美は喋り疲れたのか、言葉を切って嘆息した。

「多分、お母様の見間違いだと思います。他人のそら似ですよ。私も経験がありますもの」

早樹は静かに言った。

雑踏の中で、庸介に似た背格好の男を見かけては、立ち竦んだことが何度もある。その背中を追いかけて前に回り、顔を確かめたこともあった。

庸介ではないとわかると、そのたびに失望し、また安堵もするのだった。

生きていてほしいと願う反面、生きているのなら、どうして自分の元に帰ってこないのだという心外な思いがある。その複雑な心境は、経験した者でなければわからないはずだ。

「そうね、見間違いならいいと思うんだけどねえ」

庸介ではない方がいいと言うのか。

菊美の意外な返答に、早樹は驚いて問い返した。

「本当にそうなんですか?」

「うん」と、菊美が頷いてから、早樹の視線を避けるようにベランダの方に目を遣った。

ベランダには野菜のプランターや植木鉢がところ狭しと並んでいるが、その半分は、菊美の心境を表すかのように、無惨に枯れていた。

「そりゃそうよ、早樹ちゃん。もちろん、庸介には生きていてほしいと思うわよ。思うけど、あまりにも時間が経ったよね。あたしはもうじき七十三歳になるわ。この八年間ずっと、あの子のことを思い出さなかった日はないの。毎日、毎日、今頃どうしているんだろうって思ってた。お父さんが生きていた時は、何だかあたしも気が強くてね。庸介はきっと生き延びて、どこかの島で暮らしているんだなんて信じてたわ。ある日、ふらっと帰ってくるんじゃないかと思って、このマンションを引っ越すのだけは絶対にしないようにしようと思ったし、庸介の好きな食べ物を買ってはいつも冷蔵庫に入れていた。ほら、ところてんとか豆腐とかね。あの子、好きだったでしょう。いつ帰ってきても食べられるようにと思って」

菊美は冷蔵庫を見遣って言った。

この冷蔵庫は、早樹が初めてこの家を訪れた時からキッチンにあった。冷凍庫の扉に、早樹と庸介がシチリアで買ったマグネットが変わらず留めてあった。

三本足のマークは、シチリアの象徴で、三角形という意味の「トリナクリア」という。

菊美が三本足を見て、「あら、気持ち悪い」と言ったので、庸介が笑ったことを思い出す。

「だけど、あたしも独りになって、心細くて疲れたんでしょうね。最近は諦めてしまった。庸介は海の底に沈んで魚に食べられているのかな、もう珊瑚《さんご》のような骨になったかなと思ったり、海流に乗って遠くの外洋に流されて、まだ波間を漂っているのかなと思ったり。前は、もし死んでいるのなら、骨の一片でも帰ってきてほしい、それがせめてもの願いだと思ったけど、今は海に還《かえ》った想像をすると、心が安らぐの。もう戻ってこなくていいって。だって、いずれあたしもそこに行くからね。悲しいけど、それはある意味、落ち着くことでもあるのよ」

わかるような気がした。

庸介は、戦場で行方不明になったのではないのだ。広い大洋でいなくなった夫は、おそらく命を落としたはずなのに、その証拠がないために、家族は永遠に「何か」を待ち続けるしかない。それは何かの知らせか、死の証拠か。母親の菊美でさえも、待つことにくたびれたのだ。

「私もそうです」と、早樹は小さな声で言った。「いろんな可能性を考えたけど、今は諦めましたもの」

配偶者が失踪してから三年以上経つと、「三年以上の生死不明」という理由で離婚の申し立てができる、と教えてくれたのは、高校時代の友人の木村《きむら》美波《みなみ》だった。

早樹が再婚した今は、あまり連絡を取り合っていないが、庸介がいなくなった頃は、美波は心配してくれて、頻繁に会っていた。

美波の言うように、離婚の申し立てをしなかったのは、庸介の代わりになる男など絶対にいないと思っていたからだ。

また、自分が勝手に離婚したら、万一、庸介が戻ってきた時に嘆くだろうとも思った。

「でもね、せっかく落ち着いていたのに、ああいう風に、庸介にそっくりな人が現れるとどうしたらいいのかわからなくなるんだよね」

菊美は戸惑ったように言って、それまで握り締めていた割り箸を放り投げるように置いた。

菊美の激しさに驚き、早樹は冷静になろうと努めた。

「その人は、どんな格好をしてたんですか？」

「黒いTシャツ。いつも庸介が着てるみたいな」と、呟く。「下はジーンズだった」

そんな格好をしている男はごまんといる。やはり、どう考えても、菊美の見間違いだとしか思えなかった。

「そういう格好している人はたくさんいますよね。どうして庸介さんだと思われたんですか？」

菊美は首を傾げて考えている様子だったが、低い声で呟くように言う。

「やっぱり表情よね」

「どんな表情をしたんですか？」

「目が合ったら、にやっと笑ったの」

またも鳥肌が立った。

「笑ったんですか。でも、一瞬ですよね？　お母様が見たのは」

「一瞬？　そうかしら。エスカレーターが上がっていく間、目が合っていたんだよね。だから、そんなに短く感じなかったわ」

「本当に庸介さんだったんですか？　だったら、警察に届けた方がいいんでしょうか」

菊美は答えずに、また首を傾げた。

「何かその表情が、庸介が照れくさくてする時の笑いにそっくりだったような気がしてね。あたし、どきっとしちゃったの」

「でも、それだけじゃ決められないですよね」

「そうだけど」と、菊美は情けなさそうに眉根を下げて、あらぬ方を見た。

「なんか庸介のような気がしたのよね。母親の直感というのかしら」

またか。早樹は菊美から目を逸らす。

たとえ庸介がどんな姿になっていようと、自分は母親だからわかると、菊美は常々主張していた。

魚に姿を変えようと、海底の岩になろうと、砂浜に打ち上げられた乾いた海草になっていようと、自分は母親だから息子がわかる、と言ったことがあった。

だが、早樹は庸介が他の物に姿形を変えたらわからないし、愛せないような気がした。庸介は庸介の姿形をしているから、好きなのだ。

「電話で仰っていたけど、どうして怖いって思われたんですか？」

今度は即座に返事があった。

「何かね、諦めていたせいか、死人が蘇ったような気がしたの。怖かった」

息子なのに怖いのですか？　という言葉を呑み込む。

「じゃ、お母様は、その人が庸介さんだって、信じていらっしゃるんですね」

菊美は黙って割り箸の袋を折っていた。やがて顔を上げて頷いた。

「ええ」

「まさか、あり得ないですよ。絶対に見間違いです」

「早樹ちゃんは、そう言うと思ったよ」

菊美が薄く笑った。

「どうしてですか」

菊美の顔に、これまで見たことのないものが表れたように思った。

「だって、もう再婚したんだものね。新しい人生を歩んでいるんだから、過去は過去にしたいんでしょう」

「そんなこと思ってませんけど」

「ならいいけど。あたしの言うこと信用してないものね」

それは荒唐無稽《こうとうむけい》だからです、とは言えない。長い時間かかって、心の中でやっとエンドマークを打ったことに対して、早く復活しろ、と乱暴に言われているような気がしたとも、言えなかった。

「どうせ、認知症気味だからとか思ってるんじゃないの。独り暮らしで発症したとか何とか。そりゃ、あたしは人の名前を忘れたり、メモしないと何を買うんだったか忘れたり、そんなことはしょっちゅうあるわよ。でもね、まだ大丈夫なの。あたしは自分の息子くらいは見分けが付くよ。早樹ちゃん、言っておくけどね。あれは、庸介よ」

「やめてください。もう死亡認定されたんだし、お墓も作ったじゃないですか」

「じゃ、どうして、その男はあたしを見て笑ったの？　母親を久しぶりに見たからでしょう？」

早樹は首を振った。

「では、どうしてこの家に訪ねて来ないんですか？」

「照れくさいんじゃないの」

さすがに早樹は失笑した。

だが、菊美は真面目な顔をしたまま、ベランダから覗く雨空の方を見ている。

早樹は腕時計を見るふりをして言った。

「そろそろ帰らないと。何かあったら、またご連絡頂けますか？」

3

菊美の部屋から空を見た時は本降りだったのに、マンションを出たら小降りになっていた。西の空が明るくなってきているから、じきに晴れるだろう。

早樹は折り畳み傘越しに、菊美のマンションを振り返った。陰気な家を出て、心底ほっとしている。

菊美が庸介らしき男を見たという話は、どう考えても、菊美の勘違いだとしか思えなかった。

庸介が行方不明になったのは三十六歳の時だから、生きているとしたら、もう四十四歳になっているはずだ。

菊美が見たという男は、どんな容姿をしていたのだろうか。詳しく訊くのを忘れた。

早樹には、中年になった庸介がどんな姿になるのか、想像がつかない。

舅は白髪頭だったから、そろそろ髪に白いものが目立つ頃だろう。

それに、庸介は食べたり飲んだりすることが大好きだったから、お腹も出ているに違いない。

そんなことを考えながら停留所でバスを待っていると、スマホが鳴った。

見ると、たった今別れてきたばかりの菊美からである。

忘れ物でもしたのかと思い、急いで出た。

「もしもし、どうしました？」

「さっき言うの忘れたわ」

挨拶もなしに、菊美が咳《せ》き込むようにして言った。

「何でしょうか」

「あのね、どうして庸介に見えたかって話よ。さっき、笑った顔が照れくさそうでって言ったけどね。肝心のことを言うの忘れてた。その笑った顔がね、若い頃のお父さんにそっくりだったのよ」

聞いた途端に、ぞくりと寒気がした。

たった今、八年後の庸介はどんな姿になっているだろうと、舅の顔を思い浮かべたからだった。

「それだけよ。じゃあね」

にべもなく電話が切れた。

早樹は何となく心細くなって、バスが通る狭い道に目を遣った。早くマンションから離れた方がいいような気がした。

しかし、バスは来ないし、タクシーの姿もまったく見えない。

そうこうしているうちに、雨が上がった。

早樹は折り畳み傘の水を切って、丁寧に畳むことに専心した。何かしていないと、落ち着かない。

この街を出て、安心できる場所に行きたかった。だが、それは母衣山の住まいではなかった。真矢のブログを読んでから、急に母衣山が嫌になっている。

今さらだが、あそこは亡くなった人と、その人を慕う人の家なのだと思う。

そんな家に平然と暮らしているように見える自分を、真矢が憎むのはわからないでもなかった。

亡くなった前妻が、自分の母親と歳が近いこともあり、自分は何とも思わずに克典の家で暮らしてきた。が、真矢からすれば、何とも鈍い女に思えるのだろう。

とはいえ、埼玉の実家は、弟夫婦が同居しているから行きにくいし、庸介と二人で暮らした中目黒のマンションはとっくに出てしまった。独り暮らしをした、高井戸の2Kの部屋は、仮の宿だ。

早樹は途方に暮れた気分で、雨上がりの空を見上げた。夏空が戻って、どんどん気温が上昇している。

克典とは、六時に麻布のイタリアンレストランで待ち合わせていた。一緒に食事をして、社用車で母衣山に戻る予定だ。

それまでは時間があるので、久しぶりに新宿か銀座のデパートで買い物をするつもりだったが、そんな気分はとうに失せていた。

今日は、真矢のブログを読んだことと、菊美が庸介らしき男を見かけたという話に、打ちのめされている。

急に誰かと話したくなり、早樹は木村美波にＬＩＮＥしてみた。

美波は猛勉強の末、一昨年、四回目のチャレンジでようやく司法試験に受かり、虎ノ門にある離婚調停を得意としている法律事務所に勤めている。


久しぶり。早樹です。

元気かな？

東京に来てるんだけど、四時頃から時間あるなら会わない？

五時半には出なくちゃならないから、あまり時間がないけど、ちょっと会って話したい。


すぐに美波から返事がきて、四時なら出られるからと、東京ミッドタウン内のカフェを待ち合わせ場所に指定してきた。

思いがけず、親しい友人と会えることになって、早樹はようやく浮き立つものを感じた。

やっと到着したバスは、部活帰りらしい高校生でいっぱいだった。吊革も摑《つか》めない状態ながら、何とか大泉学園駅に戻った。

念のために、菊美が庸介らしき男を見たというスーパーに入って、件《くだん》のエスカレーターに乗ってみる。

途中で振り返って、一階に立っていたという男を見る真似をした。一瞬というより、数秒間は顔を見ていることができそうだ。

二階に着いてから、すぐに逆側に回り、一階へと降りてみる。その間、一、二分くらいしかかからないのに、男の姿は消えていたという。

やはり、菊美の勘違いか見間違いとしか思えなかった。とんでもないことで呼び出されたものだと、溜息を吐く。

用意した現金を渡すのを忘れたことに気付いたが、認知症では決してない、と声高に主張する菊美の表情を思い出すと、渡さなくてよかったと思うのだった。

練馬で大江戸線に乗り換えて、六本木に向かった。

ミッドタウンに来るのも久しぶりだから、勝手がわからず、外国人観光客の団体に揉《も》まれるようにして中に入った。美波との待ち合わせは、一階奥のカフェだ。

時間より少し早く着いたのに、庭園に面した席から美波が手を振って合図した。

白いトップスにダークグリーンのタイトスカートという地味な形《なり》だ。

染めていない黒髪を無造作なショートカットにして、まったく化粧をしていなかった。アクセサリーもひとつもなく、腕時計でさえも、高校生時代と同じものを着けているので、早樹は驚いた。

これほど飾り気のない友人もいなかった。いや、飾り気がないというより、その徹底した無頓着が、一種の主張のようにも思えるほどだ。その加減も、以前より激しくなっている。何か内面に変化があったのだろうか。

「美波。今日はありがとう」

「うん、LINEくれてよかったよ。今日は暇だったの」

美波がさっと早樹の全身を確かめるように見ながら言った。

その視線の鋭さは、最近身に付けた職業的な態度なのか。早樹はたじろぎながら、美波の腕時計を指差した。

「その時計、懐かしいね。まだしてるんだ」

年季の入った茶色の革バンドは、ところどころ白く擦《す》り減っている。

「早樹、前も同じこと言ったよ」と、美波が真面目な顔で言った。「あたし、物持ちがいいのよね、とあたしも同じ台詞《せりふ》を返したけどね」

美波の前にあるのは、透明の液体の入ったグラスだ。

「何飲んでるの？」

「ジントニック」

「もう、店仕舞いしていいの？　もう事務所には戻らないよ」と、美波がやっと笑った。

「いいの、疲れたもん。もういいの？」

美波は酒飲みだし、煙草《たばこ》も吸う。

早樹も白ワインを注文して、久しぶりに会う友人の顔を正面から見遣った。口で言うほど、疲れているようには見えなかった。

「美波、久しぶりだね。元気そうだよ」

気の置けない友と会えた喜びで、知らずに緊張して固くなっていた心や体が溶け出すようだった。

「元気じゃないけどさ。一応、生きてる」

美波が肩を竦めて言う。

「最後に会ったのは、早樹が結婚する前だから二年ぶりくらいかな。あれは、あたしが司法試験に受かったお祝いだったね」

「うん、そうだった」早樹は頷いた。「仕事はどうなのよ。うまくいってる？」

美波が口を歪《ゆが》めて答える。

「面白くないね。あたし、離婚調停なんて間違った方向に行っちゃったかもね。ろくなケースないんだもん。そんなのばっか見てると、よくもまあ、男も女も結婚なんかする気になるなと思うよ。最後はみんな金だよ。金で争うの」

「子供の親権とかじゃないの？」

「子供育てるのだって、金が要るじゃん」

美波が明快に言い放つ。

「そっか、なるほどね」

「そっちはどうよ？　塩崎爺《じい》さんとうまくやってるんでしょう？」

舌鋒鋭いというよりも、美波は本質的なことをずけりと訊く名人だ。

早樹は声に出さずに軽く頷いてみせた。

「塩崎さんは、酸いも甘いも嚙《か》み分けた大人だもんね。そりゃ、敵《かな》わない人よ。でも、早樹はそろそろ仕事しなくていいの？　やりたいんじゃないの」

「まだいい。私も疲れたから、ひと休みって感じかな」

早樹は、運ばれてきた白ワインを、友人のグラスにぶつけて乾杯した。

「そうだよね。早樹は人一倍疲れる経験をしたものね」

美波がジントニックをひと口飲んでから、早樹のバッグから覗く折り畳み傘に、じろりと目を遣った。

「ところで、こんな天気の悪い日にどうしたのよ。逗子の大邸宅から、わざわざお出ましになって」

「それがさ、庸介のお母さんが話したいことがあるって、呼び出されたの」

「へえ、何？　お金でも分けてくれるって？　あ、そんな金ないか」

「違うよ」

早樹は苦笑しながら、菊美から聞いた話をした。美波が目を細めて眉を寄せ、とても信じられないという表情をする。

「庸介さんが生きてるっていうの？　それ、マジ？　あり得ないよ。絶対に何かの間違いだと思う」

頓狂《とんきょう》な声を上げて、美波は首を振った。

「私もそう思う。でも、お義母さんは何だか妙に確信に満ちてたてね。それが、ちょっと気持ちが悪かった」

「認知症とかは大丈夫なのかな？」

美波が、菊美が想像していた通りの反応をしたので、早樹は少し笑った。

「義母も同じこと言ってた。こんなことを言うと、それを疑われるかもしれないって」

「へえ、冷静じゃないの。しかし、気持ち悪い話だね」

美波が何かを思い出したのか、ふっと静かな表情になった。

「そうなの。帰りに、そのスーパーに行ってみたけど、誰かが物陰で見ているみたいで、何となく怖かった」

美波が、真面目な顔で訊く。

「あのさ、庸介さんて、生命保険には入ってたの？」

「入ってなかった。これから入ろうと思っていたところだったの。教職員共済だけだった。死亡認定されてから、二十万くらいもらった」

「二十万。少ないけど、共済だものね」

「でもね、遺族年金も出るらしいの。そっちは結婚することに決まっていたから、申請しなかったけど」

実は、克典と式を挙げて籍を入れたのは、正式に死亡認定された後だが、その前から一緒に暮らしていたので、事実婚の状態だった。

「何だ。少しの期間でもいいから、もらえばよかったのに。勿体ないよ」

「だって」

塩崎の社会的立場もある、という言葉を呑み込む。

察しのいい美波が頷いた。

「事実婚で遺族年金もらったら、社会問題になっちゃうよね。塩崎さんには、すごいスキャンダルになる」

「そう。だから、会社の弁護士さんに止められたの」

「止められなかったら、申請してた？」

美波は意地悪な質問をする。が、早樹は首を振った。

「しないよ。お金は問題じゃなかったから」

確か年に五十六万くらいの支給額なのに、手続きが面倒だった覚えがある。

「そりゃそうよね。塩崎夫人から見たら、超はした金だもんね」

美波が短く切った爪を見ながら呟く。

「そうは言っても、私が自由に遣えるわけじゃないし」

「天下の塩崎夫人だったら、五十六万なんて、一日で遣える額じゃないの」

美波はいつも露悪的な言い方をするのだが、今日はしつこく感じられた。

「そんな教育受けてないよ。私たち、県立高校出身じゃない」

早樹がふざけて言うと、美波が睨《にら》んだ。

「そうだけどさ。何せ、クラス一の玉の輿だからねえ」

一瞬、真矢のブログの悪意が頭を過《よぎ》った。苦い顔をしたが、美波は気付かない。

「大学からは、弔慰金とか出たの？」

「たったの五万だったけどね。あと、退職金が少し」

「大学って、そんなものか」と、美波が溜息を吐いた。

「そうよ、雀《すずめ》の涙。今になって思うのは、保険に入っておけばよかったってこと。ずっと払い続けなきゃいけないらしいけど」

「いや、結果論から言えばさ。入ってなくてよかったよ。だって、早樹は一時、庸介さんの実家に家賃分出してもらってたでしょう？」

「うん。でも、月に二、三万くらいよ。中目黒のマンションって、家賃高かったじゃない。とてもじゃないけど、もう住めないから安いところに引っ越すって言ったら、お金をあげるから、あの家に住んでてくれないと困るって懇願されたの。万一、庸介が帰ってきた時に、家がなくなっていると可哀相だって」

早樹は当時の面倒な状況を思い出して、自然と顔が歪んだ。

思えば、庸介の両親には、手を焼くことの方が多かった。

「でも、そういうのってさ。自分たちからお金をもらいながら、早樹がちゃっかり保険料を払い続けてたって聞いたりすると、気分を損ねると思うよ。トラブルの元って、要は気分、つまり感情なのよ。法律ってさ、感情的な縺《もつ》れを整理するためにあるんだから」

「なるほどね。その通りかもしれない」

早樹は感心して、長い付き合いの友人を見つめた。

おそらく洗顔したままで化粧水も乳液も付けていないのだろう。美波の素顔は、四十代に入ったせいか、しみとそばかすが目立って、凄《すご》みさえ感じられた。

「早樹は奥さんなんだから、塩崎さんの遺産も相続するわけでしょう？」

「いや、多分、あの母衣山の家だけじゃないかしら」

それは何となく、克典の口調からわかっていた。すでに遺言書も作られているはずだ。

「母衣山の家だけだって、すごい価値じゃない。何十億じゃないの。それに遺留分もある」

「でも、わからないわ。子供たちが三人もいるし、私が決めることじゃない」

そう言ってから、真矢のブログのことを思い出して、嫌な気持ちになった。

そして、どうして遺産の話なんかしているのだろうと思った。

「こんな話、やめようよ。ともかく、私は今日、いろんなことを思い出して落ち込んだのよ。だから、美波に聞いてほしかったの」

「確かにね。ちょっとお義母さんに脅された感じだよね」

美波が、ジントニックのお代わりを頼んだ。以前より、ピッチが早い。

「ねえ、美波。万が一、庸介が生きていたら、どうなるんだろうか」

早樹が思い切って訊ねると、美波がゆっくりと足を組み直してから首を傾げた。

「そんな可能性は本当に万が一だと思うけど、たとえ生きていたって、早樹はもう法的に『死別』したんだから、問題ないじゃない」

問題ないと言われてしまうと、抵抗を感じるのが、自分の面倒なところだった。

見送る朝の些細《ささい》な口喧嘩。後悔で眠れなかった夜。『研究室にある遺品を持って帰ってください』と大学職員に言われて、『まだ死んだと決まってません』と泣いて抗議したことだってあった。

あれこれ思い出していると、美波が心外な顔をした。

「あら、奥様。余計なこと言いましたかしら、私?」

「いや、余計じゃないけど、厳しいね」

早樹が答えると、美波が笑った。

「何か沈んでるからさ。ショック療法よ。とかく、そういう根も葉もない噂は後から出るものなんだから、気にしなさんな」

「でも、ちょっと気味が悪いよ」

「まあね。庸介さんて、携帯とかお財布は船に置いてあったの?」

「ううん。ポケットの中にあったらしくて、船には一切なかった」

「うへえ、そういうものかしら。でも、沖合でいなくなったんでしょう？」

美波がスマホを操作しながら訊く。覗き込むと、三浦半島の地図が見えた。

「釣りをするポイントが沖合だっていう話だからね」

「そんな海の真ん中で釣りしながら、ポケットに全部入れてるものかな」

それは、早樹もよく思ったことだ。

「でも、船には見当たらなかったのよ」

釣り道具は、新しく揃えた物がそっくりそのまま船に残っていた。

だが、釣り仲間がそれを見て、「いつもは、もっといい道具を使っていたのに」と首を捻《ひね》ったので驚いたことがある。が、庸介の真意はとうとうわからず仕舞いだ。

「船はどこで見つかったんだっけ？」

「三崎の二十キロくらいの沖合だったって。アマダイを釣りに行くとか言ってたから、その辺にポイントがあるんでしょうね」

「あるんでしょうね、か。早樹は何も知らないのね」

美波が笑いを含んだ言い方をする。

「そうなの。まったく興味なかったから」

庸介は釣りが好きだったが、自分は何の関心もなかった。

自分から行きたいと言ったこともない。

庸介はいつも釣り仲間とあちこちの海に行き、やれ今度はヒラメだチヌだと騒ぎ、釣った魚を仲間でさばいては飲むのが好きだった。

その釣り仲間も、ずいぶん心配して何度も捜索に出てくれたが、結局、何もわからなかった。

「まあ、あんまりお義母さんが騒ぐようなら、警察に連絡した方がいいと思う」

美波が短い髪を搔き上げながら言った。生え際に白髪が見える。

「もし、生きていたら、どうなるのかしら？　記憶喪失とかになってて」

「まずあり得ないとは思うけど、戸籍上は『死亡』とされている人だからね」

美波がスマホのメモ帳を出して何か打ち込んでいる。

残って飲んでいくという美波に別れを告げて、早樹はミッドタウンの前でタクシーを拾った。

美波に、真矢のブログのことも相談したかったが、時間がなくなってしまった。

よほど克典に待っててもらおうかと思ったが、克典はいつも早めに到着して自分を待っているから、遅れない方がいいだろう。

克典との食事を、半ば仕事のように身構えている自分に気付いて、早樹ははっとした。

案の定、レストランに行くと、克典が手を挙げた。

「ごめんなさい、遅れて」

「まだ六時前だよ」

そうは言っても、克典の前には、半分空いた生ビールのグラスがある。五時半頃から待っていたに違いない。

「どうしたの。何だか疲れた顔してるね」

目敏く言われて、早樹は溜息を吐いた。

「今、木村さんと会って、白ワインを飲んでしまったから、ちょっと酔ってるの」

「ああ、道理で」と、克典が笑った。「少し顔が赤いよ」

克典は、出勤日なので明るい灰色のサマーウールのスーツを着ている。黄色っぽいネクタイとよく合って、若々しく見えた。

対して自分は、地味なトップスに黒いパンツという、ほとんど普段着のような形で出てきてしまったし、貫禄もないから妻には見えないらしい。

ウェイターが克典に先に給仕するので、克典が注意した。

「奥さんから先に」

「これは失礼致しました」

恐縮しているウェイターを尻目に、克典が訊ねる。

「加野さんの用事は何だったの」

「体の調子が悪いとか、そんなことでした。あと、マンションの外壁工事のこととか」

菊美が庸介のような男に会って動揺している、という話は、なぜか克典に正直に言えなかった。

それは自分が動揺しているからだ、と気が付いたのは、少し後だった。

「あ、そう。ならよかったけど、そんなことで早樹を呼びつけるなんて、よほど寂しいんだろうね」

克典が同情を隠さない様子で言う。

「ええ。隣近所のお付き合いもないみたいだし、中に閉じ籠もっているせいで、何だか家も荒れてて、こっちが憂鬱になっちゃった」

ベランダの草花が枯れていたことを思い出したが、口には出さない。

「お金に困ってるとか、そんなことはないのかな」

克典が何気ない調子で訊ねた。おそらく、一番先に訊きたかったことだろう。

「いいえ、何も言ってなかったから、逆に訊きにくかったわ」と、苦笑する。「でも、困窮という感じじゃないから、単に寂しかっただけなんじゃないかしら」

「だろうね。孤独の病だよ。急に不安になるんだ」

「だから、ちょっと現金も用意して行ったんだけど、出しそびれちゃった。後で送ろうかしら」

克典が優しく笑った。

「そんなことしなくていいんじゃないか。もう、余計なことをしないで、あっちから呼び出しがあったら、適当に付き合うようにすればいいよ。早樹は優しいから、加野さんは、その優しさに、ちょっと付け込んでいると思うな」

「そうかしらね」

早樹は浮かない返事をする。

今日の話で、菊美との間にひとつのチャンネルが開かれたようだ。これからは、たびたび連絡があるだろう。

克典に話さなかったことで、菊美と早樹は、あたかも庸介で結ばれた共犯者のような気がするのだった。そう思うと、食欲がない。

ナイフとフォークを皿に置いた早樹の顔を見ながら、克典が呟いた。

「元気がないね」

早樹は思い切って言った。

「今朝、湘南新宿ラインの中で、優子さんからＬＩＮＥがきたんですけど、その内容がちょっとショックで」

「どれ、見せて」

早樹はスマホで、真矢のブログを開いて見せた。

克典が老眼鏡を掛けて、黙って読み始めた。たちまち難しい顔になる。

「真矢のか。早樹のことも誤解しているね」

「ええ」

「ごめん。すまないね。本当に馬鹿な子だ」と、克典は吐き捨てるように言った。「娘でも、ここまで気持ちが離れるんだと思うと、僕もショックだよ」

「言った方がいいかどうか迷ったんだけど、私たち夫婦のことだから、言った方がいいと思ったの」

克典が憤然とした顔で頷く。

「言うべきだよ、早樹。言ってもらってよかった。だって、それを読んだ人が家を特定しようと思ったら不可能じゃないもの。現に、優子さんから教えてもらったんだろう？　早く真矢に注意して、削除させなきゃ駄目だ。だって、ここに書いてあることは真実じゃないし、噂になったりしたら被害は甚大だ」

企業経営者も週刊誌に取り上げられかねない。まして、克典は事実上引退したと言っても、創業者一族だ。

しかもブログでは、若い妻がいて、前妻の死のことを、わざとセンセーショナルに書いている。考えるまでもなく、嘘だらけの迷惑な話だった。

「優子さんはどうして知ったのかな」

「自分で調べたって言ってました」

「智典はどうして言わないんだろう。たいした問題じゃないと思っているのかな」

克典は食事そっちのけで、自分のスマホで検索を始めた。そして、すぐに真矢のブログを見つけたらしく、黙って読み始めた。

バニラのジェラートに、熱いエスプレッソをかけたデザートが運ばれてきたが、気にも留めない様子で読むのに熱中している。

「克典さん、デザートがきてる」

早樹が声をかけると、克典は老眼鏡を外しながら顔を上げた。

「酷《ひど》いもんだね、まったく。これ以上、読むのが苦痛だよ」

不満げに呟く。スプーンを取り上げたが、食べる気がしないらしく、すぐさまテーブルの上に置いた。

「ええ、ほんとに」

早樹は小さな声で同意したが、その声もほとんど耳に入っていないようだ。

克典が憤然として言った。

「妹がこんな幼稚なことを書き散らかしているのに、どうして智典は注意もしないんだろうか。経営者としても、脇が甘いよ」

早樹は戸惑いながら、立腹している克典の顔を眺めた。目が険しくなり、眉間に縦皺《たてじわ》が寄っていた。こんなに怖い顔をするのかと驚く。

普段は温厚な克典が、本気で怒る場面は見たことがない。

いや、あった。克典は運転をしていると、狭量になって小言ばかり言う。

渋滞で横入りしようとする図々しい車に対して、舌打ちして罵《のの》る横顔を見たことがあった。

その時、早樹は、克典は本当は気難しい男なのかもしれない、と思ったものだ。そのせいか、克典は運転をしなくなった。

「そんなに怒らなくてもいいんじゃない」

とりなすように言ったが、克典は電話をするつもりらしい。

難しい顔をして、スマホを耳に押し当てている。

「真矢さんに電話するの？」

「いや、智典にだよ」

早樹は、慌ててナプキンで口許を拭いて言った。

「真矢さんに直接言った方がいいんじゃないの？」

優子から聞いた、智典が『誰にも言うなと怒った』という話を思い出したからだった。

だが、克典は厳然と首を振った。

「真矢の電話番号を知らないんだ」

そこまで仲が悪いとは知らなかった。

「じゃ、亜矢さんのは知ってるの？」

「知らないよ。女たちのは聞いてない」

「女たちって、お嬢さんたちじゃない。そんな冷たい言い方をしなくたって」

呆れて言うと、克典が苦笑した。

「だって、連絡取りたいのなら、智典経由で充分だし、亜矢は神戸の家に電話すればいいじゃない」

「そうだけど」

克典があまりにも娘たちと疎遠なので驚いた。ということは、案外、前妻とも仲が悪かったのかもしれない。

前妻が倒れた日、克典は大阪出張で延泊することを、自宅の留守電に吹き込んだだけだったと言っていた。

伝わっているかどうか、確認もしなかったのかと驚いたものだが、あまりうまくいってなかったのだとしたら、頷ける話だった。

「もしもし、僕だけど、今いいかな」電話が繋《つな》がったらしい。「実は、真矢の書いたブログを読んだんだ。ああ、そうだ。うちの奥さんから聞いた。ちょっと酷い内容だから、おまえから注意してくれないかと思ってね」

その後、少し話し込んだが、頷くだけで電話を切った。

とっくに溶けたデザートの皿を、向こうに除《よ》けながら、克典が言う。

「智典は、真矢には言わない方がいいというんだ。放っておいた方がいいって」

「どうして？」

「逆効果だって。真矢は怒って、そのことをまたブログに書くだろうから、このままそっとしておいた方が無難だって」

末娘も制御できない克典は、険しい顔をしたまま、スマホをテーブルの上に放り投げるようにして置いた。

早樹が何も言わないでいると、克典が頭を下げた。

「すまない」

「別に謝らなくていいわよ」

「そうかな。僕の娘にあんな憎しみをぶつけられて、嫌でしょう？」

憎しみをぶつけられたことよりも、真矢が完全な間違いを信じ込んでいることの方が苦痛だった。

しかし、庸介のことを言わずに、真矢のブログを夫に告げ口した自分の気持ちを、早樹は持て余している。

第三章　あやしい夢

1

明け方、早樹は雨音で目を覚ました。山のてっぺんにある家は、雨が降ると、四方から雨に打たれて孤立しているような気がする。

豪雨の時などはもっと心細く、海と陸とが繫がり、この家が船となって漂流しているように感じることもあった。

薄闇を透かして、克典がこちらに背を向けて寝ているのが見えた。キングサイズのベッドは、互いに端に寄って寝ると案外距離を感じるものだ。が、それにしても遠い。

その時、早樹は妙なことに気が付いた。

克典はいつもブルーのパジャマで寝ているのだが、その後ろ姿は、白いTシャツを着ているように見える。

早樹は、不思議に思って目を凝らしたが、はっと凍り付いた。

克典の頭髪が、黒くて豊かなのだ。しかも、規則正しく上下する肩は少し怒っていて、庸介にそっくりだ。

とうとう庸介が自分の元に帰ってきた。恐怖など一切なく、早樹の心は懐かしさでいっぱいになっている。

会いたいと願っていたのに、夢にさえ現れてくれなかった庸介が、ようやく自分の元に戻ってきたのだ。

いや、これは夢かもしれない。

夢か現実なのかわからなくなって、早樹は庸介の肩にそっと手を伸ばしかけた。途端に、庸介が寝返りを打った。

その顔を見極めようと、身を起こしかけた時に、本当に目が覚めた。

夢だった。思わず何か叫んだように思ったが、隣で寝ている克典は微動だにしない。

まだ動悸《どうき》が治まらない早樹は、大きく息を吐きながら、手探りで枕元にあるスイッチを押した。フットライトがぼんやりと寝室を照らし出す。

すると、克典が向こうを向いたまま寝室を照らし出す。

「どうした」

「起こした？」

「いいよ。大丈夫かい？」

「ええ、お手洗いに行くわ」

「うん」

克典は眠そうな声で呟いて、そのまま背中を向けている。

克典はおそらく、もう一度眠りに入ろうと、固く目を瞑っているはずだ。早朝に目が覚めると、眠れなくなる質だから。

早樹は言った手前、ベッドから降りて寝室の隣にあるトイレに入った。

外の雨音を聞きながら、用を足す。隣はバスルームだ。そのバスルームの脱衣場で、克典の前妻は倒れて亡くなったのだった。

そのことを思い出した早樹は、少し恐怖を覚えた。彼女は倒れて動けないままに、犬と一緒に助けを待っていたのだ。

長い夜が明けて、日が暮れて、体は冷え切っているが誰も来ない。どんな思いだったか。

急に、その苦しい息遣いまでが耳許で聞こえるような気がして、早樹の動悸はまたも激しくなった。

これまで何も感じなかった母衣山に、暗い感情が渦巻いているような気がする。例えば、敵意や悪意のようなものが。

克典の娘たちにとって、自分が招かざる客だったことは、薄々承知してはいた。末の真矢は結婚式を欠席したし、一家で出席してくれた亜矢には、感謝の気持ちを伝えても、素っ気ない答えが返ってきただけだった。

彼女たちの態度から、何となくわかってはいたものの、真矢にそれほどまでに嫌われていたとは思いもしなかった。

真矢の敵意が、遅く効く毒のように神経に回ってきている。

不意に、隣の浴室で、誰かが潜んで自分を狙っているような気がした。

これまでに一度も感じたことのない恐怖は、誤解に満ちた真矢のブログによってだけでなく、庸介を見たという菊美の話にも引き起こされているのだろうか。

早樹は決して怖がりではなかったのに、この恐怖の正体はいったい何だ。

菊美との間で、「庸介」という回路が開かれたように、塩崎家でも「敵意」という回路が開かれたのだろうか。

そこに、たとえ誤解があったとしても、今の早樹を打ちのめすには充分だった。

逃げるように寝室に戻ると、克典がベッドのヘッドボードに体をもたせかけていた。

「起きるの？」

早樹が訊くと、克典が大きく頷いた。

白髪が逆立って、いつもより爺《じじ》むさく見えるので、早樹は顔を背けた。

「起こしちゃったね。ごめんなさい」

早樹がベッドに入りながら謝ると、克典が首を横に振った。

「いいよ。いつも朝方に目が覚めるんだ」

「こんな時間に？」

枕元の時計を見ると、午前四時半だ。雨の音はますます激しい。

「ああ、このくらいだな。もっと早い時もある」

「そんな時、どうしてるの？」

「いろいろ考えごとをしている。スマホで動画見たり、映画を見ることもあるよ。気が付かなかった？」

「知らなかったわ」早樹は首を振った。

「こう見えても年寄りは大変なんだ」と、克典が笑った。「早樹が起きるのは珍しいね。何か悪い夢でも見たのかい？」

早樹は小さく頷いたが、内容を告げる気はなかった。克典も、「どんな夢か」と訊いたりはしない。

眠気の失せた早樹は、ベッドに仰向《あおむ》けに横たわり、天井を見上げた。

「ちょっと訊いていい？」

「いいよ。何？」

克典も仰向けになって目を閉じ、早樹の話を聞く体勢になった。

「前の奥さんとは、仲がよかったの？」

こんな率直な訊き方は、一度もしたことがなかったが、克典は穏やかに答えた。

「どうしてそんなことを訊くのかわかってるよ。真矢のブログを読んだからだよね？」

「ええ。真矢さんとお母さんは、すごく仲がよかったんだなと思ったの。だから、二人でいつも共闘していて、あなたとはあまり仲がよくなかったのかしらと」

克典が頷く気配がした。

「そんなところだな。美佐子《みさこ》は真矢を特に可愛がっていたね。いつも二人で海外旅行に行ったり、買い物したりしていた」

美佐子とは、前妻の名だ。

「楽しそう」

仲良し母娘の姿が目に見える気がした。おそらく、その二人の間には、誰も入ることができなかっただろう。

「でも、僕は美佐子が少し苦手だった。自分の意見を言わないから、何を考えているかわからない。深読みすると、何も考えていなかったりする。かと思うと、思いがけないことで攻撃されたりね。あまり気が合わなかったな」

気が合わない夫婦は大勢いるだろうけれど、克典と前妻との間には、それだけではない問題があるような気がした。

勘繰る気はないけれど、何となく違和を感じた早樹は気を回して黙っている。

すると、克典が話を変えた。

「早樹のご両親はどうなの？」

克典は、自分のことをこれ以上話したくないのだろう。

「うちはすごく仲がいいわけじゃないけれど、悪くもないんじゃないかな。よくも悪くも普通だと思うわ」

早樹は首を傾げながら答えた。

両親の仲がいいか悪いかなど、考えたこともなかった。同じくらいの年齢の、他の夫婦を知らないからだ。

こんな時に、克典が自分の両親の世代に属しているのだと実感する。

「それはいいなあ」と、克典が適当な相槌《あいづち》を打った。

そもそも、早樹の両親は、二人とも克典より年下だ。

ともに高校教師で、生物を教えていた父親は六十九歳になったばかり、英語教師の母親は、父の二歳上だから七十一歳になる。

早樹が克典と結婚すると報告した時は、二人ともさすがに驚いた様子で、何度も克典の歳を訊き返したものだ。

「うちは母の方が年上だし、同じ教師だったから完全に対等なのよ。派手な喧嘩もよくしているし」

今でも実家に帰ると、家事の分担から、映画の感想や政治のことまで、夫婦で言い争っている場面を見ることがある。

早樹は克典と一度も言い争いなどしたことがないから、何と元気なことかと感心してしまうのだった。

「でも、二人でよく出掛けているから、仲がいいのかもしれないわ」

喧嘩の元になる映画鑑賞も海外旅行も、結局二人で行く。

「早樹のお母さんは、ちょっと怖いよね。美佐子と逆ではっきり言う」

克典が笑いながら言った。

確かに、母親は父親よりも現実的で、率直にものを言う癖があった。

早樹が克典と結婚すると告げた時も、母親は厳しい顔ではっきり言った。

『あなたのことを、財産目当てと中傷する人もいるかもしれないよ。それが世間なんだから。庸介さんを失ったのに、あなたはそういう中傷に耐えられるの？』

早樹は怒って反駁《はんばく》したものだ。

いくら母親でも、言っていいことと悪いことがあるのではないかと。

しかし、母の言う通り、早樹を好奇の目で見る人は多かった。ばかりか、真矢のようにはっきり敵意を持つ者とている。

母に真矢のことを相談したくなったが、七十歳を過ぎた母親に、あなたの心配通りだった、どうしよう、と訴えるのも躊躇われる。

またも、真矢の棘《とげ》のある言葉を思い出して、早樹の気持ちが沈んだ。

だが、克典は話し疲れたのか、暢気《のんき》に欠伸をしている。

「話してたら、何だか眠くなってきたよ」

「よかった。じゃ、消しますね」

「うん」

早樹がフットライトを消すと、克典が夏用の毛布を肩まで引っ被って、向こうを向いた。

早樹も雨音を聞きながら、固く目を瞑った。

雨降りの週末が明けた月曜は、また夏が戻ってきた。相模湾も、今朝は深い藍色で美しい。項垂れた巨人の背中のようだった庭のオブジェも、さんさんと夏の陽射しを浴びて光り輝いていた。

逗子のスーパーに買い出しに行くため、外出の準備をしている時、優子から電話がかかってきた。

克典はちょうど庭の中ほどで、庭木の手入れに入った長谷川園の長谷川や、見習い庭師と話し込んでいる。

早樹は、克典の背中を見ながら話した。

「もしもし、早樹です」

「早樹さん、金曜はごめんなさいね。余計なことしちゃったみたいね」

優子が恐縮している。

「こちらこそ、すみません。克典さんが、智典さんに電話するって言うから、慌てたんだけど止められなかったわ」

「いいの、いいの」優子が共犯者めいた忍び笑いを洩らした。「どうせ、いずればれることでしょうから。あたしは、うちの主人も放っておけなくなると思ってたの」

優子は、この騒ぎを楽しんでいるようだ。

「ねえ、早樹さん。あれ読んで、嫌な気分にならなかった？」

「なったわ」と、正直に答えながら、気になっていたことを問う。「それより、優子さんは智典さんに何か言われなかった？」

「別に、大丈夫よ」

「そう。克典さんは、真矢さんに注意できないのかって、智典さんに怒ってたみたいだから」

「真矢ちゃんはそんなこと言われたら、ますます勝手な妄想を膨らませるだけよ。あの人は一族の鼻つまみ者になろうとしてるのよ」

「どうしてかしら」

思わず言ってから、言っても詮無いことだと気付く。おそらく、それは克典と前妻の美佐子との問題に行き着くのだ。

早樹とは関係のないことだから、首を突っ込まない方がいい。

「さあ。真矢ちゃんとお義父様の確執はそれだけ面倒ってことでしょうね。放っておくしかないわよ。知らん顔、知らん顔」

優子がさばさば言った。

「それがいいかもね」

「真矢ちゃんもあんまりやり過ぎると、遺留分しかもらえなくなるかもしれないのにね」

相続のことらしい。確かに、克典が激怒したら、真矢を外すこともあり得るかもしれないと思った。

「マンション買ってもらったって、麻布の中古物件ですものね。あれじゃ気に入らないでしょうね」

優子が吐き捨てるように言った。

何と贅沢なことだろう、と早樹は溜息を吐く。庸介と自分は、一生ローンを払い続けて、中古マンションをようやく手に入れるような暮らししかできなかった。

不意に、昔の自分を思い出した早樹は、贅沢な暮らしに慣れた現在を少し嫌悪した。さりげなく相続の話を持ち出して平気な優子と、同化しているような気がする。

そんな早樹の気持ちを知らずに、優子が思い出したように言う。

「あ、それでね。電話したのは、真矢ちゃんのブログが更新されてるってことなの。あの子、いつも週末に更新するのよ。それを言いたかったの」

「わざわざありがとう」

ブログと聞いただけで、動悸がした。

悪意を吐き出す手段を持った人は、ますますその悪意を募らせて、どんどん醜くなる。その醜さを見るのが嫌なのだ。

「じゃ、すみませんけど、子供をプールに連れてゆくので、ここらで失礼致しますね」

最後はいつも礼儀正しく振る舞う優子が、気取って言って電話を切った。


早樹が庭の方を見ると、克典は長谷川と一緒に庭木を見て回っている。

今度はどんな樹を入れて、どこにどんな花を植えるかと、あれこれ計画を話しているのだろう。楽しそうだった。

早樹はキッチンに行って、ダイニングテーブルの前に座った。ブックマークしてあった真矢のブログを開く。

「夜更けのマイヤ」と題されたタイトルを見るだけで、息苦しくなるほど、読むのが怖かった。


夏なのに、雨が降り続いていると気分が塞ぎますね。

そんな時は、実家のことをよく思い出します。

私の実家は、海の見える高台にあります。

丘のてっぺんにぽつんと一軒だけ建っているから、激しい雨の降る日なんかは、すごく心細かったんです。

ざあざあと雨音が聞こえると、海の水がここまでせり上がってきて、ノアの方舟《はこぶね》みたいにぐらりと家ごと航海を始めるような不安な気持ちになるんです。

そんなことを考えていたら、急に懐かしくなって、土曜日に実家を見に行ってしまいました。

父とあの女がいるから、もちろん外から眺めただけです。

自分の実家なのに帰れないって、すごく寂しい気持ちでした。

早樹は唖然《あぜん》とした。

真矢がこっそり家を見に来たことよりも、雨の日は家ごと航海しているような不安というのが、自分と同じだったからだ。

しかも、土曜日は早樹が嫌な夢を見て怯えた日だった。同い年ということもあり、どこか真矢と似て、繋がっているのかと思う。

早樹はコメント欄も、つい覗いてしまった。

「あーあ、実家盗《と》られちゃいましたね」

「マイヤさん、図々しい女に負けないでね」

「実家取り戻してくださいよ」

そんなピントのずれたコメントに混じって、「海の見える高台なんて、マイヤさんのおうちはお金持ちなんですね」という、探られているようなコメントがあるのも、気になった。

真矢の無防備さが不安になる。

克典が心配するように、克典が父親だと特定されたら、何が起きるかわからない。実に迷惑な話だった。

自然と眉を寄せて、険しい顔をしていたらしい。

「どうしたの」

庭から戻ってきた克典が、怪訝な表情で早樹の顔を覗き込んでいる。

「何でもないの」慌ててスマホの画面を消して、立ち上がった。「買う物を考えていたのよ」

冷蔵庫を開けて、中の食材を点検するふりまでした。克典に、更新された真矢のブログのことを伝えてもよかったが、激怒する夫をあまり見たくない。

「ならいいけどさ」

庭仕事を手伝って上機嫌の克典が、あたかも真偽を確かめるかのように、早樹の顔を凝視するので、早樹は思わず顔を背けた。

「今日はお天気がいいから、お昼はマリーナでも行こうかと思ってるんだけど、どうかな」

マリーナのレストランでゆっくりランチを食べれば、ワインを相伴することになるだろう。克典は一人で飲むのを嫌がるからだ。

そうなれば、自分で運転して買い物には行けなくなる。今日は一人で自由に買い物をしたい気分なのに。

「逗子か鎌倉に買い物に行こうかと思ってたの。卵とか、いろんなものが切れてるから」

「じゃ、一緒に行くよ。蕎麦《そば》でも食べよう。買い物も付き合うから」

早樹は急に克典が鬱陶《うっとう》しくなった。

「一人で行くから大丈夫よ」

「どうして」克典が不満げに顔を顰《しか》める。「じゃ、僕はどこで何を食べればいいんだ?」

「そうか、そうよね」

初めて気付いたふりをして笑ったが、一人で買い物に行く自由もないのかと苛立った。こんな気持ちになったのは、初めてだった。

休日に一人で街に出て、映画を見たり、買い物をしたり、本屋に寄って新刊を立ち読みしたり、あるいは友達に会って食事をして、気ままに過ごす。

それらの楽しみは、克典と結婚して、湘南に住まうようになってからは、縁遠くなった。たまに、埼玉の実家に帰る時や、菊美の様子を見に行く時なども、必ず克典の都合に合わせて日にちを決める。

そして、待ち合わせて一緒に食事をして帰ってくるようになったから、一人で行動することはほとんどないと言ってもよかった。

もちろん、塩崎克典という実業家の後妻になったのだから、夫に合わせて生きることも、自由が制限されることも、ある程度は覚悟していた。

むしろ、突然放り出されたような寂しさを感じないために結婚したのだから、自由の制限くらいは、自分に課した義務のように感じていたのだった。

ところが今は、些細なことも自分の思い通りにならず、すべてを克典に合わせなければならないことが苦痛に感じられる。

克典が、庭で汗まみれになったTシャツを白いポロシャツに替えて現れた。グレーのハーフパンツにビーサンという気楽な格好はそのままだ。

「車、呼んだ方がいいんじゃない？」

「私が運転します」

「だったら、ビール飲めないよ」と、克典が笑った。

「いいわ。だって、タクシーを待たせていると、何だか忙《せわ》しなくて買い物しにくいから」

「そんなの待たせておけばいいじゃないか。何も気にすることはないよ」

克典が肩を竦める。

「そういう問題じゃないのよ」

思わず反論すると、克典が驚いたような顔をした。

いつもの早樹なら、「そうね」と素直に受け入れるからだ。

「どういう問題があるの？」

「何となく悪くて、気が急くじゃない」

「でも、それが仕事じゃないか」

克典は人を待たせることに慣れている。あなたは生まれた時から、いつも自分が中心だったからだ、という言葉を呑み込む。

対して自分は、共働きの教員家庭で育った。自分のことは自分でするのは当たり前だから、他人の手を煩わせないことが第一義だった。貧乏性というのかもしれない。

「克典さんと私は、何もかも違うのね」

溜息混じりに言うと、克典が当然のような顔をする。

「僕と同じ育ち方をした人なんていないよ」

ずいぶんはっきりと言うではないか。人と合わせる努力はしないということか。

早樹は、このところ感じる克典との齟齬《そご》を消化しきれずにいるのに。

「車出してきますね。暑いから、冷房が効くまでここで待ってて」

「頼むよ」

克典はガラスドアから、庭を眺め下ろしながら言った。

庭に長谷川たちの姿が見えないのは、休憩時間に入ったからだろう。

早樹は玄関横にあるガレージに向かった。

道路の反対側に長谷川園の軽トラが停めてあって、長谷川とアシスタント、そして見習いの三人が木陰に座って、煙草をくゆらせていた。

「冷たい物をお持ちしましょうか？」

早樹が声をかけると、長谷川が荷台に載せたウォータージャグを指差した。

「持っているからいいですよ」

了解という風に手を振り、リモコンでガレージのオートドアを開けていると、立ち上がった長谷川が道路を渡ってやって来た。

「お出掛けですか？」

「ええ、買い出しに行ってきます」

言葉を交わして、長谷川の陽に灼けた顔を見上げる。相変わらず、何の屈託もない、楽しそうな表情を浮かべている。

ガレージも車の中も蒸されて暑かった。エンジンをかけて冷房を強にすると、早樹は急いで表に出た。

長谷川がまだ立っていた。

「暑いですね」

「車の中は堪《たま》らないですよ。また、真夏が戻ってきましたね」

「ええ、外の仕事は大変でしょうね」

冷房が効くのを待つ間、立ち話という具合になった。

「奥さん、犬は要りませんか？」

突然、長谷川が訊いた。

「犬ですか？」

驚いて訊き返す。

「ええ、知り合いに、ボーダーコリー専門のブリーダーがいましてね。そこに、とてもいい子が生まれたそうなんです。待ってる人も多くて、あっという間に売れてしまうらしいんですよ。でも、塩崎さんだったら、先に選ばせてくれるそうですから、どうかなって思いまして」

犬は嫌いではないが、あのプードルを思い出して気が滅入る。

一瞬、戸惑っていると、長谷川が続けた。

「さっき、ご主人に訊いたら、まんざらでもない感じでしたよ。僕は、このお庭には、ボーダーコリーがぴったりだと思っているんです。走り回る姿を見たいです」

オブジェの次は犬か。早樹は思わず笑ってしまった。

「思いがけないことでびっくりしました」

「植木屋らしからぬ提案ですよね」

長谷川はしれっと返した。長谷川なりの庭園美学というものがあるのだろうが、踊らされているような気がする。

しかし、克典がそうしたいと言うのなら、早樹は頷くしかなかった。

「前からお願いしていたんでしょうか？」

「いや、僕の独断です」

「主人に相談してみますね」

「いやあ、塩崎さんは、奥さんが望めばオッケーですから」

そんなことは絶対にないが、他人からはそう見えるのだろう。

「そろそろ出掛けますので」

早樹は笑って誤魔化した。

「すみません、お引き留めして」

長谷川が軽トラに戻る後ろ姿を見てから、克典を呼びに行った。

克典はすっかり待ちくたびれたらしく、老眼鏡を掛けて新聞を読んでいた。

「冷房効きましたよ」

「ありがとう」

克典を乗せて鎌倉のスーパーマーケットに向かう道中、犬のことを訊いてみた。

「今、長谷川さんから、ボーダーコリーを要らないかって言われたんだけど。突然だからびっくりしたわ」

克典はのんびり窓外を眺めている。

「ああ、僕も言われたよ。あいつは何だかんだと売り込みが激しいね。先代はそんなことなかったのにね」

克典は気のない様子で笑っている。

「あなたは、飼うつもりなんてないでしょ？」

母衣山に初めて来た時、克典に庭に出されたプードルが、必死にガラスドアを引っ掻いていたのを思い出す。

あの時、早樹は図々しくも、犬が好きではないのか、と初対面の克典に訊ねたのだった。

それくらい、異様な光景だった。

「ボーダーコリーって、大きな犬だろう？　だったら、悪くないかなと思わないでもないよ。何せ、あの庭は広くて、入ろうと思えば誰でも侵入できるからね。早樹も、一人でいる時は不用心だろうから」

「一人でいることはあまりないけどね」

厭味に聞こえないように小さな声で言う。

実際、克典が外出するのは、金曜の午前中くらいのものだった。が、その日は、掃除を頼んでいる女性が二人来るので、早樹がまったく一人で過ごすことはほとんどない。

「しかし、僕もいつどうなるかわからないしね」

七十二歳の克典が言う。

「大丈夫よ、克典さんは元気だもの」

特に持病はないし、健康にも人一倍気を遣っている。仕事を辞めてストレスもないし、金もある。何ごともなければ、この先、長く生きるだろうと思われた。

もし、克典に悩みがあるとしたら、真矢のことくらいだろうか。思い出して、一瞬、浮かぬ顔をしたのを、克典に感じ取られたようだ。

「どうしたの」

「別に何でもない」

早樹は話を打ち切って、運転に専念した。スーパーマーケットの駐車場に入り、駐車券を取って適当な場所に停める。

克典は酒類の売り場に行ってしまったので、早樹は食材をゆっくり選んでカートに入れた。束《つか》の間、一人になれたのが嬉しかった。

デパートに服を買いに行くと言えば、必ず克典が付いて来る。横から、色は黒ではなく紺の方が上品だとか、流行はあまり追わない方がいいとか、あれこれと口出しするのだった。高価な品を買ってもらうのだから、それでいいと納得していた時期もあるが、やはり好きなものを自由に買いたいと思う。

克典のカートには、ワインや日本酒が十本ほど入っていた。いずれも高価な品で、驚くような値段になるはずだ。

克典が、早樹の買った食材を検分するように見て、いいだろうという風に頷くので、レジに向かった。

買い物の後は、克典が行きたいという蕎麦屋に向かう。

「犬の件だけど、ちょっと考えてもいいかなと思ってるんだ」

克典が蕎麦焼酎を飲みながら、独りごとのように呟いた。

「ボーダーコリーって可愛いものね」

「犬の中でも賢いらしい」

いつの間に調べたのか、克典がスマホを見せた。開いたページには、ボーダーコリーの写真と、その特徴が書いてある。

「でも、前にいた犬は、あまり好きじゃなかったんでしょう?」

早樹は敢《あ》えてプードルと言うのを避けた。本当の名は知らないが、真矢が密かに付けた名前は、「マイヤ」だ。

「まあね」

克典も真矢のブログのことを思い出したのか、苦い顔をする。

「克典さんが飼いたいのなら、誰も止めないと思うけど」

克典が顔を上げた。少し怒っているようなので、早樹は少し驚く。

「何でいつも僕にばかり預けるの。早樹だって、自分の意見を言えばいいじゃない」

不意に、前妻について克典が言ったことを思い出した。

『でも、僕は美佐子が少し苦手だった。自分の意見を言わないから、何を考えているかわからない。深読みすると、何も考えていなかったりする。かと思うと、思いがけないことで攻撃されたりね。あまり気が合わなかったな』

前妻は、克典が強引なので、言えなかったのではないだろうか、自分と同様に。

自分も何か意見を言えば、『思いがけないことで攻撃される』と言われるのだろうか。

克典に対して、意見を言うことがどんなに難しいことか、克典はわからないのだ。どうしたらいい。このまま、唯々《いい》諾々《だくだく》と従って生きるしかないのだろうか。

早樹は暗い気持ちになって、蕎麦屋の窓から見える夏空を眺めていた。

2

真夏が戻ったと思ったら、翌週は早くも秋になったかのようなひんやりとした曇りの日が続いている。半袖では薄ら寒く、一枚羽織るものが欲しいような気温だ。

「まだ九月だっていうのに、夏は完全に終わったみたいだね。今年は秋が早い」

暑さの苦手な克典が、嬉しそうに言う。

「もう少しノースリーブの服を着ていたかったけどね」

った。

笑いながら応じてから、早樹ははっとする。昔、庸介とまったく同じ会話をしたことがあった。

「あなたよりは」

「若いねえ」

忘れよう、忘れたい、と無理やり封じ込めてきたことが、菊美の話を聞いてから、折に触れて思い出されるようになった。

もはや庸介の生存など信じてもいないのに、心はざわざわと常に波立っている。

もし、庸介が生きていたら、という仮定が蘇ってきたからだろうか。

昼時、早樹は涼しい天気に誘われるかのように、克典の好きなロールキャベツを作った。克典は喜んで、赤ワインを二杯も飲んで酔っぱらい、昼寝をすると言って、寝室に籠もってしまった。

克典の昼食後の午睡《ごすい》は、夏の間にすっかり習慣化したようだ。それだけ克典の体力が落ちたというより、昼食時に必ずアルコールを飲む習慣が定着したせいだ。

代わりに、外食をする時以外の夕食は、どんどん簡略になっている。

アルコールは、よほど気が向いた時や来客がある時以外は飲まない。夏の間などは、食欲がないからと、早樹が用意した料理には目もくれずに、素麺や、塩昆布を載せた冷や飯に麦茶をかけて啜ったりしていた。そして、早寝する。

従って昼食の準備に力を入れた後、早樹は何もすることがなく手持ち無沙汰になる。

思い切って、毎週末に更新される真矢のブログを覗いてみようとスマホを手にした。

嫌なもの、醜いものをなるべく遠ざけたい気持ちが強いから、真矢のブログはしばらく見ていなかったのだが、放っておくわけにもいかない。

はらはらしながら覗いたが、以前見たままになっていた。どうやら、毎週きちんと更新しているわけではなさそうだ。

早樹は胸を撫で下ろして、テレビのリモコンを手にした。

その時、スマホが鳴った。早樹は電話の発信元を見て、反射的に寝室の方を窺った。菊美からだった。

克典には聞かれたくないので、早樹はスマホを摑んで庭に出た。

克典は起きてこないだろうと思ったが、昼寝が短いこともあるし、着信音が聞こえたかもしれないからだ。

克典は早樹に電話がかかると、さりげなく電話の相手は誰かと訊く。

菊美からだと言うと、その用件はいったい何か、と知りたがった。克典は絶対に口にしないが、菊美との付き合いは断ってもいいと思っているらしい。

早樹の負担を少しでも減らそうとしてくれているのは、重々承知しているが、前夫の母親との付き合いは、そう簡単に割り切れるものでもない。

早樹は藤棚のベンチに向かって、庭を下った。途中、コールが七つほど鳴り終わったところで、電話に出る。

「もしもし、早樹です」

海から吹く風は冷たい。早樹はTシャツから出た二の腕を擦《さす》りながら、スマホを耳に押し当てた。

「早樹ちゃん、今、話しても大丈夫かしら？」

恐縮して眉を顰める菊美の表情が見えるようだった。

「ええ、大丈夫です」

「ならいいけど。人の奥さんになったのに、あたしなんかが電話して本当にごめんなさいね。でも、話したいことがあるの。今、いいかしら？　駄目だったら、遠慮せずに駄目って言ってね。かけ直しますから」

菊美は、最初は卑屈と思えるほどに低姿勢だが、次第に加野家の嫁に対する態度に変わるから、要注意だった。

早樹は藤棚の下のベンチに腰掛けた。御影石のベンチは冷えていた。

ふと、藤棚の石組みに蛇が棲んでいるという話を思い出した。

だが今、目の前に蛇が現れても、そう恐れることはないような気がする。

むしろ、庸介と思われる男が母衣山を訪ねて来たり、真矢が雨の日に母衣山の家を睨み付けていることなどを想像する方がはるかに怖い。

「ええ、大丈夫ですから、そんなに気にしないでください。どうしました？」

「庸介のことなのよ」

やはり、そうか。聞く前から胸騒ぎがする。菊美は、今度はいったい何を見たと言うのだろうか。

聞けば、もし庸介が生きていたら、という仮定の気持ちが強くなるのと同時に、菊美が作《さく》話《わ》でもしているのではないかという疑いが増して、遣り切れないのだった。

「あのね、昨日、また出たのよね」

「幽霊みたいですね」

菊美の言い方がいかにも秘密を打ち明けるように大仰なので、思わず苦笑した。やはり、菊美の作話ではないかと気にかかる。

「早樹ちゃんは、あたしの話を信用してないのね。あたしは、あなたが一番気にしていることだろうから、早く教えてあげたいと思って電話してるのよ」

菊美が恩着せがましく言ったが、言葉の端に怒りが滲《にじ》んでいるような気がする。

「すみません」と素直に謝った。「で、今度はどこで会ったんですか？　また同じスーパーですか？」

「違うのよ。あのね、うちのマンションまで来たのよ」と、菊美が声を潜める。

「お部屋まで来たんですか？」

それなら本物の庸介かもしれないと、髪の毛が逆立つような恐怖を感じたが、菊美はもどかしそうに否定した。

「違う、違う。あたしが買い物に行こうと思って、エレベーターで下に降りたらね。ポストの前に男の人が立っていたの。後ろ向きだったけど、スーパーで見た人と同じだって、すぐにわかったから、どきっとしたのよ」

マンションのエレベーターからポストまでは五メートル以上あるし、ポストは管理人室の脇にあって、管理人室が閉まっているために昼も薄暗い。ましてて、男が後ろ向きだったのなら、菊美の勘違いに決まっていた。

「じゃ、顔は見えなかったんですね？」

「そうよ。見えなかった」

「その人と何か話したんですか？」

「話さないわよ。何て言おうかと、どきどきしながら考えているうちに、逃げるように出て行ってしまったの。追いかけたけど、あたし、膝が悪いでしょう。だから、全然追いつけなかったわ。でもね、あの後ろ姿は庸介にそっくりだった。多分、そうよ」

「でも、それだけでは、庸介さんだっていう決め手にはなりませんよね」

菊美の興奮を抑えようと、早樹は冷静に言った。しかし、菊美は苛立ったように遮る。

「ええ、ええ、そういう意味なら、ないわよ。でも、そんな尋問みたいに言わなくたっていいと思うんだけど」

どうやら機嫌を損ねたらしい。

早樹は黙って、菊美が話すのを待った。

「だけどね、その人が見ていたのは、ちょうどうちのポストの前だったのよね。だから、間違いないと思うの」

「チラシを入れてたんじゃないですか」

思わず口を挟むと、「違うわよっ」と、いきなり菊美が叫んだ。

「あたしはね、その人がいなくなってから、慌ててポストを開けてみたの。何か手紙でも入っているんじゃないかと思ってね。でも、何もなかったわ。あんなに失望したことってない。あんなに近くにいたんなら、お父さんが亡くなったこととか話したかったのに」

菊美が洟《はな》を啜っているような音をさせた。涙ぐんでいるのかもしれない。完全に信じているようだ。

早樹は努めて穏やかに訊ねた。

「その人はどんな姿だったんですか？」

「昨日も涼しかったからね。あの水色のシャツよ。あれは何て言うんだったかしら。ほら、ジーパンみたいな生地だけど、もっと薄いのよ」

「ダンガリーシャツですか？」

「そう、それかな。多分、それよ」

菊美は迷うように答える。その首を傾げる仕種まで見えるようだった。

ダンガリーシャツなら、庸介が着ていてもおかしくない。よくTシャツの上から、無造作に羽織っていた。もしかして、と不安になって、もう一度確かめる。

「顔は見なかったんですよね？」

「さっき言ったじゃない」と、苛立っている。「見たかったけど、何せ後ろを向いていて、そのまま走り出したからね、見れなかったんだってば。でもね、あれは庸介だと思う」

菊美は言い張った。

「何か、肩の怒り具合とか、後頭部の感じとかが懐かしい感じなの。あの子は、やっと帰ってきたけど、きっと事情があって顔を出せないんだと思ったわ」

「事情？　いったい何の事情があるっていうんですか？」

早樹は突然逆上しかかった。気付くと、菊美を責めるような言葉を投げかけている。

妻の自分が何も知らないのに、菊美が事情だなんて言葉を使うべきではないと思う。

もし、本当に事情なんてものがあるとしたら、捜している者は理不尽に苦しめられていることになるではないか。

「さあ、何でしょう。あたしは知らないわよ。あなたは奥さんなのに知らないの？」

菊美が勝ち誇ったように返すので、さらに苛立った。

「私は何も知りません。それに、今回のことは、全部、お母様の勘違いだと思っています。だって、その人が本物の庸介さんだったら、絶対にお母様に話しかけるに決まってるし、それにもっと早い時期に現れると思います。もう八年経ったんですよ」

早樹の言い方がきつかったのか、一瞬、間があった。

「それはそうだけど、何かの事情があったんでしょうね」

「ないです、そんなものは」

早樹はきっぱり否定した。その手の憶測にはほとほと疲れた。

また、あの疑心暗鬼を繰り返すというのか。早樹はうんざりして肩を落とす。

「あなたはそういう風に考えたいんでしょうけどね」菊美は急に冷酷な口調になった。「もう再婚しちゃったわけですものね。お気持ちはよくわかるわ。もし、庸介と話すことができても、あなたのことは絶対に教えないから大丈夫よ、安心して。あなたが三年経ったら、早くお葬式出しましょう、と持ちかけたことも、さっさと中目黒から引っ越して居所がわからないようにしたことも、うまくお金持ちを摑まえて再婚したことも、絶対に言わないから大丈夫よ」

酷い言いようだと、早樹は呆れた。

「本気で仰ってるとは思えませんが」

「本気よ。あなたはあたしが嘘を吐いていると思ってるんでしょう。作り話をしていると思っている。でも、違うのよ。庸介は生きています」

「お母様は、誤解と偏見に満ちています。今まで我慢していましたが、庸介さんに関することは、聞きたくありません。そのことでは二度と連絡しないで頂けますか」

「はいはい、わかりました。庸介には、あなたのことは一切言いませんから安心して」

菊美が捨て台詞を言う。

「何度も言いますけど、そういう話はやめてください。庸介さんは八年前に死んだんですよ。お母様は、どうしてそれがわからないんですか」

ぴしゃりと言うと、今度は菊美が逆上した。

「お母様なんて、金輪際言わないで。あなたに言われる筋合いはないんだから」

「わかりました。失礼します」

電話を切って時刻を見ると、二十分以上も喋っていたことになる。

興奮していたから忘れていたが、急に寒さを感じて震えた。両腕で自分の体を抱き締めながら、灰色の空と溶け合った相模湾の沖合を眺める。あの海で、庸介は自分から離れていったのだ、とつくづく思った。

不意に、庸介の友人に連絡して、菊美のことを相談してみようかと思い立った。

早樹は、菊美と断絶したくて、厳しい言葉を投げかけたわけではなかった。この電話が元で、菊美が意固地になり、万一のことでもあれば、辛いのは自分だった。

庸介と一番親しかったのは、小山田潤《おやまだじゅん》という大学時代の友達で、釣り仲間だった。

早樹も同窓だが、三年上の小山田は院には行かずに自動車販売会社に就職したから、学生時代はほとんど擦れ違いの状態だった。

小山田は、庸介が行方不明になった時は心配して、仕事を休んで駆け付けてくれた。

だが、そのすぐ後に、福岡支社に転勤になり、連絡も途絶えたままになっている。

メールアドレスは知らないし、電話帳に携帯電話の番号が残っているだけだが、通じるだろうか。

小山田に電話をするなら、克典が昼寝している今しかなかった。

早樹は思い切って電話してみた。幸いなことに、数回のコールで繋がった。

「はい、小山田ですが？」

とうに早樹の電話番号は失われているらしく、訝《いぶか》しげだった。

「ご無沙汰しています。加野早樹です」

小山田はよほどびっくりしたのか、頓狂な声を上げた。

「早樹さん？　あれ、お久しぶりですね。いや、ほんとに」

「今、よろしいですか？」

「はい、大丈夫です。でも、ちょっと社内を移動しますので、少し待ってください」

話しやすい場所に移動したらしく、小山田は改めて嬉しそうに言った。

「早樹さん、何年ぶりですかね。お元気でしたか？」

「ええ、私は去年、再婚したんです。七年経って、やっと庸介さんの死亡が認定されましたので」

「そうだったんですか。いや、七年かかりましたか、それは大変でしたね。僕の方は、一昨年東京に戻ってきたんですが、庸介がいなくなったんで、釣りもさっぱりご無沙汰ですよ。

寂しいですね」

「ええ、本当に」

頷いたものの、この八年間の心痛はどう表現すればいいのかと考えている。

「奥さんが一番寂しいですよね」

小山田が気を遣った。

「いえ、そんな。では、今は東京にいらっしゃるんですね」

「はい、川崎に住んでます。庸介がいなくなってからの変化はものすごいものがありますよ。福岡でバタバタと結婚式挙げて、もう子供が二人います」

自分だって克典と再婚した。菊美だけが変わらず、庸介の幻とともに生きている。だけど、もう菊美とは縁を切ったも同然なのだから、いっそこのままでいいのではないか、という考えが浮かんだ。

庸介のことを他言すれば、菊美の精神状態まで疑われかねないではないか。

急に、小山田にまで電話したことが、空騒ぎのように感じられた。

「で、どうされたんですか？　何か心配ごとでもあったんですか？」

「いや、何でもないです。今、小山田さんとお話ししていたら、たいしたことではないような気がしてきました。だから、どうぞ忘れてください」

口早に言うと、小山田は困惑したように黙っている。

「すみません。お仕事中に失礼しました。お元気そうなお声が聞けてよかったです」

切ろうとすると、「ちょっと待ってください」と、引き留められた。「せっかくだから、もう少し話しましょうよ」

小山田の明るい声にほっとする思いで、早樹は相槌を打った。

「そうですね」

「早樹さんは、お元気そうで安心しましたが、庸介のご両親はいかがですか？　お元気にしてらっしゃいますか」

「いいえ、義父は三年前に亡くなりました。義母は元気で、相変わらず大泉学園に住んでます」

ついさっき、『お母様なんて、金輪際言わないで』と菊美に罵られたことを思い出して苦い気持ちになる。

「そうですか。ご無沙汰してしまって、本当に申し訳なかったですね。早樹さん、お一人で大変だったんじゃないですか」

小山田はよく気の回る、優しい男だったと思い出す。

「そんなこともないですけど」

曖昧に答えると、小山田が質問してきた。

「それで何があったんですか？　僕でよかったら話してください」

「わかりました」早樹は思い切って言った。「八月に加野のお母さんから電話があったんです。庸介にそっくりな男を見たって。スーパーでこっちを見ていたって」

「えっ、それって大問題じゃないですか」

小山田が心底驚いたような声を上げた。

「そうなんです。私もそれを聞いて動転しました。でも、あまりにもあり得ない話なので、お母様の作り話なんじゃないかな、とも思ったんです」

「多分、そうですよ。失礼ですが、結構なお年ですよね？」

「いえ、まだ七十二なんです」

「ま、でもあり得ますよ」

やはり、小山田も菊美の認知症を疑っているのかと安堵するも、お互いに、庸介の生存の可能性を完全には否定できないのだった。

「しかし、それは困りましたね。もう死亡も認定されているわけだし。早樹さんは再婚もされたし。庸介のお母さんが騒いだりすると面倒ですね。てか、それ以前に、とても気になりますよね。完全にあり得ない話じゃないですから」

「ええ、気になります」

夫にも言えなくて、という言葉を呑み込む。克典に話したら、おそらく一笑に付して、菊美との交際を禁じられるだろう。

そして、克典に話せない最大の理由は、もし菊美の話が本当なら、自分は激しく動揺することがわかっているからだった。

「わかりました。それはお困りでしょうから、僕、加野さんのお宅に行ってみますよ。東京に戻ってきてから、まだ挨拶もしてませんでしたからね。僕はあの大泉学園のマンションに遊びに行って、あいつの部屋で酒飲んだりしたから、よく覚えています。近くのコンビニで焼酎買ったりしてね」

小山田が懐かしそうに言った。

「庸介がよく言ってました」

早樹は、思わず口から衝いて出た言葉に、我ながら驚いた。庸介。庸介を主語にして、他人に喋ったことなど、最近はほとんどなかったのに。

「懐かしいですよね。ほんとにいいヤツだった。じゃ、今度の土日にでも行ってみますよ。ご報告はメールの方がいいでしょうから、僕のメアドをショートメールで送っておきますね。早樹さんから、そこに返信してくださいますか。では、よろしくお願いします」

「ありがとうございます」

早樹はほっとして電話を切った。重い荷物を、束の間、下ろした気がした。今度持ち上げる時は、小山田が少し手伝ってくれるだろうと思うと、菊美の孤独が窺い知れて、菊美には辛いことを言ってしまったと思うのだった。

外で話していたら冷え切ったので、家に入って紅茶でも淹れようと急いで戻った。湯を沸かしている最中に、小山田から早速メアドを書いたショートメールが届いた。仕事をしている人は、やることが迅速でいいと嬉しくなる。

小山田です。先ほどは失礼しました。
ご無沙汰、大変申し訳ありません。
でも、早樹さんのお元気なご様子にほっとしました。
早樹さんも同じだと思いますが、私も庸介のことは忘れたことがありません。
庸介のことでまた心を煩わされて、早樹さんは本当にお気の毒です。
早速、加野家に行ってみます。
小山田潤

早樹は、メアドを登録して、スマホから挨拶とともに小山田に送った。小山田からは、すぐに返信がきた。これで、いちいち電話の音に過敏にならなくて済む。

早樹は紅茶のカップを持ってリビングに行った。テレビを点けて配信番組を選び、洋画を見ることにした。

克典の午睡の間だけが、自分の時間だとしたら、克典は、早朝に目覚めた時が自分の時間なのだろうか。

不意に、早朝に目覚めて眠れなくなり、スマホで映画や動画を見ていると言った克典の妙に冴《さ》えた顔などを思い出した。

自分が疲れるように、克典も早樹との生活に疲れているのだろう。一緒にいる必要などないのかもしれないのに、一人では寂しいのだから仕方がない。結婚とは何と不思議なものだろうと思う。

物音がして、克典がリビングに現れた。酔って寝たせいか、顔が少しむくんでいる。

「ああ、よく寝ちゃったよ。今日は二時間近く寝ていたね」

「そうやって、長い時間お昼寝するから、早朝に起きてしまうんじゃないの」

克典が自分で肩を揉みながら、早樹の言葉に同意した。

「それもあるね。でも、昼寝は気持ちいいから、やめられないよ。白昼夢っていうのかね。変な夢をたくさん見るしさ」

克典が、自分も紅茶を飲みたいという仕種をするので、早樹は克典の紅茶を淹れた。

「どんな夢を見るの」

克典が紅茶をひと口飲んだ後、思い出し笑いをした。

「何が可笑《おか》しいの？」

「いや、夢って次から次へと忘れていくだろう。だから、必死に思い出しているんだよ。そもそもが辻褄《つじつま》が合わないし」

「よくわかるわ」

早樹は、隣で寝ている夫が、いつの間にか克典ではなく、庸介に替わっていた怖《おそ》ろしい夢を思い出している。

「僕がさっき見てたのはね、どこかのレストランで僕と早樹が食事しているんだよ。そしたら、早樹が何だか妙に我儘《わがまま》でね。メニュー見ながら、これは嫌だとか、食べたくないとか、この店はイマイチだとか、文句ばかり言うんだよ。それが憎たらしくて、僕が注意すると、店の人が、奥様ですか、と訊くので、僕が、いや娘です、と答えて、あれ、何でそんなこと言ってるんだろうと首を傾げたところで目が覚めた」

「私が真矢さんと同い年だからでしょう？」

克典は早樹の心中に気付かない様子だ。

「そうだと思うよ。いや、夢ってやつは本当に油断ならないね。思ってもいないことが現れてどきりとさせられるよ」

「昼寝した時に見る夢って、金縛りに遭ったり、怖いことがあるでしょう。あれが心配で、二度寝とか、お昼寝は絶対にしないっていう人がいるわ」

そんなことを言ったのは誰だっけ。

自分で言っておきながら、その人物が思い出せなくて早樹は苛々した。

「そうか。僕は夜、夢なんか見ないからさ。たまに夢を見ると、面白くて仕方がないけどね。自分の深層心理がわかるって、これ言ったの、フロイトだっけ？」

克典はそう言って、テレビ画面に映る洋画に目を遣った。

「これは映画館で見たよ」と、退屈そうに伸びをひとつした。「後半がちょっとだれるんだ。イマイチかな」

早樹は何となく見る気が失せて、テレビの音声を低めた。

「克典さん、最近、真矢さんのブログ見た？」

真矢の話題も出たことだし、念のために訊いてみると、克典が苦い顔で頷いた。

「ああ、見たよ。最近、更新はしてないみたいだね」

克典はビジネスマンだけあって、抜かりないところがある。おそらく、娘のブログの存在を知って以来、毎週こまめにチェックしているのだろうと思われた。

「最近の記事に、この間の雨の土曜日にここに家を見に来たと、書いてあったでしょう？　あれはちょっと驚いたんだけど」

「あったね」と、即座に顔を顰めた。「だったら、構わずに入ってくればいいんだよ。実家なんだからさ。まったく何を考えてるんだか、不愉快だったな」

「私もそう思ったんだけど。真矢さんは、私がいるんで遠慮しているのかしら」

克典が激しい勢いで手を振った。

「いやいや、本当に来たのかどうかなんてわからないよ。書いているだけかもしれない。フェイクじゃないか」

「フェイク？　どうしてそんな嘘をわざわざ書くのかしら」

「僕らが読んでいると思っているからじゃないかな」

つまり、嫌がらせをしているということか。早樹は、ここに庸介や真矢が現れたらどうしようと怯えたのだから、まんまと真矢の術中に嵌ったことになる。

癪《しゃく》に障ったが、克典の娘のことだから口にはできなかった。

「早樹は気にすることはないよ。あの子が勝手に思い込んでいるだけなんだから」

克典が穏やかに言った。しかし、真矢は四十一歳。立派な大人なのだから、今さら「あの子」でもあるまい。

「結局、放っておくのね」

克典は、はっとしたように早樹を見た。

「ごめん。あんなこと書かれて、早樹には申し訳ないと思っているよ。でも、智典が言うように、何か言うとどんな反応が返ってくるかわからないんだ。放っておくしかない」

「真矢さんは子供じゃないと思いますけどね。ちゃんとお勤めもしているんだから、責任だって取れるでしょうに」

早樹はさすがにむっとした。真矢のブログと、さっきの菊美の言葉が重なって蘇る。

『うまくお金持ちを摑まえて再婚したことも、絶対に言わないから大丈夫よ』

悪意を持って人を見れば、いくらでも悪口を言えるものだ。でも、言われる方はなぜ悪意を持たれるのかがわからない。手の打ちようがないのが、不本意だった。

「ちょっと庭でもひと回りしてくるよ」

克典は、これ以上真矢の話題を続けたくないのだろう。ガラスドアを開けて、庭に出て行った。

「今日は寒いから、風邪引かないで」

早樹は克典の背中に声をかけたが、聞こえたのか聞こえなかったのか、克典は半袖のTシャツという薄着で、相模湾の方に向かって歩いて行った。

今日の相模湾は、海も空も灰色で、あわいが溶け合って水平線が定かではない。こんな肌寒く茫洋とした日は気が滅入る。

早樹は気を取り直して映画を見ようとしたが、途中で克典と話していたから、筋がわからなくなってしまった。テレビを消して、紅茶のカップを片付ける。

キッチンでカップを洗いながら、窓から庭を散策する克典の方を見るともなしに眺めた。克典は、曼珠沙華《まんじゅしゃげ》の咲き乱れる場所で立ち止まった。花を見ている顔には、柔らかな笑みが浮かんでいる。

克典はこの暮らしに、心から満足しているのだ。克典の平安を壊してはならない、と早樹は思うのだった。

菊美の電話のことを、美波にも伝えなければと、早樹はスマホを手にした。

美波と小山田。二人の支えがなければ、自分は潰れてしまうだろう。

3

翌週、小山田から、長いメールが届いた。

スマホで読むのは疲れそうだからと、早樹はキッチンの隅にある小さなコーナーで、久しぶりに自分のノートパソコンを開いた。

菊美からの電話以来、秋の長雨がずっと続いていたが、今日は珍しく晴れたので、克典は近くの漁港まで散歩に出掛けていた。

一緒に行かないかと誘われたけれど、やることがあると断ったのは、このメールがくるような予感がしていたせいかもしれない。

早樹はメーラーを開いてから、まず溜まったメールを整理し始めた。

こんな場所でパソコンを開いている姿を見たら、克典は真矢の部屋を整理して自室にすればいい、と言うかもしれない。でも、それだけは嫌だった。

母衣山の家は、瀟洒《しょうしゃ》な平屋造りだ。庭に面してリビングルームとダイニングキッチンがあり、奥に寝室と克典の書斎、そしてもうひとつ個室がある。その個室が、真矢の部屋だ。

母衣山の家は、二十年ほど前に建てられたが、それまで克典の一家は、四谷の古い屋敷に住んでいたそうだ。

克典は、母衣山の分譲が始まったのを機に、海のそばに家を建てることにした。

その背景にはもちろん、老舗《しにせ》の玩具会社社長に過ぎなかった克典の、ゲームソフトビジネスにおける大成功があった。

鎌倉や箱根、軽井沢などの別荘。それらを所持していても、行く暇がない。だったら、毎日好きな海を見て暮らそうと思った、と克典は早樹に語ったことがある。

しかし、長男の智典は、いずれ結婚するつもりだからと、都内に独り暮らしをすることを決めていたし、長女の亜矢も、すでに神戸の歯医者に嫁ぐことが決まっていた。

母衣山に両親と一緒に住んだのは、真矢一人だった。

が、やがて真矢も、克典とうまくゆかず、都心のマンションを買ってもらって出て行くことになる。従って、真矢が母衣山に住んだのは、実質二年にも満たなかった。

真矢の部屋は、奥にある八畳ほどの洋室だ。そこに、早樹はほとんど足を踏み入れたことはない。美佐子が亡くなってから、遺品もその部屋に運び込まれたから納戸《なんど》のようになっていて、足の踏み場もないからだった。

早樹の実家には、まだ早樹の部屋が残されている。たった四畳半の小さな部屋だが、それでもたまに帰ると、自分の居場所が残っているようで気が休まった。

だが、真矢の育った四谷の家は取り壊されてしまった。真矢が母衣山に帰ってきても、自分の部屋は、寝ることなどできない物置同然の部屋になっている。

美佐子が亡くなり、真矢は心の居場所もなくしてしまったのだろう。それが恨みのブログを書く原因なのかもしれない。

雨の土曜日、実家には入らずに外から眺めていたという真矢の話を、克典はフェイクだと決め付けたが、あながち嘘ではあるまい、と早樹は思う。自身の恨みをブログで公にすること自体が幼稚だと思うが、真矢の心情はわからないでもないのだった。

早樹はそんなことを考えながら、小山田からの長いメールを読み始めた。

塩崎早樹様
長くなりますので、ＰＣから失礼します。

早樹さんが再婚されて、塩崎さんというお名前になり、湘南にお住まいになっておられるというメールを読んで、私は心の底から、安堵しました。

私は福岡に転勤になってしまいましたが、早樹さんはどうされているかなと、折につけ思い出しては、気にかけていました。

それなのに、長いご無沙汰をしてしまい、心からお詫びを申し上げる次第です。

いつまでも早樹さんが悲しまれるのは、周囲にとっても辛いことですから、今度こそ、お幸せになって頂きたいと、心より願っております。

さて、先日のお電話の件ですが、早速、土曜の午後に、加野さんのお宅に行ってきました。

以下、そのご報告です。

庸介のお母さんにお目にかかるのも事故以来でしたので、最初にお電話してから伺ったのですが、電話では、お母さんは私のことを覚えておられないご様子でした。

しばらくご連絡もしていなかったのですから、無理もないことと思いますが、私としてはショックでした。

とりあえず、無沙汰の非礼を詫びようと、ともかく菓子折を持って、大泉学園のマンションに向かいました。

私が面と向かって名乗ると、顔を見てようやく思い出してくださったようで、「ああ、小山田さんじゃない。懐かしいわ」と、仰ってくださいました。

私はまず、お父さんの仏壇にお参りさせて頂きました。

仏壇の前にお父さんの写真が飾ってありましたが、庸介の写真は横の整理ダンスの上に置いてありました。その時、おや？　と思ったのですが、言いだせませんでした。

お母さんとテーブルに向かい合うと、「実はね、こんなことがあったのよ」と、すぐに例の話をされました。

お母さんも誰かに話したくて仕方がなかったのではないかと思われます。

「早樹さんに言ったけど、全然信用されなかったわ」と嘆いておられましたから、失礼ながら、記憶もしっかりされていると感じました。

多少、お部屋が汚れていたのが気になりましたが、気儘に独り暮らしをされているのですから、その程度なら認知症の傾向はないのでは、と考えました。

とはいえ、お母さんが、ただ庸介に似た人物を見かけたというだけで、彼の生存を固く信じ込んでおられるのが気になりました。

その人物を見かけてからというもの、絶対に生きていると確信したので、以前は仏壇の前に置いてあった庸介の写真を、他の場所に移したとも仰っていました。

「だって、生きているんだもの、仏さんと一緒にできないじゃない」と。

正直な感想を申し上げますと、私はお母さんの作話だとは思いませんでした。

お話は早樹さんに伺った通りでしたし、おそらくディテールも同じかと思います。

理路整然としていて繰り返しもなく、時系列もきちんとしていました。つまり、何の異常も感じられませんでした。

「庸介」との最初の「遭遇」は、駅前のスーパーで二階に行くエスカレーターに乗ったところ、視線を感じて振り向くと、庸介にそっくりな男がこちらを見ていた、死んだお父さんにそっくりだったから、遭難から八年経った姿に違いないと思ったと、リアルなことを仰っています。

二度目は後ろを向いていたから、顔は見えなかったが、後ろ姿の特徴は庸介にそっくりだった、おそらく間違いないと何度も自信ありげに繰り返しておられました。

「あの子がね、懐かしくて、家まで訪ねて来てくれたのよ。でも、あたしと話す勇気がまだないのね」と。

私が、「もし、庸介が生きていたとして、なぜ早く現れなかったのでしょう」と訊ねると、「何か事情があったのよ。それはきっと夫婦の間の問題だから、あたしは知らされていないけど、早樹さんは絶対に何か知っているわよ」と仰るのです。

言外に、早樹さんを責めるようなニュアンスがあったのは意外でしたので、私は「夫婦間には他人にはわからないいろいろな問題があります。赤の他人と暮らしているのだから、問題が起きないわけがないでしょう。しかし、それが元で、庸介が長い失踪をするはずはありませんし、庸介はそんな男ではありませんから、何か思い違いをされていると思います」とはっきり申し上げました。

いわば、釘を刺す形になり、甚《はなは》だ失礼かと思いましたが、早樹さんの心痛を思えば、言わずにおれませんでした。

思うに、こんなことを書くのは心苦しいのですが、お母さんの「思い違い」は、早樹さんへの反感が下敷きになっているのではないかと感じました。

ちなみに、私は福岡支社で働いていた時、現地採用の女性と知り合って結婚したのですが、関東育ちの私とは違う文化で育ったんだなと実感する毎日です。

特に、料理の味付けなどが違いますので、正直なところ、同じ土地の女性と結婚した方がよかった、と思ったこともあります。

それを母に言ったところ、「ほら、やはり」という顔をされましたので、これが妻と母の確執になったら困ると大いに反省しました。

しかし、案外こういうことが「事情」となっていくような気がしたのも事実です。

いずれにせよ、早樹さんはあまり気にされることはないと思われます。

今回の件は、偶然が重なった上の、お母さんの「思い違い」である、と断言できます。

お母さんには、また何かあったら力になるから私に連絡をしてほしい、と連絡先のメモを置いてきました。

もし、またこの件の報告がありましたら、すぐに早樹さんにもご連絡致します。

繰り返しになりますが、早樹さんには心煩わされることなく、幸せに暮らして頂きたいと願っています。

敬具

小山田潤

早樹は、小山田のメールを読み終えてから、深い溜息を吐いた。

自分への反感から、菊美の「思い違い」が生じたのだとしたら、真矢のことと同様に、気にしないわけにはいられなかった。気になることを気にしないようにすることが、一番エネルギーを使うのだから。

早樹は何よりも、菊美の心の変容に傷付けられている。

海難事故当時、菊美と自分は、一心同体のように庸介の無事を祈っていた。最悪の事態も覚悟して、一緒に海を見に行って慰め合ったこともある。そんな蜜月と言ってもよい時代があったのに、擦れ違いが始まったのはいつ頃からだろう。

義父の加野武志《たけし》が亡くなって、菊美が独りぼっちになり、早樹が克典と結婚すると報告してからではないだろうか。

庸介の父、武志は、大手機械メーカーに勤める技術者で、定年退職してからは、子会社の顧問をしていた。

だが、子会社に勤め始めてから肺ガンが見つかり、退社して治療に専念していた。

ようやく五年経ち、少し落ち着いたと喜んでいたのも束の間、体調が急変して亡くなったのだった。まだ六十八歳だった。

いったん安堵しただけに、菊美の落胆は大きかったに違いない。

知らせを聞いた早樹は、すぐに病院に駆け付けたが、菊美は泣き崩れるばかりで何もできない状態だった。

武志の遺体を大泉学園に連れ帰り、各方面に連絡して葬儀の手配をしたのは、早樹だった。早樹はしばらく大泉学園の家に通って菊美を慰めた。一人息子は海難事故で行方不明になり、夫には先立たれたのだから、菊美の境遇が気の毒でならなかった。

早樹が中目黒から引っ越したいと言ったことで、少し険悪になりかかっていた菊美との仲は、義父の死がきっかけで、再び心が通い合った気がした。

だが、昨年、庸介の死亡が認定された後に、早樹が克典と結婚すると報告しに行ったら、菊美は顔色を変えた。その時の会話や、菊美の表情は今でも忘れられない。

『あなた、うちのお父さんと同じくらいの人と結婚するの？　あなたはいつもお金のことを言ってたけど、だからってねえ』

最初の口調はのんびりしていて、何の悪気もなさそうだった。

『いえ、塩崎の方が一歳上になります』

『そんなあ。お父さんより年上だなんて、酷いじゃないの』

菊美は冗談めかして言ったが、次第に激昂していった。

『早樹ちゃんは、本当にその人のこと好きなの？』

菊美は、てっきり再婚を喜んでくれると思っていただけに、早樹は意外な言葉に驚いたのだった。

『好きでなければ、結婚なんかしません』

『ずっと付き合っていたの？』

菊美が早樹の目を見た。

『少し前からですが』

『少し前って？』

ずいぶん執拗だと思いながら、早樹は正直に答えた。

『二年くらいですかしら』

『じゃ、お父さんが死んですぐじゃないの』

菊美は、早樹が土産に持っていった瓶入りのプリンを食べていたが、いきなりスプーンをプリンに突き刺すような仕種をした。

カツンと、金属のスプーンが、瓶の底に当たる硬い音がした。

『もともと、あなたはそういう年上の人が好きだったの？』

菊美は憤慨したように問い詰めた。唇が震えて、口の端に怒りが滲み出ているのが感じられた。

早樹は、菊美が立腹するとしたら、庸介との縁が完全に切れてしまうように感じられるからだろうと考えていた。それは、これまでの菊美の言動から予想できる範囲の反駁だった。だから、早樹はなるべくにこやかに答えた。

『いいえ、人によりますよ』

『だったら、うちのお父さんでもよかったじゃないの』

冗談かと思ったが、菊美はおかしなことを言っていると気付いていない様子でもあった。早樹は笑って誤魔化そうとした。

『いやだ、だって、お母様がいらっしゃるじゃないですか』

『何も結婚しろとは言ってないわよ』

菊美が吐き捨てたので、早樹は息を呑んだ。どういう意味なのかわからなかった。

自分が武志に気に入られていることは、結婚当初から気が付いていた。庸介には勿体ない可愛い嫁さんだと褒められ、念願の娘ができたと喜ばれた。

庸介の実家に遊びに行くと、いつもにこにこしている武志と、よく視線が合った。そのたびに、柔らかく微笑み返されたものだ。

武志が自分を気に入っているというのは、そんな時に実感された。が、しかし、それだけのことである。

中目黒の一件の際は、庸介が帰るうちがなくなると困る、と言い張ったのは菊美だが、武志はこう言った。

『早樹ちゃんが、私たちから離れてゆくとなると、いろいろ心配なんだよね』と。

それは、不憫《ふびん》な嫁に対する憐《あわ》れみからの発言かと思っていたが、もしかすると菊美のことだったのかもしれない。

『お母様、本当に申し訳ありません』

早樹が思わず謝ったのは、菊美があまりに気分を害した様子だったからだ。

自分は再婚して、加野家から完全に離れてゆく。それは、独りぼっちになった菊美にとって、辛く寂しいことだろう。

『本当にすみません。でも、これでお別れにはしたくありませんので、また伺わせてください』

『ええ、ええ、来てちょうだいね。あの人も寂しがるでしょうからね』

菊美はけりをつけるように言った。

『あの人？』

『お父さんよ』と、菊美は仏壇の方を見て言った。

菊美の口から、とうとう「おめでとう」という言葉は聞けなかった。

庸介が海難事故で死んだのならば、早樹も菊美も武志も、徐々にその死を受け入れていったろう。だが行方不明になったために、今でも母親は、息子がどこかで生きていると信じて、新しい生活を始めた嫁を非難している。

そして嫁の方は、そんな義母を持て余している。義母？　いや、違う。元義母だ。

そんなことを考えながら、早樹は小山田にお礼のメールを書いた。

小山田潤様
お忙しいところ、加野の家を訪ねてくださいまして、本当にありがとうございます。

庸介の遭難から八年という月日が経ちました。

ようやく新しい生活に慣れたところに、突然やってきた義母からの知らせには、大変驚かされました。

正直に申しますと、夫にも相談できなくて、どうしたらいいかと困惑の日々を送っていました。

でも、小山田さんのメールを拝読して、心から安堵しました。

義母も、小山田さんがわざわざ会ってくださったことで、さぞかし安心したのではないかと思います。

心よりお礼を申し上げます。

今後とも、加野の母をよろしくお願いいたします。

塩崎早樹

「よろしくお願いいたします」という最後の一文を書いた時、まるで小山田に重い荷物を預けたようで気が引けた。

しかし、菊美との最後通牒のような電話の遣り取りを思い出すと、もはや自分の手には負えないことはわかっていた。

メール送信した後、早樹は何となくほっとして、久しぶりにショッピングサイトを覗いた。

しばらく眺めていると、小山田から返信があったことに気付いた。

小山田は、会社でこまめにメールチェックをしているのだろう。

塩崎早樹様
早速のご返信、ありがとうございます。

あのくらいのことで、早樹さんのお気持ちが少しでも晴れるのでしたら、大変幸甚です。

実は、前のメールで書くのが憚られたのですが、加野のお母さんから、早樹さんが「ユニソアド」の会長夫人になられた、と伺いました。

何も知らなかった私は驚き、「それはよかったですね」と言ったところ、お母さんは顔を曇らせて、早樹さんの悪口を言い始めました。

その内容は、ここに書くのは忍びないので割愛します。

私は、今回の「思い違い」については、お母さんの、早樹さんに対する「反発」が元になっているのでは、と書きました。しかし、それは遠回しの表現でした。

率直に書きますと、それは「反発」というより、「悪意」に近いものではないかと思っています。その募る悪意が、むしろ認知症的なのかもしれません。

その意味では、粘着質的な表れ方もあるかもしれませんので、早樹さんは用心された方がいいかもしれません。

余計なお世話だとは思いますが、今後、お母さんの仰ることは、一切無視なさるのがいいかと思います。

早樹さんが寛大なお気持ちで、庸介のお母さんを許し、変わらず接しておられるのは、我々周囲にいる者は、よくわかっているつもりです。

しかしながら、庸介のお母さんとは、この際、縁を切られてもいいのではないかと思いました。

お優しい早樹さんのことですから、それはしたくないとお考えかもしれません。

しかし私は、僭越《せんえつ》ながら、それが双方のためである、と考えます。

また、庸介もそれを望んでいると思います。

これから何があっても、すべて私が対処するようにいたしますので、早樹さんはご安心ください。

最後になりましたが、季節柄、ご自愛ください。

敬具
小山田潤

すでに菊美とは、この間の電話で決裂したも同然だった。

だが、本当に菊美のことを小山田に預けてしまっていいのだろうか。

早樹は、また小山田に返事を書こうと思ったが、この間の経緯をどう書いたらいいのかわからず、指先はキーボードの上ではたと止まったままだった。

その時、克典が呼ぶ声がした。

「ただいま。ワンクリックでお買い物ですか、奥様は」

早樹はメーラーを閉じて、先ほどのショッピングサイトを開いた。

「ここです、キッチン」

「早樹、どこ？」


克典が、後ろからパソコンを覗き込んで冗談を言う。

「たまにはね」

「どうぞ、どうぞ。ダイヤの指輪でも何でも買ってください」

克典は機嫌がよかった。早樹にそんな物欲がないのを知って、わざと言う。

克典は冷蔵庫を覗いて、飲みかけのスパークリング・ウォーターのボトルを取って栓を開けた。シュッという音が、早樹にも聞こえた。

「今日はお天気がよかったから、結構暑かったんじゃない？」

早樹はパソコンを閉じながら、スパークリング・ウォーターを飲んでいる克典に訊いた。

「いや、ひんやりしてて気持ちがよかったよ。ついでに庭もひと巡りしてきたけど、ケイトウと曼珠沙華が綺麗に咲いていた。あれは風情があっていいね。曼珠沙華のこと、他の呼び名は何ていうんだっけ」

「彼岸花でしょう」と、早樹。

「そうそう、彼岸花。あれは昔、死人のところに咲くから不吉だと言われていたんだよね。墓の周囲に植えたせいだろうかね。アルカロイドがあるっていうから、動物除けにしたのかもしれない。ちょっと調べてみようかな。でも、僕は不思議な形をしているから好きだな」

克典が滔々と喋った。

「あら、そうなの。不吉なの？」

早樹はその言い伝えは知らないので、短く返しただけだった。

「知らないのか。若いね、うちの奥さんは」と、克典が笑った。「そうだよ。子供があれを摘んでくると、親は不吉だから捨てなさいと怒ったものだ」

「知らなかったわ」

「それから、東側に皇帝ダリアも植えたじゃない。あれはもうちょっと後だけど、咲くのが楽しみだね」

克典は滑らかに言った後、早樹に背を向けて、窓越しに庭を見た。

早樹は、菊美との会話を思い出していたせいで、ふと武志と克典を比べている自分に気付いた。

武志は、痩せ型の克典とは反対で、太り気味で恰幅《かっぷく》がよかった。白髪を綺麗に撫でつけ、身だしなみもよかったから、磊落《らいらく》で鷹揚に見えた。その印象通り、朗らかで話し好きのいい舅だったと思う。

酒が大好きで、庸介と二人で昼から飲みだして止まらなかった。価値観は古風で、『早樹さんは仕事なんかしないで、早く孫の顔を見せてくださいよ』などと口走っては、庸介に叱られていた。

対して、克典は好奇心が旺盛で、一人遊びの好きな少年のようなところがある。前妻のことを一切気にかけずに、仕事に熱中していたというのは本当だろうと思われた。

他人との無用な会話や付き合いも好きではなく、知り合いに会っても、挨拶をしたきり、それ以上口を利かないこともある。考え方はフェアで、新しいことを好む。

克典の好奇心と新しもの好きが、早樹が惹かれたところでもあった。

と思えば、長谷川からオブジェを買わされたり、犬を飼う話を持ちかけられたりしているのだから、気の合う人間には何もかも許す甘いところもある。その点では、克典の方が複雑で面白かった。

「珍しいね。早樹がパソコンを開くなんて」

振り向いた克典がボトルに栓をしながら、また冷蔵庫に戻した。全部、飲みきれなかったようだ。

「スマホで事足りていたけど、やっぱりパソコンの方が見やすいわ」

「そりゃそうだよ」

克典は何か言いたげに、横に立っている。早樹はパソコンを見ることができないので、じりじりと待っていた。

「あのさ、こないだのことだけどね。今、散歩して考えていたんだよ」

突然、言われて、早樹は首を傾げた。

「こないだのことって、何でしたっけ？」

「ほら、真矢のことだよ。真矢に、ブログにあり得ない嘘ばかり書くな、と注意しようかという件だ」

克典は、早樹の座った椅子の背に両手をかけた。

「ああ、そのことね」と、溜息を吐く。

真矢のことを思うと、菊美の問題が思い出される。このふたつは対になって、早樹を苦しめていた。

「今ね、庭でそのことを考えていたんだよ。確かに、早樹の言う通りだ。このまま放っておくのはよくないよ。第一、早樹に申し訳ないし、うちのことだとばれたら、炎上しちゃうよ。だから、智典にこのことをもう一度相談してみようと思うんだ。それで、真矢と会ってみようかと思ってる」

「真矢さんと会うんですか？」

　早樹は驚いて訊き返した。

「うん、ちょうど美佐子の七回忌だから、家族で食事会をしようと提案してみるつもりだよ。智典と優子さんと真矢。亜矢たちにも声をかけてみる。そしたら、真矢も誤解を解くかもしれない」

「それはいいけど、真矢さんはいらっしゃるでしょうか？」

「智典か優子さんに説得してもらう」

　克典は簡単なことだというように、軽く言った。どうやら、漁港に行ったり、庭を歩き回りながら、真矢のことを考えていたらしい。

「お目にかかれるのなら嬉しいけど、来てくれるかしら」

「うちの奥さんなんだから、お目にかかるのが礼儀だろうよ。無理にでも、お目にかからせるよ」

　克典がふざけて言った。

「もし、真矢さんが嫌だと言ったら、どうするの？」

　それでも、早樹は半信半疑だった。

　あんなブログを書くくらいだから、真矢の心は固く閉じられている気がした。

「そんなこと言わせないよ。現に、親の会社に、明らかに不利益な虚偽の言説を撒き散らしているんだから、社会的かつ道義的責任はあるよ。相続から外すっていう親だって、中にはいると思うよ」

早樹は驚いて言葉が出なかった。実の娘に、そんな脅しのようなことを言わなくても、と思った。克典の新しい面を見た気がする。

「それはまた、ずいぶんと」

早樹がみなまで言わないうちに、克典が遮った。

「当然だよ。まったく世の中のことをわかってないんだから」

「でも、真矢さんて税理士事務所に勤めているんでしょう。だったら、そういう知識もありそうな気がするけど」

「いや、どうやら、とうに辞めてるらしいんだ」

真矢の事情は知る由《よし》もなかったが、実の父親にここまで言われる娘が気の毒でもあった。

「それはどうして知ったの？」

「智典が亜矢に聞いたらしい」

「じゃ、真矢さんは、亜矢さんには何でも話しているのね？」

克典は肩を竦めた。

「さあ、何でもというわけではないだろうけどね」

「今、どうやって食べているのかしらね」

「さあね。それは仕事を辞める方が悪いんだよ。自分のことは自分で責任を取らないと」

その通りだが、実の娘に、よくこんな冷たい言い方ができるものだと思う。

親との関係が良好で、子供を持たない早樹には、克典親子のこじれが、どうしても理解できなかった。

「ちょっと智典に電話してくるよ」

克典はそう言って、書斎に向かった。やがて、ドアが閉じられる音がした。

早樹は、途中になっていた小山田へのメールを書き始めようと、またパソコンを開いた。

小山田潤様
早々のお返事、ありがとうございました。

加野の母のことは、私もそうかもしれないと思っておりました。

認知症とまではいかなくても、何かが原因で私のことが気に入らなくなり、その反感が幻想のようなものを生み出しているのかな、とも思います。

しかしながら、庸介が生きているかもしれないという幻想が、義母の生きる希望になっているのかもしれませんから、頭ごなしに否定するのもどうかなと思うのです。いずれにしましても、私は少し距離を置いて、遠くから見守りたいと思います。再婚して関係がなくなったとはいえ、庸介のお母さんですし、私は縁を切ることはできないのです。

そこまでメールを書いて、はたと早樹の手が止まった。菊美の希望とは、自分の希望でもある、と気が付いたのだ。

庸介が生きているかもしれないという話は、信じられないけれども、実は身震いするほど魅力的でもあった。

行方不明になってしばらく経ってから、突然、玄関のドアが開いて、そこに庸介が立っている、という夢を何度か見た。

ある時などは、濡れそぼった庸介が、ベッドの横に立つ夢まで見た。その時の庸介は、「やっちゃったよ」と、いつもの口調でポケットから、濡れたスマホを出してみせたのだった。まるで、風呂にでも落としたかのような言い方に、夢の中の早樹は、ベッドの上に片肘を突いて身を起こし、呆れていた。

あの頃は、万が一の可能性をいろいろ考えたものだ。

海に落ちたとしても、通りかかった船に助けられて、どこか遠い外国に連れて行かれたのではないか。あるいは、地図にもないような小さな孤島に泳ぎ着いて、そこで暮らしているのではないか。

はたまた、庸介は実はスパイで、ばれそうになったから故国に帰ったのではないか。早樹も知らない借金があり、姿を隠さねばならなくなったから、遭難を偽装してこっそりどこかに上陸したのではないか。

などと、ありとあらゆることを考えた。荒唐無稽だろうが何だろうが、それほどまでに庸介には生きていてほしかったのだ、早樹も菊美も。

庸介が本当に生きていて、菊美を訪ねていったとする。だが、菊美が早樹の居場所を教えなかったら、早樹は庸介に会うことはできないのだ。

いや、まさか、生きているなんてあり得ない。生きているなら、とっくに現れるはず。

幾度も繰り返された問答だが、万が一の可能性がある以上、自分だけ蚊帳《かや》の外に追いやられるのは嫌だった。そんな早樹の心情は、小山田にはわからないに違いない。

ですから、加野の母が何か言ってきましたら、またご連絡頂ければと思います。

いろいろとありがとうございました。

小山田さんもどうぞご自愛くださいませ。

塩崎早樹

小山田へのメールを書き終えて、早樹は美波にもメールを認《したた》めることにした。

先日、庭でLINEした時は、「今、手が離せない。悪いけど後にして」という素っ気ない返事だった。その後、美波からはフォローするようなメールもLINEもなかったから、そのままになっていた。

早樹だとて、ほとんど一日中、克典と過ごしているから、自由に使える時間はそうはない。自分中心な美波の返事に、多少むっとはしたものの、最近とみに余裕のない美波には、何を言っても仕方がないと諦めてもいる。

美波には、これまでの経緯を簡単に報告して、小山田潤が間に入ってくれたと書いた。美波と小山田は、早樹と庸介が互いの友人を呼んだ飲み会で知り合っている。すると、美波からは親身な返事がきた。

早樹
メールありがとう。この間はごめんんね。

面倒な案件があって、忙殺されていました。

加野のお義母さん、面倒過ぎるね。もう放っておけばいいんじゃないかな。早樹が気にすることはないと思うよ。と言っても、早樹の気持ちは落ち着かないだろうけど。

小山田さんが、お義母さんのことを引き受けてくれたのなら、よかったじゃない。

あの人、すごく心配して、何度も船を出してくれたのを覚えている。それなのに、福岡に行った途端に、早樹には全然連絡も何もなかったなんて、ちょっと冷たいね（笑）。それは意外でした。

その後、どうなったか教えて。

またゆっくり飲もうね。

美波

第四章　親のこころ

1

克典は年に二度、春と秋に、財界の仲間たちと宮崎にゴルフ旅行に行く。

早樹がゴルフを好まないので、克典はほとんどゴルフをしなくなったが、この旅行だけは密かに楽しみにしていたらしい。庭で素振りなどをして、準備に余念がなかった。

土曜の早朝に出て、日曜の夜に戻る予定だというので、早樹は久しぶりに実家に帰ることにした。

土曜の朝六時、迎えの車の中から、克典は窓を開けて、見送りに出た早樹の手をいきなり取って握った。

「笹田《ささだ》のご両親によろしく」

笹田というのは、早樹の旧姓である。

「ありがとう。伝えておきます」

克典は、まだ早樹の手を握ったまま、心配そうに言った。

「じゃ、行くけど、車の運転気を付けるんだよ」

「ええ、わかってます。じゃ、行ってらっしゃい」

早樹は手に残る克典の温もりを感じながら、車を見送った。

そして、今の握手は、克典の詫びの気持ちなのかもしれないと思った。

美佐子の七回忌の食事会をしようという、克典からの呼びかけは、二人の娘の拒絶に遭って、あえなく頓挫した。

神戸に住む亜矢は、子供の受験で忙しい時期だから上京できない、神戸で冥福を祈っている、と断ってきた。真矢は、智典が連絡してもまったく返事がなかったことから、峻拒《しゅんきょ》と知れた。

挙げ句、しばらく更新のなかった真矢のブログ「夜更けのマイヤ」には、また克典と早樹の悪口が書かれていたのだった。


マイヤです。皆さん、お元気ですか。

心身の不調のため、しばらく更新できませんでした。

先日、父の方から連絡があって（それも直接ではなく、兄経由でした）、皆で母の七回忌の食事をしようということでした。

一度もそんなことを言ったことなどないのに、いったいどういう風の吹き回しなんだろうと、考え込んでしまいました。

結論は、父は私を懐柔したいのだ、ということです。

それは、私がこのブログを書いているからでしょう。

父は、きっとどこかでこのブログの存在を知ったのだと思います。

そして、私に次は何を書かれるのだろうと、戦々恐々としているに違いありません。

いい気味です。

父は会社を経営していましたので、世間的な評判をとても気にする人なのです。

私は、母を見殺しにした父と、その金目当てで結婚したバカ女を許していませんから、当然のように無視しました。

でも、父の自分勝手なご都合主義が癪に障って、眠れませんでした。

皆さんは、どうお考えですか。


コメント欄には、当然のことながら、真矢を支持する意見が並んだ。

「ばらしちゃえ、ばらしちゃえ。何でもばらしちゃえ」と煽《あお》るものから、「自分が困るから、口封じにかかっているんだ。ほんとに狡《ずる》い父親ですね」と、ひねこびているものもあり、「すべて金目当ての女が悪い」と断じるものもあって、早樹は読み続けることができなかった。

たったひとつだけ、「お父様はマイヤさんのことが心配なのです。親の心、子知らず、というのは真実だと思います」という真っ当な意見もあったが、すぐに過激な反論にやっつけられて黙らされていた。

真矢に会って、ブログをやめさせるという克典の作戦は、見事に失敗した。しかも、父娘の溝は、修復できそうにないほど深いことが露呈されたのだった。

しかし、早樹は、ブログにあった、真矢の「心身の不調」という言葉に引っかかっていた。仕事も辞めたということだし、何か危機的状況にあるのではないかと心配になった。

が、克典には言いだせなかった。自分の立場では、二人を和解させることなど、到底できないとわかっていたからだった。

早樹の実家は埼玉県の浦和にある。

浦和市は、大宮、与野《よの》、後に岩槻《いわつき》と合併して、「さいたま市」となった。

逗子からは、ちょうど百キロくらいの距離で、車で帰る場合は、首都高速横羽線を使って、約一時間半の道のりである。

早樹は普段、近所で買い物をする時くらいしか運転しないが、実家に帰る時は車を使う。母から何やかやと持たされて、帰りに荷物が増えるせいもあるが、一人で車を運転して、道中あれこれ考えるのが楽しかった。

早樹は、克典を見送った後、簡単な朝食を食べ、泊まる準備をして家を出た。

こんな時は身軽に出られるから、長谷川の勧める犬を飼わなくてよかったと思う。結局、ボーダーコリーは、何も決めずにもたもたしている間に、もらわれてしまったと聞いた。

鎌倉にある洋菓子店が開店するのを待って土産を買い、実家に向かう道を走る頃には、真矢に関する憂さも少し晴れていた。

実家に着いたのは、昼前だった。

父は車の運転をやめてしまったから、車庫が空いている。だから、いつも皆の使う自転車などが乱雑に置いてあるのだが、あらかじめ車で行くと伝えてあったので、早樹の車が楽に停められるように隅に寄せてあった。

バックで車を入れていると、母親の笹田忍《しのぶ》が、音を聞き付けて玄関から現れた。

白いTシャツに紺色のパーカーを羽織り、ジーンズという若々しい格好である。姿勢がよく、痩せているので、顔の皺さえなければ若く見える。

母は厳しい顔付きで左右を確かめ、早樹が車庫入れするのをてきぱきと手伝った。

「高速、混んでなかった？」

真っ先に道路状況を訊くあたりも、教師だった母親らしいと思う。ほぼ半年ぶりに会うが、相変わらず元気そうで安心した。

「お父さんは？」

「テニス。もうじき戻ってくると思うわよ」

母は、早樹が渡した土産の紙袋を覗きながら答えた。

「悠太《ゆうた》たちは学校？」

弟の悠太夫婦は、実家の二階に暮らしている。玄関は別だが、互いの暮らしぶりは筒抜けらしく、大きな家に二人だけで暮らす早樹からすると、緊密過ぎる人間関係に感じられるのだった。

「そう。里奈《りな》さんも、土曜はたいてい仕事があるしね。たまに交代で休みを取ってるみたいだけど」

悠太は両親譲りの教師である。中学校で数学を教えている。妻の里奈は保育士だ。笹田の家は、全員が教育関係者だ。

「悠太たちは、もうじき帰ってくるかしら？」

「さあ、どうかしら。土曜は時々二人で待ち合わせて、池袋で映画とか見ているみたいよ。その後はショッピングじゃないかしら。でも、あなたが来るから、お夕飯は一緒にしましょうと言っておいた」

と、母が続ける。なるほど。母衣山に住んでいると、そういう都会の楽しみからは遠くなる。横浜まで足を延ばせば、映画や買い物などはできるが、それも面倒だった。

「あなた、少し痩せたんじゃない？」

母は、早樹の全身を見ながら心配そうに言う。

「どうかな。のんびりやってるから、変わらないと思うけど」

早樹は首を傾げるも、母の検分するような視線には辟易することがある。

「克典さんは、お元気なの？」

母がコーヒーメーカーから、コーヒーをカップに注ぎ入れた。両親ともにコーヒー好きで、いつもいい豆が買い置きしてある。早樹はその香りを嗅ぎながら答えた。

「元気よ。全然変わらない。今日は八時の飛行機で宮崎に行ったの。ゴルフコンペだって。今頃、プレイしているんじゃないかしら」

「へえ、いいわね」

たいして気のない様子で母が言う。

父はテニスで、母はヨガ。そんな金のかからない余暇で満足している両親だ。

その娘が、まったく縁のなかった富豪の妻になったのだから、両親の戸惑いや心配もわからないではなかった。

早樹と母は向かい合って、のんびりコーヒーを飲んだ。

「お昼はうどんでも作ろうかと思って用意してあるの。それでいい？」

母がガス台の鍋を振り返った。

「ありがとう。うどん大好き」

「何か浮かない顔してるね」

さすが母親だと思いながらも、早樹は肩を竦めた。

「そんなことないよ」

「ねえ、早樹は仕事しないの？」

美波と同じことを言う。母は定年まで教師を勤めあげたので、子供もいないのに何もしない早樹が心配なのだろう。

「うん、まだ考えてないの」

再婚して二年目。そろそろ仕事をしたい気持ちもなくはない。

しかし、克典は始終二人でいることを好んでいるから、難しいだろう。

「克典さんが駄目だって言うの？」

母の質問に、早樹はコーヒースプーンに自分の顔を映して答えた。

「駄目なんて、ひとことも言わないよ。だから、やりたいって言えば平気だとは思うけど、何となくあそこにいると、都会に出にくいのよね。だから、お勤めなんて無理なの」

母は不服そうだった。

「お勤めじゃなくて、フリーライターなら、何とかなるんじゃない？　前やってたんだから、まだコネとかあるんじゃないの」

とはいえ、取材で駆け回ることになれば、克典はいい顔をしないだろう。

自分はリタイアした克典の相棒として迎えられたのだと思っている。

「フリーって、意外に時間取られるし、人間関係も大変なのよね。一度断れば、二度と仕事はこないし」

「わかってるけどね」母が小さな声で言う。「せっかく大学院まで出たのに、勿体ないなと思って」

「そりゃそうだ」

教師の共働きで、私学の大学院まで出してもらったのだ。確かに、頑張った両親としては、残念な思いもあるのかもしれない。

だが、今のところは、どうにもならないのだった。いや、どうしても仕事をしたいと言えば、克典は承知するだろう。

しかし、克典の無言の圧力というものもある。それは結婚して初めて知ったことで、他人にうまく説明するのは難しかった。

「ごめんね、お母さん」

「そんな、謝ることじゃないでしょう」

母が微笑んだので、早樹も釣られて笑った。ようやく実家に戻った安心と緩みが全身に回ってくる。

「そろそろ、お昼食べようか。お父さんは、多分テニスクラブで、仲間と何か食べてくると思うのよね」

天ぷらうどんに、胡瓜《きゆうり》とわかめの酢の物、薩摩揚げなどが食卓に並んだ。

「早樹、加野さん、お元気？」

母が突然訊いた。

「うん、変わりないと思うけど、どうして？」

「この間、留守電が入っていたから、何かあったのかなと思って」

どきりとした。早樹はうどんを啜りながら、母に訊き返した。

「留守電？　何て言ってたの？」

「何も用事は入ってなかった。ただ、加野でございます、ご無沙汰しておりますが、皆様、お元気ですか、たいした用事もなかったのですが、ご機嫌伺いにお電話してみました、また、お電話させて頂きますので、折り返しのお電話は結構ですって。すごく丁寧な口調だったわ」

「それはいつ頃のこと？」

母が答えが書いてあるかのように、固定電話の方を振り向いて考えている。

「確か、八月の終わり頃だったかしらね。ちょうど、お父さんと北海道に旅行に行ってたから、留守電聞いたのも三日後くらいだった。だから、こちらからもしていないの。別にいいわよね？」

母は、薩摩揚げのための、おろし生姜《しようが》醤油の小皿を早樹に寄越しながら念を押した。

時期的には、やはり庸介が現れたと菊美が騒いだ頃と一致している。

早樹は母に庸介のことを告げたものか、と迷った。すると、母の方から訊ねてきた。

「加野さんのお母さんとは、今でも連絡取り合ってるの？」

「うん、独り暮らしだからね」と頷く。「気になるから、前は毎月電話してたけど、最近はあまりしてないのよ」

目を伏せて言うと、母が箸を置いてこちらを見ている。

「何か言われたんじゃないの？　あの人は、早樹が再婚したので寂しいのよ。気にすることはないわよ」

母は、菊美が早樹の再婚を気に入ってないことを知っている。

迷った挙げ句に、早樹は庸介の話をすることにした。

「それが、ちょうどお母さんのところに電話があった頃だったかしらね。話があるって、加野のお母さんに呼ばれたのよね。何だろうと思ったら、何と庸介に似た人を見たって言うの。怖かった。いや、怖いっていうか、何か不思議な感じで、どうしたらいいかわからなかった」

母が熱心に身を乗り出すのがわかった。

「それで、早樹はどうしたの？」

「克典さんには何だか言いにくくてね。帰りに、美波に会って相談した」

「ああ、司法試験に受かった優秀な子ね」

近くの県立高校の同級生だから、母もよく覚えていた。

「美波は、まず加野のお母さんの認知症を疑ってた。それからあり得ないと思うけど、たとえ本物が現れたとしても、すでに死亡したことになっているんだから、私には関係ないって」

母は怒ったように反論した。

「関係ないって言い方は酷くない？　他人事《ひとごと》だから、そういう風に言えるんじゃないかしら。美波さんは法律家になったから、割り切る方向に言えるんだろうけど、早樹の気持ちは、そう単純にはいかないよね」

やはり、母は自分の複雑な思いをわかっている、と早樹は思った。

「そうなの。どうしてもスパッと割り切れないのよ。生きていると言われてもあり得ないと思う反面、その可能性はなくはないと思うし、でも、たとえ生きていても、今頃出てこられても、どうしたらいいかわからないでしょう。それに、加野のお母さんの勘違いかもしれないし、認知症かもしれないし、すべてに可能性があるから、混乱しちゃって」

早樹は、小山田潤が菊美に会って、話を聞いてきた経緯も話したが、菊美が早樹の結婚について中傷したことは言わなかった。母が最も心配したことでもあったからだ。

母は食べるのをやめて黙って聞いていたが、早樹が話し終えると、何となく憂鬱そうに口を開いた。

「実は、あなたに話す必要もないと思ったことがあったのよね」

早樹は冷たい緑茶のペットボトルに手を伸ばし、グラスに注いだ。嫌な予感がした。

「何？　何があったの」

「いつだったかしら。お父さんが、何かの会合で遅く帰ってきたら、家の前に男の人が立ってたんだって。立っていたというか、偶然、通りかかって、うちの前で電話でもしていたのかわからないけど、ともかく立っていたんだって。それが庸介さんに背格好が似ていたって言うのよね」

「やめてよ、お母さん。気持ち悪いじゃない」

ざわざわと鳥肌が立つのは、どうしてだろう。早樹は両の頰を手で押さえた。

「いや、あたしもあなたの話を聞いて、気持ち悪かった」

母も不快そうに顔を顰める。

「それで、お父さんはどうしたの？」

「見間違いだろうって、笑ってた。夜目だしね。単に背格好が似てるだけで、顔をしげしげ見たわけじゃないしって」

「そりゃ、夜目だろうけど、何だか偶然の一致が多くない？」

「じゃ、加野さんは、そのことを相談したくて、うちに電話してきたのかしら？」

「そうだと思う。二回もあったって言ってた。最初は大泉学園のスーパーのエスカレーターで。二度目は、マンションの郵便受けで背を向けていたって。間違いなく庸介だから、私ならば、一番に知りたいだろうから連絡したって言ってた」

「いやあね、今頃になって」

母が身震いした。まさしく、身震いするしかない話だった。

どことなく怪談めいているのは、すでに八年も経過している上に、行方不明になったのが海上だったからだ。

しかし、早樹の身震いはそれだけではない。

「お母さん、どうしよう」

「どうしようも何も、絶対に何かの間違いだと思うわよ。あれだけ捜したんだし、いくら遺体が見つからなかったからと言ったって、生きている可能性なんて、万にひとつなんだから。このまま、普通の生活を続けるしかないでしょう」

普通の生活を続ける。その通りだった。しかし、早樹の心は、菊美からの電話以来、大きく乱れている。

早樹は急に食欲がなくなって、天ぷらうどんは何とか食べたものの、総菜を残した。

やがて、父親が帰ってきた音がした。

「ただいま」

父はテニスの後、ビールでも飲んだのか赤い顔をしていた。

「早樹、久しぶり。塩崎さん、変わりないか?」

早樹の両親より、克典の方が年上である。父は父で複雑な思いもあるのだろうが、一度もそれを口にしたことはない。ただ、父は克典を名前で呼ばず、姓で呼ぶ。

「ええ。おかげさまで」

「塩崎さんは元気だね。顔も若いし、何か秘訣でもあるのかな」

「お金があるからじゃない」

悪い冗談を言うのは、いつも母だ。

父は苦笑して、テニスウェアのまま、テーブルに着いた。

母が、コーヒーメーカーに残っていたコーヒーを、カップに入れて前に置く。父がコーヒーに口を付けたのを見計らって、早樹が切りだした。

「お父さん、庸介に似た人を見たんだってね?」

「あのこと、早樹に喋ったのか?」

父が非難するように母を見た。母が大きく頷いてから、父を促した。

「それはいいから。その話を早樹にしてあげてよ」

父が困ったように、顎に手をやった。

「いや、たいした話じゃないんだよ。夜だったから見間違いだと思うし。ただ、あまり似た人っていないだろう。それで印象に残ったので、あの人に言っただけなんだ」

父は、まるで母のせいであるかのように、母を指差した。

「でも、加野さんの周りにも、似た人が現れたそうよ」

母が言うと、父がぎょっとしたように早樹を見遣った。その顔に浮かんでいるのは、やはり恐怖だ、と早樹は思った。

まるで濡れた庸介が海の中から現れたかのような幻想。その想像は、やはり怖ろしかった。が、父は笑ってみせる。

「まさか」

「多分、思い違いか、加野さんの妄想じゃないかって、みんなが言ってるんですって」

母が代弁すると、父はコーヒーをひと口啜ってから、話し始めた。

「あれは九月の頭頃だったかな？」

同意を求めるように母の顔を見た。「そうだったと思う」と母が頷くと、続けた。

「テニス部の顧問をしていた時のキャプテンの子が結婚してね。その二次会に招かれて行った帰りだったな。だから、十時を過ぎていたと思う。帰ってきたら、うちの門扉の前に誰か立っていたんだ。男だったから、最初は悠太かと思って声をかけようかと思った。でも、悠太にしては背が高いし、うちに用事があるにしては時間が遅いしね。さては、空き巣狙いかと思って近付いたら、男は慌てて逃げるように去って行った。その時、ちゃんと見えなかったけど、雰囲気が庸介君に似ているなと思ったんだよ。だから、久しぶりに庸介君のことを思い出した。ああ、生きていたら、どんな感じになったかなとか考えたりしたんだよ。そんなこともあって、この人に言っちゃったわけだ」と、また母を指差した。

「はっきり見たわけじゃないのね」

母が安心したかのように言う。

「もちろん。でも、庸介君は背が高かっただろう。百八十センチ近くあったよね。そのくらいの男って、実はあまりいないじゃない。それで似ているなと思ったんだろうね」

「しかも、その人は若かったんでしょう?」

母が念を押すかのごとく訊ねた。

「うん、三十代のようだった。だから、庸介君のはずはないよ」

父が穏やかに答える。

「だいたい、生きてるってことは、絶対にあり得ないものね」

母が決め付けると、父は少し呆れたような顔をした。

「まあ、絶対ということはないだろうけど」

「でも、ほぼ、あり得ないでしょう。あれだけ捜したんだし」と、母が断じた。

「まあね」

時折、父は諦めにも似た表情をする。母の明晰さや断言癖に辟易しているのかもしれない。母のことを、「あの人が」と距離を感じさせるように呼んでみたり、母が勢い込んで話そうとすると、まあまあと抑えるような仕種をすることもある。今も、母が続けて喋ろうとすると、父は母を遮るように早樹の顔を見て言った。

「早樹は心配することないよ」

「心配はしていないけど、こんなことが度重なると、オカルトみたいで嫌になる。最初に聞いた時は、幽霊でも出たかと思ってぞっとしたもの」

実際、菊美と会って以来、何か見えない影に付き纏《まと》われているようで、不快というよりも、不穏に感じていた。

「偶然だよ、偶然。それに早樹はもう新しい生活を始めたんだから、関係ないよ」

「関係ないってことはないと思うのよね」

母が唇を尖らすと、父は面倒くさそうに立ち上がった。

「ちょっとシャワーを浴びてくる」

父の後ろ姿を見送ってから、母が小さな声で囁く。

「それにしても、久しぶりに庸介さんの名前を聞いたわね。庸介さんは、生きていたら幾つになっていたの？」

「私と三つ違いだから、四十四歳かな」

早樹が答えると、母は嘆息して飾り棚の上にある写真立てを見遣った。

そこには、早樹と庸介が新婚旅行で行った、シチリアでの写真が飾ってあった。

青空と白壁の家をバックに、二人が笑っている。庸介は黒いTシャツにジーンズ、そしてサングラス。早樹は白いシャツにショートパンツ。つばの広い麦わら帽子を被っていた。

新婚旅行中だと言ったら、土産物屋の女主人が喜んで、撮ってくれた写真だ。

早樹は、庸介を思い出すようなものは、とうに仕舞い込んでしまったが、実家では何ごともなかったかのように飾ってあった。

「四十四歳か。働き盛りよね」

「そうね」早樹も頷いて写真を見上げた。

新婚旅行は十一年前だから、早樹は三十歳、庸介は三十三歳。二人が輝いて見えるのは、シチリアの陽光のせいばかりでもあるまい。早樹は若く、庸介とともに生きることができて幸福だった。

「シチリアに行こうって言ったのは、庸介さんの方？」

「そうよ。大学生の時に貧乏旅行をしたことがあって、すごくよかったから、もう一度行きたいって言って」

庸介はその時、『早樹にも見せたいんだよ。アフリカ大陸は、たったの百五十キロしか離れていないんだから、パレルモからフェリーでチュニジアに渡ってもいいよね』と言ったのだった。

初めてアフリカ大陸に足を踏み入れるのを楽しみにしていたのに、チュニジアには行けなかった。庸介が風邪を引いて熱を出したために、ほとんどパレルモのホテルに籠もっていたのだ。

あの時、旅行中初めて、口喧嘩をしたのではなかったか。原因は、庸介が子供は要らないから、つくらないと明言したせいだった。

『俺は一人っ子のせいだと思うけど、子供は欲しくないんだよ』

『一人っ子だと、何で欲しくないの？』

不満に思った早樹が問い質《ただ》すと、庸介は口が滑ったという風に苦い顔をした。

『大人だけの環境が好きなんだ。静かで整頓されていて、誰にも邪魔されないのがいい。それに、俺はもともと子供が嫌いだから』

早樹は、すぐに欲しいとは思わなかったが、将来も要らないとは考えていなかった。心中には、いつかは子供をつくるだろうという、漠然としたビジョンがあったのに、庸介にぴしゃりと言われたために、扉を閉ざされたような衝撃があった。

『そういう風に決めてかかるのは、窮屈じゃないかしら』

早樹なりの反論だったが、何かにつけて理屈っぽい庸介は言い募った。

『成り行き任せってことかい？』

『まあ、そうね』

すると、庸介は首を傾げて言った。

『俺は嫌だな、そういうの。こういうことって、最初に決めておくべきじゃないかな。自然に子供が出来て、なし崩し的に変化するのは嫌いだよ』

『なし崩しとは言わないけど、時間が経つにつれて意見が変わることもあるじゃない』

『俺はない』

子供を持つかどうか決めるのは、産む側である早樹が決めるべきではないかと反論すると、妻だけではなく、夫も決定できるはずだと庸介は言った。そんな議論がしばらく続いたように思う。

そのくせ、庸介は『孫の顔が早く見たい』と不用意な発言をする父親には、持論を披瀝《ひれき》するわけでもなく、『早樹が決めることなんだから、余計なこと言うなよ』と怒って注意するのだった。

その時、自分たちは、いや特に自分は、子供を持つ気がない、と父親に説明してくれればいいのに、と悔しく思ったことはある。

そんなことを思い出していると、母が早樹の土産の洋菓子の箱を開けながら言った。

「仮にね、庸介さんがどこかに姿を隠していて、また現れたとするじゃない。ま、そんなことは万にひとつもないと思うけど」

母は何を言いだすのか。さっきは、そんな可能性はないと否定して、父に反駁したばかりなのに。

揺れ動く母の気持ちを悟って、早樹は母の顔を見つめた。

「そしたらさ、あたしは怒るわね。それも激しく。だって、早樹はそのために七年も棒に振ったのよ」

「棒に振ったというのは、大袈裟じゃないかしら」

「大袈裟じゃないわよ。だって、三年経ったら離婚できたのに、それもしなくて、律義に加野さんたちに付き合ったじゃないの」

「あの時、お義父さんが病気だったしね。加野の家から離れるのも、冷たい気がしてできなかったのよ」

実際、菊美には頼られていた。

「それはわからないでもないし、あなたは立派だったと思うけど、あたしはちょっと不満だったな」

「どこが？」と、早樹は訊ねた。

「だって、他の人と再婚してたら、子供がいたかもしれないじゃない。何だか勿体なくて。だって、早樹は今年で四十一になったんでしょう」

「そうよ」

「十年近く、無駄にしたと思うんだけど」

「無駄ねえ」

「うん」と、真剣な顔で頷く。

なるほど、母親というものは、あくまでも自分の子供を中心に考えるのか。

「お母さん、そんなこと言ったの、初めてだね」

早樹が笑って言うと、母は釣られて苦笑した。

「表だっては言えないけど、あたしはじりじりしていたのよ。加野のご両親も、どうして早樹の将来を考えてくれないんだろうと、ちょっと頭にきてた時もあったわ」

「親心だね」

早樹は冗談めかしたが、母は間違っていると思った。早樹は誰の子供でもいいから欲しいわけではないのだ。

「でも、親が勝手に、思う通りにならないと焦っているだけなのかもしれない。克典さんと再婚するとも思ってなかったし。あなたの人生はどういうわけか波瀾万丈よね」

その時、灰色のトレーナーとジーンズに着替えた父が現れた。髪が少し濡れていたが、さっぱりとした顔をしている。

「何の話をしているんだ？」と、のんびり早樹の方を見遣る。

「いや、早樹の人生が波瀾万丈だって言ってたのよ」

母がケーキを載せた皿にフォークを添えて、父の前に置いた。

「うん。まさか庸介君があんな事故に遭うなんて、思ってもいなかったもんなあ」

「本当に事故かしら」

母が言い、「おいおい」と父がまた諫《いさ》めるような声を出した。

「事故じゃなきゃ何？」

早樹が母に訊くと、母はあらぬ方を見て首を振った。

「わからない。わかるのは、いつまでも後味が悪いってことかな。何か、ぴしっと決まらないっていうのかしらね。それとね」と、言葉を切る。

「それと何」早樹が促すと、母が続けた。

「うちの早樹が酷い目に遭ったたってことね」

父が無言で頷いた。

父が頷くのを見て、親というものは有難いと早樹は思った。

すでに四十一歳になり、再び他家に嫁いだ娘のことも、「うちの早樹が」と、味方してくれるのだから。

そんな両親に、克典の娘、真矢が自分に敵意を持っているらしいと告げたら、どんな反応をするだろうか。きっと心配するに違いない。

だから早樹は、真矢のことは、母たちに言う気はなかった。娘の方だって、老いてゆく両親を案じて、その心持ちが穏やかであるように願っているのだ。

「オカルトって言えばさ。庸介さんのお母さんが、占い師に頼んだことあったわね。ほら、霊感があるとかいう。覚えてる？」

母がチーズタルトをフォークの側面で切りながら、独りごとのように言った。

「もちろん、覚えてるわよ」

早樹が答えると、母が吐き捨てるように言った。

「あれには呆れたわね」

「いや、藁《わら》にも縋《すが》る思いだったんだろうさ」

　父は常にフェアなものの見方をする。

「そうなの。加野のお母さんは、あらゆるものに頼ってた。もう必死だったのよ」

「それはわかるけど、あたしは早樹が可哀相だったわね。当たりもしない占いのために、庸介さんの下着とか時計とか、身に着けていた物を大泉に持ってくるようにって、言われたじゃない」

「よく覚えているね、お母さん」

　早樹は驚いた。

「忘れっこないわよ」と、母は憤慨したように言う。「だって、早樹は憔悴《しょうすい》しきっていたのに、庸介さんの物を持ってこいと言われたって、こっちは見るのも辛いわけじゃない。それも占い師に見せるためだって言うから、あたしは呆れちゃったわよ。どんだけ非科学的なんだろうと思ってさ」

　母が菊美にあまりいい感情を持っていないのは知っていたが、どうやらそれは占い師のことがあったせいでもあるらしい。

　どこで知ったのか、菊美は知人に頼んで、よく当たると評判の占い師を呼んでもらった。それは五十代と思《おぼ》しき中年女で、ローズピンクの口紅を塗り、厚化粧だった。

彼女は、不明になった人間の使っていた物に触って、今どこにいるかを当てることができると評判だった。

「結局、その占い師は何て言ったんだ？」

父が母に訊ねたが、早樹が答えた。

「東南の方角にいるって言ったのよ」

「東南って言われたって、広過ぎるわよねえ」と、母が眉を顰める。

早樹が言われた通りに、庸介のTシャツと、婚約時に早樹が贈ったロレックスの時計を持って行くと、占い師と称する女は、シャツと時計に両手で触れたまま、しばらく目を閉じて何も言わなかった。やがておもむろに目を開け、『東南の方角にいるようだ』と、厳《おごそ》かな声で方角を指差した。菊美が焦ったように、唾を呑み込む音をさせた。

『生きていますか？』

占い師は首を傾げ、しばらく考える素振りをしてから答えた。

『わからない。なぜなら、これはいつも使っている時計じゃない』

確かに、ダイヤの婚約指輪と交換するような形で早樹が贈った時計を、庸介は勿体ないからと、滅多に身に着けることはなかった。

常日頃は、釣りに便利なダイヴァーズウォッチをしており、遭難時もその時計で出掛けていたのだ。

　だから、占い師の言葉に、早樹はどきりとしたのだが、菊美は、ロレックスが普段滅多に使われていないとは気付いていなかったようだった。

「結局、東南って、太平洋のことじゃないかって、お義父さんが言って、お義母さんはしゅんとなっちゃったのよね。つまり、海で死んでるってことでしょう。それで占いに頼るのはやめたみたい」

「なるほどね。確かに東京の東南は太平洋だ。でも、それで加野さんは納得したのかい？」

　父が穏やかに訊く。

「納得なんてするわけないじゃない。最愛の息子が遭難したのよ」

　早樹の言葉に、母が断じた。

「だから、そういう幻影を見ちゃうのね」

「うん、小山田さんて人もそう言ってた。再婚した私への当てつけみたいな感情もあるんだろうって」

　なるべく刺激しないように言ったつもりだったが、母が気を悪くしたように、父の顔を見た。

「だったら、早樹は気にすることなんてないわよね。だって早樹の人生があるんだもの」

「うん、気にすることなんてない」

父が珍しく母に同意して、両親はちらっと顔を見合わせた。

2

弟夫婦が帰宅した様子だ。母がＬＩＮＥで悠太に連絡を取っている。

「悠太たち、今下りてくるって。お鮨《すし》を取ったけど、それでいいかしら」

「もちろんいいよ。ありがとう」

あまりにも居心地がよくて、このまま実家に居続けてしまいたいような気さえした。

母衣山に帰りたくない理由は、やはり真矢のブログのせいだった。

普段は、亜矢にも真矢にも会うことはないから、ほとんど気にしたことはなかったが、ブログの存在を知ってからは、黒い影がまとわりついているようで不快でならない。

よかれと思って、美佐子の家具や食器を使っていたことも、真矢たち姉妹には不愉快で、不遜《ふそん》な行為と映るのだろう。

気の利かない図々しい女だと呆れられているのかと思うと、針のむしろに座っているようだった。

「あのね、里奈さんの前で、あまり赤ちゃんの話はしないでね」

母に念を押される。

「わかった」

義妹は保育士をしているくらいだから子供好きなのだろうが、結婚して四年以上経っているのに、子宝に恵まれていない。

「去年、流産したのよ。それで、妊活しているみたいだから、うちでは子供のことはタブーなの」

母が声を潜めた。なるほど。どこの家でも、口にしてはいけないことがある。居心地がいいと思った実家も、弟嫁の里奈からすれば、遠慮のない小姑がいたら、面白くはないだろう。

悠太夫婦がやってくる前に、早樹は髪を整えて居住まいを正した。

やがて賑やかな声がして、悠太夫婦が現れた。髪を短く刈り、ジーンズにチェックのシャツという若作りの悠太は、三十八歳には到底見えない。数学を教えている公立中学では、さぞかし生徒に溶け込んでいることだろうと思われた。

妻の里奈は三十五歳だが、こちらも流行のスカート姿で若く見える。似合いのカップルだった。

「夏はお邪魔しました。すげえ大邸宅でびっくりしたよ」

悠太が、早樹の顔を見てにやりと笑った。

八月、逗子海岸に海水浴に来た悠太たちが、ついでに母衣山に寄って、克典と食事をして帰ったことがあった。

弟夫婦が挨拶に寄りたいそうだと告げると、克典は喜んで鎌倉の料理屋に二人を誘ってくれたのだ。話も弾んで、楽しい宵だった。

「その節はご馳走様でした」

里奈も、明るい笑顔でお辞儀をした。少し太めの体型で、真っ白な歯が美しい。いかにも幼い子がまとわりついていたら似合うだろう、と思われる容姿だった。

「塩崎さんがいい人なので、俺、安心したよ」

悠太が食卓の椅子を引きながら言うと、里奈が一瞬、非難するように夫を見遣った。

悠太夫婦にも、早樹に関するタブーがあるのかもしれない。

「初対面みたいなこと言うけど、結婚式の時に会ったじゃないの」

悠太が椅子に腰掛けてから、早樹の顔をちらっと見た。

「そうだけどさ、結婚式の時は全然話せなかったから、ちょっと心配してたんだよ。早樹が金持ちの暮らしに馴染まないいんじゃないかとか、あそこの娘たちに苛《いじ》められているんじゃないかとかさ」

あまりに図星なので、早樹は内心可笑しかった。三歳違いの弟は、姉を名で呼び、何でも率直にものを言う。

「何でそんな風に思ったの？」

「だって、下の娘さんは結婚式に来なかったじゃない。しかも、早樹と同い年なんだろう？子供じゃないんだからさ、ずいぶん失礼じゃないかと思って頭にきてたんだよ、俺はね。こっちは全員来てるんだから、うちの家族にも失礼じゃないかってさ。普通、親のセレモニーに欠席する時って、病気とかやむを得ない仕事とか、そんな抜き差しならない用事の時だけじゃない」

「そうかしら。でも、まあ、お互いに再婚だから、別にいいんじゃないかと思ったけどね」

真矢の話をしたくないので、早樹は曖昧に言い淀んだ。

「逆だよ。再婚だからこそ、家族みんなで祝わなくちゃ」

どうやら、弟も憤慨していたらしい。

「下のお嬢さんて、どんな方なんですか？」

里奈が興味津々という顔で訊いた。

「会ったことがないから、よく知らないんだけど、独身で税理士事務所にお勤めしていたみたいよ」

テーブルに酒肴《しゅこう》を並べていた母が驚いたように振り向いた。

「まだ、一度も会ったことないの？」

早樹は仕方なしに頷いた。

「下の真矢さんにはね。亜矢さんは神戸にいるから、結婚式の時に一度会ったきりだけどね。うちに来るのは、長男の智典さん一家だけなの」

克典が提案した食事会を蹴られた痛みが、少し戻ってきた。

「だったら、顔も知らないの？」

「写真も見たことないからね。特に見たいと思わないし」

それは本当だった。克典は家族の写真を見せたことはないし、家の中には何も置いてなかった。

「何か冷たいわね」

母が娘を思ってか、溜息を吐く。

「冷たいっていうか、私に関心がないんだと思うのよね」

いや、違う。関心があり過ぎるのだ。

早樹の中で、何かが叫んでいる。歓迎されていない理不尽さに対する怒りが、急に湧き上がった。だが、その怒りを噴出させまいと必死に抑える。ともかく、両親には心配をかけたくなかった。

「きっとさ、その娘は塩崎さんが再婚したのが嫌なんだよ」と、悠太。さもわかったかのように断じるところは、母親にそっくりだった。「うちの学校にもいるよ。親の離婚や再婚でぐれちゃう子が」

「だって、それは中学生でしょう。こっちはれっきとした大人なんだから」

母が呆れ声を上げた。

「歳なんか関係ないよ、お母さん。むしろ、中学生より嫌なんじゃないかな。だって、うちのオヤジが早樹くらいの女の人と結婚するようなものでしょう。生々しいよな」

「おい、口が過ぎるんじゃないか」

父が注意すると、悠太は肩を竦めて冷酒に口を付けた。

そのうち鮨桶が到着して、夕餉《ゆうげ》となった。

「こないだ、オヤジが庸介さんに似た人を見たって、騒ぎになったんだよ」

悠太が冷酒の入ったグラスを持ったまま、早樹に向かって言った。

「その話、聞いたわ。でもさ、他人のそら似でしょう？」

早樹はスパークリングワインを注ぎながら答えた。

「まあ、そんなところだろうけど、ちょっと気持ち悪いよね」

悠太の言葉が終わらないうちに、母が黙って早樹の顔を見たので、早樹は父の方を見遣った。父は母を見返す。

三人の視線が絡み合うのを敏感に感じたのか、悠太が訊いた。

「何かあったの？」

「あのね。庸介さんのお母さんもね、おうちのそばで庸介さんにそっくりな人を見かけたって言うんだって」

母が打ち明けると、悠太が身を乗り出した。

「何だよ、それ。どうして、そんな話が出るんだろう」

「偶然だよ」と、父が平静を装って言う。

「いや、偶然にしては、話が合い過ぎるでしょう。加野さんのうちに現れるだけならともかく、うちも覗いてたんでしょう。それは、きっと庸介さんが生きていて、早樹を捜しているんだよ。早樹が中目黒から引っ越したから、行方がわからないんだ」

「やめてよ、あり得ないよ」

早樹が遮ったが、悠太は半分面白がっている様子でもある。

「いや、あり得なくはないよ。だって、遭難したふりをして、どこかにこっそり上陸すればいいんだから。で、他人になって暮らしていたけど、何となく寂しくなって、加野のうちや早樹の周りに出没してるんだよ」

「出没？　クマみたいね。だったら、どうして今まで隠れていたのよ。私はそっちの方が許せないよ」

思わず本音が飛び出した。

だが、悠太は姉のことだと、まったく遠慮がない。冗談めいた口調で言う。

「気が変わったんだろうさ」

「やめてよ、だってもう、私は塩崎と再婚してるんだよ」

早樹が大きな声で言うと、悠太が謝った。

「そうだよな、ごめん」

「ほんとよ。去年、死亡認定されてやっと一件落着したんだから、今さら出てこられてもって感じよね。悠太もいい加減になさいよ」

母に注意された悠太は、気を取り直したように言った。

「しかし、庸介さんは魅力的な人だったよね。俺、あの人が生きていたら、嬉しいよ」

「へえ、どんな人だったの？」

冷酒で頬を赤くした里奈が、小さな声で訊いた。

「そうだな。庸介さんて、何を考えているんだかわからなくて、ちょっと怖いんだよ」

「怖い？　そうかしら」

意外だった。庸介が怖いなんて思ったこともない。同性同士は感覚が違うのだろうか。

「庸介さんは、俺みたいにぺらぺら喋ったりしなくて、こういう時でもじっと話を聞いててさ、何か面白いことをちらっと言うんだよ。それが気が利いてて、可笑しいんだ。だから、カッコいいなあと思ってた」

「じゃ、全然怖くなんかないじゃない」

早樹が混ぜっ返すと、悠太が首を振った。

「いや、時々庸介さんの方を見ると、すごくつまらなそうな顔をしてる時があるんだ。でも、俺の視線を感じると、笑ってみせたりする。それがちょっと怖かった。この人、ここにいるのがつまらないんだなってわかって。そうすると、そこではしゃいで笑っている自分が、まるで馬鹿みたいっていうか、否定されたように思うじゃない」

「悠太、そんなこと考えていたの」

母が驚いたように言う。母は早樹と同じスパークリングワインを飲んでいた。家族は、それぞれ好きな酒を飲む。

「うん。まだ二十代で、ちょっと兄貴的な人に憧れていたからね。早樹が結婚したのって、俺がまだ二十七くらいの時だったじゃない。だから、庸介さんに興味があったんだよ。でも、何か近寄りがたかったな」

「早樹、庸介さんは、何か大学で悩みごとでもあったのかね」

焼酎の緑茶割りを黙って飲んでいた父が、やっと口を開いた。

「ないと思うけどね」

庸介に悩みがあったと認めてしまったら最後、庸介が自死を選んだと言うも同然だと、早樹は思っていた。

だから、誰に訊かれても、そんなことはないと言い張っていた。しかし、本当にそうだったのかどうかは、自信がなかった。

たとえ夫といえど、その内面まではわからない。まして、庸介が事故に遭う少し前から、二人の間には小さな喧嘩が絶えなかった。

それは、どうしてだったのだろう。

事故の衝撃が大きくて、その前の小さな諍いの原因さえも思い出せないのだった。

早樹は、シチリアでの新婚旅行が懐かしくなって、また飾り棚の上の写真に目を遣った。

釣られて眺めた里奈が呟いた。

「どこで知り合われたんですか？」

「同じ大学なの。私の三年上でね。院に行った時、いろいろ教わった」

キャンパスで、ばったり出会った時のときめきを思い出す。

庸介はよく、男友達と連れだって歩いていた。彼らとは、その頃から一緒に釣りをしていたのだろうか。

いや、釣りに夢中になったのは、早樹と結婚して、准教授になってからではなかったか。それは、小山田に誘われたからか。

釣りに興味のない早樹には、その辺は薄らぼんやりとした記憶しかない。

庸介が頻繁に釣りに行っていたのは、もしかすると、早樹との暮らしから逃亡したかったのではないか。そう思った時、早樹の心の中に鳥肌が立った。

いや、そんなはずはない、と否定する。

庸介は、早樹と付き合ってから世界が変わった、と何度も言ったではないか。早樹と生きていけて幸せだと。では、どうしてあんなに口喧嘩をしたのだろう。

「早樹、もっと飲んだら」

ぼんやりしていたらしく、悠太に突き出されたスパークリングワインの瓶に驚いてのけぞった。反射的にグラスを差し出すと、なみなみと注がれた。

「あんな大きなうちに住んでると、このうちが狭く見えるだろう」

悠太が話を変えた。

「そりゃそうだけど」と、早樹は笑う。

「海がばーっと見えて、気持ちいいよね」

悠太が豪快に手を広げた。

「ほんと、素敵なおうちで羨ましかったです」

里奈が可愛い声で同意した。

「公園みたいな家だなとびっくりしたよ。でも、あんな広いところに住んでて、暇だとつまらなくない？」

「それはない。結構、忙しいのよ。毎週、庭師の人も来るし、金曜はお掃除の人が来るし、何だかしょっちゅうバタバタしている」

「家にご主人が四六時中いるって、結構大変よね。毎回ご飯の支度しなくちゃならないし」

母が同意すると、悠太が反論した。

「塩崎さんは、そんなことを強制する人には見えなかったな。偉い人なのに優しそうだ」

ふと悠太には、真矢のブログのことを打ち明けてみようかと思った。だが、妻のグラスに冷酒を足してやる悠太の横顔を見ていると、彼らにもきっと悩みはあるのだろうから、やめておこうと、思うのだった。

「うん、克典さんはいい人よ。ご飯のことも、文句なんか言ったことないの。お昼は二人で外食が多いし、夜はあまり食べないから、お料理も楽なのよ。お掃除もプロがやってくれるし、私は家事らしい家事はしてないの」

細かく言えばいろいろあるが、少し大袈裟に夫を褒めた。

すると、悠太がからかった。

「有閑マダムってヤツ？」

「ねえ、死語じゃない？　それって」

里奈に即座に返されて、二人で爆笑している。

「有閑マダムだろうが何だろうが、早樹が楽ならいいわ」

母が独りごちた。

「早樹、塩崎さんの趣味は何？」と、父がのんびり訊ねる。

「今は庭いじりかな。庸介さんのことを知ってるから、クルーザーに乗るのも遠慮している し、私が興味ないからって、ゴルフもほとんど行かなくなったの」

父が熱い緑茶で割った焼酎を飲みながら、勝手に頷いている。

「ねえ、クルーザーって、ヨットの大きいのでしょ？」

母に訊かれて、早樹は首を傾げた。

「そうみたいよ。私もよく知らないの」

「じゃ、今その船、どうしてるの？」

「マリーナに置きっ放しみたい。時々、智典さんたちが乗りに来る程度」

「繋留するのもお金がかかるんでしょう？　ずいぶん勿体ないわね。話だけ聞くと、本当に富豪の暮らしじゃないの。あたしたちからは想像もつかないわ。早樹に、そんな人の奥さんが務まるのかしら」

母に遠慮会釈なく言われて、「さあね」と早樹は苦笑いした。

「お父さん、塩崎さんの家って、すごいところにあるから一度行ってみるといいよ。あれは一見の価値がある」

悠太が父に向かって言った。父は何も答えなかった。自分より年上の男が、娘の夫なのだ。何となく来にくいのは、早樹にもわかっているから誘ったことはない。

克典の父親はとうに亡くなり、母親は九十六歳で存命だが、小田原の病院でほとんど寝たきりだった。だからと言うわけではないが、自分の両親が克典より若いことに、早樹の方にも遠慮がある。

「今度、鎌倉に吟行に行くことになったの。その時にでも、皆で寄るわ」

母は俳句の結社にも入っている。ヨガ、旅行、映画鑑賞、俳句。悠々自適の生活である。

「うん、ぜひうちに寄って」

しかし、母は結社の仲間には、早樹のことは話していないだろう。娘が噂の的になって傷付くのを、誰よりも心配しているのだから。

さっさと鮨を食べ終わった悠太が、母に言った。

「あそこ、母衣山って言うんだよね。早樹の家は山のてっぺんだから、海に向かってなだらかな勾配になっててね。真ん前に海が広がっているんだ。お母さん、あれは本当に見物《みもの》だよ。まるで、見晴らしのいい公園みたいなんだ」

「へえ、そうなの。お父さん、どうする？」

母が父の顔を見たが、父はあまり乗り気ではなさそうだ。

「今度、二人でうちに来てよ。克典さんも喜ぶと思う」

早樹が誘うと、父が首を傾げて曖昧に答えた。

「そのうちね」

「ただね、庭に大きなオブジェっていうか、アートがあるんだよ。それが全然風景と合ってなくて変なんだ。公園みたいだって、俺が言ったのは、そのせいもあるんだよ。早樹、あれはどうしたの」

「克典さんが、庭師さんから買ったのよ」

「庭師の人が作ったんですか？」

　里奈が不思議そうな顔で、口を挟んだ。

「違うの。庭師さんの知り合いの、有名な彫刻家の人が作ったの。その庭師さんが勧めたので、克典さんが買ったのよ」

「オブジェ？」と、母が怪訝な顔をした。「どんなオブジェ？」

「箱根彫刻の森美術館みたいなのだよ。アートかな」

　悠太が言うと、里奈も同意する。

「あれ、結構大きいですよね」

「いくらくらいしたの？」

　金額を言えば驚くだろうから、早樹は黙った。母は気にせずに訊く。

「個人の家にオブジェだって？　それってどんなのか見たいわ」

「ちょっと待って。写真を見せてあげる」

　早樹は立って、椅子の上のバッグから、スマホを取り出した。すると、克典からＬＩＮＥがきているのに気付いた。

　皆で話していたので、着信音が聞こえなかったらしい。

久しぶりなのに、優勝しました。
43、42の85です。
我ながら驚きました。

賞品は宮崎牛だそうです。


大きな優勝カップを手にした姿と、宮崎牛の写真までが添付されていた。克典は嬉しそうに笑っている。

「克典さん、ゴルフ優勝したんですって」と、皆に告げる。

「すごいじゃないの」

ゴルフにまったく興味のない母が、気のない声で言いながら立ち上がった。スパークリングワインがなくなったので、他のワインを取りに行ったのだ。

「塩崎さんて、すごいですね。LINEもできるんですか」

里奈が驚いて言うと、流しの前に立っている母が笑いながら振り返った。

「あら、年寄りだって、そのくらいはできますわよ」

「でも、塩崎さんはもっと上ですよね？」

「七十二よ」と早樹。

里奈のような若い女は、七十二歳の老人がメールやＬＩＮＥができるのか、と驚いている。早樹の両親とそう変わらないのに、克典はもっと年上に感じるらしい。

「塩崎さんは、ゲームソフトの開発してたんだから、ＩＴ詳しいんだよ」

悠太が言うと、里奈が初めて納得したように頷いた。

「そうなんですか、すごい」

「いや、そんなに詳しくはないわよ。経営の方だし」

早樹が里奈に言った途端、また克典からＬＩＮＥがきた。


賞品はスキヤキ肉が五キロだそうです。

これを機に、ゴルフを再開しようかと思います（笑）。

取らぬタヌキの何とやら、でしょうか。


「スキヤキ肉が五キロだって」

「五キロか。だったら、うちに送ってよ。早樹のところじゃ食べきれないだろう」

悠太が半ば本気で言う。

確かに五キロもの牛肉は食べきれない。

いっそ、食べ盛りの男の子が二人いる、智典のところにあげた方が喜ばれるのではないかと思ったが、克典は贈られた物を他の人間と遣り取りするのを好まない。

五キロの牛肉は、冷凍庫にも入りきらないだろうから、腐らせてしまうかもしれない。そう思うと、憂鬱だった。

誰にも言えないが、二人では食べきれないものが送られてくる中元期と歳暮期は、礼状書きに追われる上に、捨てる作業もあるのだった。しかし、早樹は克典にこう返した。

おめでとうございます。
ゴルフ再開して、賞品取ってくださいね。

克典が早樹と再婚して以来、いろいろな楽しみを封印しているのは知っている。

だが早樹は、克典には、ゴルフでも船でも、好きに楽しんでほしいと願っていた。その方が自分も気楽だし、外に出られるからだ。実家にいるとのんびりできるだけに、母衣山での生活が窮屈なものに思えて仕方がなかった。

そんな早樹の表情を、母がそっと観察している。その視線がいつになく鬱陶しく感じられるのは、なぜだろう。

「早樹、オブジェの写真、お父さんたちに見せてやってよ」

悠太に催促されて、早樹は我に返った。

早速、スマホに入っている「海聲聴」と「焔」の写真を皆に見せた。

母が見入ってから、呟いた。

「オブジェというより、モニュメントでしょう？　何かお墓みたい」

墓という発想はなかった。早樹の表情に気付いて、父が母を窘《たしな》めた。

「墓はないよ。庭にあるんだからさ」

「別にいいじゃない、お墓だって。縁起が悪いと思って、言ってるんじゃないわ。素敵だから、言ってるのよ」

どう考えても詭弁だったが、母は何でも率直に言ってしまう人間だから、母を諫めることなど、誰もができないと諦めている。

「お母さん、そこで一句」

悠太にからかわれて、母はやっと苦笑いをした。

だが、早樹は墓だとしたら、誰の墓だろうと考え込んでいる。美佐子かプードルか。いや、庸介の墓かもしれないと思い至った時、克典の真意がわかったような気がした。

克典は、あのオブジェを買う時に、「海聲聴」という作品のタイトルが気に入ったと言っていた。

『早樹はいつも、海の聲を聴きたいと思って生きているんじゃないかと思ってね』

その時、早樹は、そんな詩的な言葉では自分の思いは表せないと、若干の反発を覚えたのだった。

しかし、克典の言う「海の聲」が死のメッセージという意味だとしたら、どこか諦め切れていない自分への叱咤《しった》だったのかもしれない。庸介の死を受け入れろ、と。

「なるほどね。お墓とは全然思わなかった。あのオブジェは、『海聲聴』というタイトルが付いているの。海の聲を聴けってこと。だから、大きな耳の形をしているんだって。克典さんは、そこが気に入ったらしいの」

早樹が説明すると、スマホの写真を見ていた母が訝しげに言った。

「これが耳なの？　そうは見えないわね」

「どれどれ」と、父が横から覗き込んだ。「何だか巻物を広げているみたいに見えるね。でも、まあ、アートだからな」

父の言葉を聞いた母が、老眼鏡を掛けて写真を見直した。

「耳そのものだったら、きっと気持ち悪いでしょうね」

母の言葉に皆が笑った。

「早樹さん、もうひとつ、母屋の方にも建っているじゃないですか。ほら、こんな形をしているのが」

里奈が、オブジェの形を手で象《かたど》りながら言った。

「ええ、あれは『焔』って名前が付いているのよ」

「そうですか。あっちは全然違和感なかったですね。南仏とか地中海とかのおうちにある感じで、しっくり合ってました」

「あら、そう？　ありがとう」

早樹は、里奈の思い遣りを感じて微笑んだ。

「墓」という語が縁起が悪いから、打ち消そうとしてくれているのだろう。

「『焔』の方は、生の象徴なんだって。人の生きるパワーを表しているって聞いた」

「じゃ、やっぱり庭のは死の象徴じゃないか」

悠太が断じて、里奈に肘で小突かれている。

「それって、言い過ぎだよ」

「いやいや、対の作品なら、対のイメージになってるのが普通だろう。だけど、『焔』と『海の聲』じゃ、意味がわからないよ」

早樹は首を傾げた。

「対のイメージになるとは、決まってないんじゃないの。彫刻家の人は、生きるパワーと、海からの聲を聴く耳、としか言ってなかったけどね」

「あっちは売りたいんだから、ネガティブなことは言わないんだよ」

悠太が言い募るので、里奈が余計なことを言うなと言わんばかりに、唇を尖らせている。

「死ってネガティブかしら？」

早樹が呟くと、皆がしんと静まり返った。早樹が次に何を言うか、息を詰めて待っているかのようだ。

しかし、早樹も自分が何を言いたかったのか、整理できずに黙っている。克典の真意が、死を受け入れることだとしたら、むしろポジティブに感じられたのだが、うまく説明できなかった。

「お茶でも淹れようか？　飲みたい人はいる？」

母が立ち上がったが、誰も手を挙げない。

「まだいいよ。もう少し飲んでいたい」

悠太に言われて、母がまたテーブルに着いた。遠慮のない会話を楽しんでいたのに、急に気詰まりな雰囲気になった。

「早樹さん、さっきの話ですけど」

里奈が突然、口火を切った。里奈は皆が一斉に見たので、恥ずかしそうにしたが、口調はしっかりしていた。

「何のこと？」

「庸介さんに似た人を見たって話です」

本人に一度も会ったことのない弟嫁の口から、庸介の名を聞くと奇異に感じられた。庸介という人物が、まだ生きているようにも感じられる。

「ええ、それが何か」

「蒸し返すようですみませんが、大泉のご実家と、うちの前に来たんですよね。つまり、母衣山のお宅には、その人は現れていないんですか？」

「ええ」と、早樹は頷いた。庸介によく似た男が母衣山に現れたら、嬉しいよりは怖いだろうと想像したことはあった。

「もし、その人が庸介だとしたら」と言いながらも、あまりにも現実味がないので苦笑してしまう。「確かに、今の私の住所とか、現状を知らないわけだものね」

「そうですよ。だから、庸介さんと仲のよかったお友達にも一度訊いてみられたら、どうでしょうか」

庸介が現れたかどうか、庸介の友人にも訊いてみろという里奈の提案には驚いた。

「何て訊けばいいのかしら」

「庸介さんに似た人が会いに来なかったかってことです」

里奈は真剣な表情で、早樹をまっすぐ見た。

「でもね、小山田さんていう、一番親しい人にその話をしたんだけど、そんなことは一切言ってなかった」

「その人は学生時代の住所にずっといるの？」

悠太が、里奈に代わって訊く。早樹は首を振った。

「ううん、福岡に転勤になって、あっちで結婚してた。私も知らなくて驚いたくらい」

まだ三十代だった庸介の友人たちは、転勤や結婚で、移動が激しいはずである。

「だったら、わからないじゃないですか。他の人に当たってみたらいいんじゃないですか。私ならそうします」

里奈はきっぱり言った。案外、強い性格のようだ。

「それはどうかしら」と、母が異議を唱えた。「お父さんは見間違いだってはっきり言ってるし、加野のお母さんは、生きていてほしいという願望が入っているんだと思うのよね。だから、偶然の一致なのよ。万が一、生きていたとしても、変な騒ぎになると早樹も迷惑だろうから、そのまま放っておいた方がいいと思うのよね」

「それはわかります。でも、真実を知りたくないですか」と、里奈は食い下がった。「私が早樹さんだったら、絶対に知りたいと思います。やっぱり、生きておられる方がいいですもの」

「そうだよ。死はネガティブだよ、早樹」

悠太も妻に味方する。

「いや、でも、僕が見たのは、やはり庸介君じゃないと思うよ。たまたま背格好が似ていたから、一瞬、そう思っただけで、若い男だったもの。庸介君が生きていたら、もう四十四歳くらいだろうから、それはあり得ないよ」

父が穏やかに取りなした。

「わかってるよ。多分、間違いだろうと俺も思うよ。だって、海で遺体が出なかったから、どこかで生きているかもしれないと思うのは、十中八九、希望的観測に過ぎないからね。しかし、この短期間に、これだけ目撃情報があるんだからさ。調べてみるのは悪くないと思うけどね」と、悠太。

「でもね、悠太。加野さんが見たって仰ってるのは、ちょっと疑わしいわよ。小山田さんという人も会ってくれて、そう言ってるらしい」

「何だよ、認知症ってことかい？」

母はさすがにそこまでは言えないのか、首を振って明言を避けた。

代わりに早樹が言う。

「再婚した私への反感からとか、いろんな要素があるんだと思う」

「だけどさ、これって変な話じゃないか。絶対にはっきりさせた方がいいよ。でないと、早樹が可哀相だよ。もう再婚して落ち着いているんだから」

悠太の話が終わらないうちに、里奈が好奇心を抑えられないように訊いた。

「ちなみに塩崎さんは、何て仰っているんですか？」

「言ってないの」

早樹の答えに満足したように母が頷いて、悠太夫婦にぴしゃりと言った。

「それがいい。決して言わない方がいいわ」

早樹は、今頃ゴルフ仲間たちと食事を楽しんでいるであろう克典のことを思った。

克典は、早樹がこんなことに悩んでいるとも知らずに、久しぶりに会った友人たちに、若い女と再婚したことをからかわれているかもしれない。

『何でゴルフをやめたんだ、と言われてね。奥さんに遠慮しているんだと言い訳したら、だったら、かみさんも一緒にゴルフやればいいじゃないかって言われたよ』

克典がそう言ったことがあった。今頃は、同じようなことを言われているのだろう。

「海聲聴」。生きているのか、死んでいるのか。再び曖昧な状態に置かれた自分は、庸介の生存の知らせを待っているのだろうか。確かに、また会いたい、と心は騒いでいる。が、どこかで確実な死の知らせを待っているのも事実だった。こんな状況に自分を置いた庸介への複雑な感情がある。

この居心地のよい実家も、いずれ悠太夫婦に子供が生まれて、両親が亡くなったら、早樹の居場所はなくなるだろう。

そして、克典が亡くなった後、自分は母衣山の家に一人で暮らせるのだろうか。

いや、その前に、亜矢や真矢たちとの壮絶な争いが待っているのかもしれない。そう思うと、庸介の遭難が自分の運命を変えたことに、今さらながら、悄然《しょうぜん》とするのだった。

3

日曜の朝、目が覚めた早樹は、一瞬自分がどこにいるのかわからなくなって、しばらくカーテンを眺めたり、白い天井を見上げたりしていた。

克典と再婚してから、実家に帰ったことはあっても、泊まったのは初めてだった。

それにしても昨夜は、悠太夫婦を交えて夜遅くまでお喋りしていたから、久しぶりに解放感を覚えて爽快だった。

その充実の余韻はまだ身内に残っていて、早樹は朝寝を楽しもうと、手足を伸ばして羽毛布団に顎《あご》を埋《うず》めた。

克典との生活は、我慢を強いられることなど何もないのだが、それでも妻として夫に合わせようとする自分の中の圧は、思いの外、高いのだった。気にし過ぎているのか、と早樹は自問する。

克典は賢い男で、滅多に激昂することもないし、声を荒らげることもない。ということは、早樹も同じ態度を要求されているのだった。二人だけの穏やかな暮らしを。

早樹も克典と結婚することで、人生の何かを諦めてリタイアしたのかもしれない。

庸介と暮らしていた時は、ぶつかることもよくあって、二人は本気で怒鳴り合いの喧嘩をしたものだ。しかし、喧嘩になっても、自由に何でも言えて、何でも要求できたはずだった。が、それは自分だけで、庸介はすべてを言わずに我慢するようになったのか。早樹の思いは、いつもそこに向かう。

昨夜、悠太が語った庸介像が意外だったかと言えば、時間が経つにつれて、そうかもしれないと思えてくる。

確かに庸介は、早樹の話を聞きながら、時折、退屈そうに欠伸を嚙み殺したり、放心していたようなこともあった。

今になってみると、自分は庸介のそんな態度に苛立って、日々、小さな諍いを繰り返していたのかもしれない。としたら、庸介はいったいどんな人物だったのだろう。

大学院時代を経て何年も付き合い、結婚までした男のことを、どんな人物かと考えるのもおかしな話だが、では、どんな人物かと問われれば、ひとことでは言い表せないのだった。

里奈が言ったように、庸介の友人たちを訪ねてみようかと、ふと思った。

リビングから、コーヒーメーカーの唸《うな》る音が、微かに聞こえてきた。両親のどちらかが、好きなコーヒーを淹れているのだろう。

早樹の部屋は、玄関脇の四畳半だ。両親は悠太の結婚を機に、古家を二世帯住宅に改築した。

その時、従来の早樹の部屋はなくなったが、学生時代に使っていたベッドやデスクは残して、この部屋で使えるようにしてくれた。

庸介の遭難がなかったら、今頃、ベッドやデスクは処分され、この部屋は納戸になっていたに違いない。

自分に帰る場所があるのは有難いことだと思う反面、真矢の居場所はどこにもないのだと、なぜか真矢のことを思い出してしまうのだった。

そんなことを考えているうちに眠気が覚めた。早樹はベッド横のデスクの上に置いたスマホに手を伸ばした。枕に頭を載せたまま、ニュースサイトや、気に入りのインスタグラムをだらだら眺める。

そのうち、どうしても気になって、真矢のブログ「夜更けのマイヤ」を覗いてしまった。週末に更新されるからだ。果たして、更新されていた。


皆様、いつも励ましてくださって、ありがとうございます。

Tさん、私と同じ思いをされていたんですね。でも、Tさんの経験は辛過ぎます。早く忘れて、新しい人生を歩まれることを、心よりお祈りしています。

Sさん、温かいアドバイス、本当に嬉しかったです。でも、気にしないわけにはいきませんよね。

Tさんには、早く忘れて、と書きましたが、その実、私もいまだとらわれていることがたくさんありますよ。

父が私を懐柔しようとしているのは、彼の妻が私と同い年だからだと思います。

自分に何かあったら、私がその妻に何か危害を加えるかもしれないと、心配しているのでしょう。

でも、そういう発想が、私を傷付けるのです。なぜ、父はそんな単純なことがわからないのでしょうか。

つまり、私たち親子には、もう信頼関係がないのです。実の娘との信頼関係も築けないような父が、娘と同い年の妻を愛せるわけがありません。

父も妻も、お互いに計算ずくで結び付いた醜い夫婦なのです。


「計算ずくで結び付いた醜い夫婦」という言葉を目にして、早樹は息が止まりそうになった。なぜ、ここまで言われなければならないのだ。今すぐにでも、真矢の居所を捜し当てて、怒鳴り込みたい衝動に駆られる。

余計な刺激をするな、放っておけ、と克典は言ったけれど、これは看過できないレベルではないのか。克典もどうかしている。相手が庸介だったら、とっくに大喧嘩になっているはずだった。

早樹は急にすべてが嫌になって、スマホをベッドの裾に放り投げた。

布団に埋もれたスマホから、ＬＩＮＥの音がした。克典からかと拾い上げて見ると、やはりそうだった。

地元の人が招待してくれるそうなので、一日遅れます。

だったら、もう一ラウンドということで、明日の夜に帰京します。勝手に予定変更してすみません。

克典にしては珍しいこともあるものだと思ったが、早樹は実家でのんびりしているだけに有難かった。だったら、自分も実家にもう一泊して、同じ時刻に母衣山に戻る、とＬＩＮＥしておいた。

リビングでは、母親がのんびりとコーヒーを飲みながら、朝刊を読んでいた。早樹が入って行くと、顔を上げて老眼鏡越しに見た。その仕種が老人めいていて、不意に克典を思い出した。

「おはよう」

早樹が挨拶すると、母が無愛想に返した。

「おはよう。今、あなた、あたしが年寄りだなあと思ったでしょう？」

「うん、ちょっとそう思った。ねえ、コーヒー飲んでいい？」

正直に答えてから、勝手にコーヒーをマグカップに注ぐ。

「先に顔洗ってらっしゃいよ。いつも家でそうなの？」

いいではないか、たまには。早樹は答えずにテーブルに着いた。

「トースト食べる？」

母に訊かれて首を振った。

「お腹空いてないから要らない」

「いつもそうなの？」

また同じことを訊かれ、さすがに苦笑する。

「まさか。家にいるから、のんびりしてるだけよ。お母さん、私、今日も泊まることにしたけどいいよね。克典さん、もう一泊してゴルフだって」

母が嬉しそうに顔を上げた。

「あら、そう。よかった。じゃ、今夜は何食べようか」

「普通のご飯でいいわよ。それより、お父さんは？」

「散歩に行った」

「健康的だね」

「あと十年は何とかかと思ってるの。悠太たちに面倒かけたくないから」

「何かあったら、私が見るわよ」

「いや、あなたは」

母は最後まで言わずに言葉を切った。そう、まず克典の世話がある。そして、娘たちとの抗争。先のことを考えると憂鬱になるので、早樹は気分を変えようと立ち上がった。

「やっぱり、トースト食べる」


昼前に、ふと思いついて美波に連絡した。美波は病弱な母親と実家で暮らしている。同じさいたま市でも与野だが、早樹の実家のある北浦和の隣駅だ。

「今、実家にいるんだけど、どこかでお昼食べない？」と早樹が誘うと、家で仕事をしていたらしい美波は喜んだ。

「じゃ、うちに来ない？　悪いけど、何か買ってきて。ちょうど仕事してて出られなかったから、助かる」

「お母さんは？」

「さっき一人で出掛けたから、当分帰ってこないと思う」

病身の母親を一人外出させてもいいのかと思ったが、美波は常に合理的な思考をする人間だから、余計なことは言うまいと自戒した。

早樹は、北浦和でサンドイッチや洋風総菜を買った。美波の公団住宅に着いたのは、午後一時を過ぎていた。

美波の家は、十階建て公団住宅の十階にある。見晴らしがよく、開放廊下から、遠くに富士山が聳《そび》えているのが見えた。

インターホンを鳴らすと、眼鏡を掛けた美波がドアを開けてくれた。

「こっちに来てたんだね」

無愛想な顔で言うので、早樹は少し怖じた。

「仕事中なのに、大丈夫？」

「大丈夫。気分転換になっていいよ」

顔は笑っているが、言い方は素っ気ない。いつものことだった。

美波と久しぶりに会ったのは、八月終わりの雨の日、菊美の家からの帰りだった。

その時の美波は、虎ノ門の法律事務所で働いているにも拘《かか》わらず、たった今、顔を洗ったかのような素顔で現れたので、その無頓着ぶりに驚いたものだ。

だが、今日はトレーナーにジーンズという普段着で、高校時代から掛けていた赤い縁の眼鏡が若々しく、柔らかく見えた。

「お母さんは、どこにいらしたの？」

早樹は、玄関で靴を脱ぎながら訊ねた。

「図書館に行った。ただで雑誌が読めるからって、いつも行くの。その後、図書館のそばの友達のとこに寄るって言ってたから、帰るのは夕方だと思う」

美波が来客用のスリッパを揃えてくれた。母親の手作りなのか、ピンクのフェルトの造花が付けられていた。

靴箱の上にも、母親が作ったらしいアートフラワーが飾ってある。鮮やかな紫色の薔薇《ばら》の花束なので、すぐに贋物《にせもの》とわかる。

隣に置いてある芳香剤がやたらと臭うのは、美波が吸う煙草の臭い消しのためだろう。

美波と母親が二人で住まう部屋は、2LDK。古い公団住宅で、玄関の先に廊下はなく、すぐにリビングルームが見える。その入り口には、目隠しの暖簾《のれん》が掛かっていた。

「懐かしい、あの暖簾。前と同じだね」

美波のうちは、高校生の頃に遊びに来た時と、ほとんど変わっていない。が、以前は女物の靴がところ狭しと置いてあった。

「うん、変えてない」

美波が、初めて暖簾の存在に気付いたように振り向いた。

「みんな、元気?」

「みんなって誰?」

美波がぶっきらぼうに訊き返す。

「何言ってるの。お姉ちゃんと香織《かおり》ちゃんのことだよ」

香織というのは、美波の妹だ。

「一緒に住んでないから、ぴんとこなかった。元気なんじゃないかな。てか、最近どうしてるのか知らない。二人とも生活に追われて、それどころじゃないみたい。あたしが司法試験に受かったっていうんで、お母さんの面倒は美波に任せればいいやって、安心しちゃったんじゃないかしら。全然、連絡もないしね」

早樹は呆れた。

「姉妹って、そんなものなの？」

「そんなものだよ」と、美波は表情を変えずにさばさばと言う。

美波は三姉妹の真ん中で、六歳離れた姉と三歳下の妹は、それぞれ結婚して家を出た。独身の美波だけが母親と暮らしている。

父親は、美波が小学生の頃に離婚して、他の家庭を築いていると聞いた。

美波の母親は女手ひとつで、三姉妹を育てたのだ。そのせいか、美波は高校でも常に現実的で、大人っぽかった。

「お姉ちゃんたち、どうして生活に追われてるの？　結婚したじゃない。香織ちゃんなんて、赤ちゃんが生まれたんでしょう？」

美波が急にいたずらっぽい顔をした。珍しく楽しそうだった。

「二人とも、子持ちで離婚したの」

「嘘。二人とも？」と、早樹は驚いた。「何で」

「遺伝じゃない？」

美波は薄く笑った。そして、早樹の差し出した紙袋の中を素早く覗いた。

「たくさん買ってきてくれたんだ。どうもありがとう」

早樹も見覚えのある食卓の上には、ノートパソコンが開いていて、六法全書や資料が広げられていた。灰皿には煙草の吸い殻が数本入っている。

「ごめんね、仕事の邪魔して」

「いいよ。ひと休みしたかったし、早樹とゆっくり話したかったから」

「お母さんの体調はどうなの？」

美波の母親はリウマチで、あちこち痛がっていると聞いた。それなのに、出歩いてもいいのかと心配になる。

「うん、小康状態なんだって。今日はあたしがここで仕事をしてるんで、気を利かせたんじゃないかな」

確かに気難しい美波が、険しい顔でリビングを占領していたら、病身の母親でも出て行きたくなるだろうと気の毒に思う。

美波は食卓の上を手早く片付けて、パソコンと資料をソファに移した。その間、早樹は買ってきたサンドイッチや総菜をテーブルに並べた。

「ワインでも買ってくればよかったね」

「いいよ、まだ仕事あるから。でも、ビールくらい飲もうか」

美波が冷蔵庫から発泡酒の缶をふたつ出して、グラスとともに持ってきた。

「これビールじゃないね」と笑う。

「似たようなもんじゃない」

女二人の気の置けない昼食が始まった。グラスを合わせて乾杯する。

「この間は突然呼び出してごめんね。久しぶりに会ったのに、忙しなかったしさ」

「いいよ、早樹はどうしてるかなと、気になってたからさ。いいタイミングだった」

美波が、気にしなさんなという風に、ひらひらと手を振った。

美波の手は、色が白くて指が長く美しい。見惚《みと》れていると、美波はその手でサラダのパックを乱暴にこじ開けた。早樹の視線に照れているような仕種だった。

「仕事はどうなのよ」

「うん、忙しいよ。相変わらず浮気調査の発注とかをやらされてて、うんざりだよ。これが弁護士の仕事かって悲しくなる」

「浮気調査って、下請けに出すの？」

「もちろん。結構高いんだよ。だけど、すごい需要がある」

「へえ、どうやって調べるの？」

「まずは、奥さんからの情報。LINEとか盗み見て写真に撮って送ってもらう。そして、予定を調べて、その人の後をつけるの。怖ろしいほど、奥さんの勘て当たるよ」

「怖いね」

「怖いよ、尊厳を傷付けられた恨みは」

美波はオープンサンドを食べながら、不器用にケッパーや茹で卵の欠片《かけら》をぽろぽろと食卓の上に落としている。

「それ、食べにくい？」

「平気」と、相変わらず素っ気ない答えが返ってくる。早樹は店でもらった濡れナプキンを手渡してやった。

ナプキンで手を拭き、口を拭い、ついでにテーブルに落ちたマヨネーズを拭き取った美波が、ふざけた口調で言った。

「気が利くね。早樹は、男の面倒を見るタイプなんでしょ？　塩爺には合ってるかもしれないけど」

塩崎爺さんが、塩爺になっている。それはどうでもよかったが、最後の「けど」が気になった。

「けど、何よ」と、真顔で訊ねる。

「つまりさ、庸介さんは、面倒を見られるのが、あまり好きじゃなかったんじゃないのってこと」

何で克典と庸介を比較するのか、わからなかった。

「私はそんなに面倒なんか見てなかったよ。別にそういうタイプじゃないもん」

「そうかなあ」と、美波が大きな声を上げた。「よくやってあげてたじゃん。さすがにお酌はしないまでも、いろんな世話を焼いて、いつも庸介さんを立ててた。覚えてるよ、あたし」

「そんなことないよ」

他人は思いもかけないことを言うものだと、心外だった。

早樹の中では、庸介の方が面倒見がよくて優しく、いつも世話を焼いてくれたように記憶していた。

セルフサービスの食堂では、早樹を座らせておいて、庸介が早樹の分の飲み物や食べ物を取りに行ってくれたし、箸袋から割り箸を出して渡してくれたことさえあった。

飲み物がなくなればすぐに注文し、早樹の好みを優先して店を選んでくれた。

その意味でも、かけがえのないパートナーを失ったと思っていた。

「私の方が全然気が利かないよ」

「そうかしら。早樹はすごく気が回る人だよ。庸介さん、いつも早樹の前では木偶《でく》の坊みたいだったじゃない」

早樹は首を傾げる。

「そうだっけ？」

「そうだよ。早樹がいつも先回りしてた」

「先回りねえ。そうだっけ？」

言葉に棘を感じて、何が美波の機嫌を損ねたかと、早樹はその顔を見遣った。近眼が強いせいで、赤い眼鏡の奥の目が小さく見えた。

早樹の視線を拒むように顔を背けて、美波が続ける。

「塩爺にはそれがいいんじゃないの。四六時中一緒で、早樹が秘書みたいなことやってあげてるんでしょう？」

「それはそうよ。だって、若いんだもの」

美波がグラスに注いだ発泡酒を飲んだ。

「そのために選ばれたんだもんね」

玉の輿に、と続きそうで、さすがに早樹はむっとする。

「何だか、今日はずいぶんと攻撃的じゃない？」

冗談めかして言う。

「ごめん」と、素直に謝られて苦笑せざるを得ない。

何か考えているのか、額に手をやって俯いていた美波が顔を上げた。

「ごめん。攻撃してるわけじゃないんだけど、あたしにはどうしても早樹が塩爺と再婚した理由がわからないんだよね。でも、そんなの余計なお世話だよね」

「まあね」

魔法が使えたら、他人が自分たち夫婦に抱く好奇心を、すべて消し去りたくなる瞬間がある。なぜなら、どこか卑《いや》しいからだ。しかし、美波は友人として、率直に訊きたいのだとわかっているから、腹は立たなかった。

「塩爺のこと、好きなんでしょう？」

「それは好きよ。でなきゃ、結婚しないよ。頭のいい人だし、落ち着いているし、話してて楽しいし、楽よ。あまり歳とか、意識したことないよ」

「しかし、あの庸介さんと結婚してた早樹が、どうして年上の塩崎さんと再婚したのか、本当に謎なのよ」

「失礼だねえ」

笑いながら言ったが、それほどまでに、自分の再婚が美波の好奇心を刺激したことに驚いてもいる。

「だって、庸介さんはカッコよかったもん。だから、早樹はまたカッコいい男を見つけるのかと思ってた」

「そんなの、なかなかいないじゃん」

早樹はサラダをフォークで突いて口に入れようとしたが、急に食欲が失せた。

美波は、克典の財産が、庸介の若さやカッコよさの代わりになると思っているのだろうか。

それが邪推だとわかっていても、美波の真意を探りたくなる。

「ねえ、塩爺って、子供がいるんでしょう？　その人たちと折り合いはいいの？」

「いいわよ」と、嘘を吐く。

「塩爺の子供は何人くらいいるんだっけ？」

「息子が一人と、娘が二人」

食事を中断した美波が、断りもなく煙草に火を点けて、高く煙を吐いた。

しかし、早樹を気遣ってか、窓を開けに行った。新鮮な外気が流れ込んでくると同時に、煙草の臭いも強く感じられて、早樹は横を向いた。

美波は早樹の不快さに気付かない様子で、なおも訊ねる。

「その人たち、早樹のこと、ちゃんと受け入れてるの？　これは友達として心配だから訊いてるだけなのよ。気を悪くしないでね」

早樹は、真矢のブログを思い出したために、すぐに頷くことができなかった。

「何かあった？」

美波にすかさず言われたので、正直に答えることにした。

「実は、下の娘がブログを書いていて、そこに私たちの悪口が書いてあるの。もともと父親と折り合いが悪いせいなんだけど、私と同い年だから、私のことも恨んでいるみたいなのよ」

「財産を取られるから？」

さすがに係争しか見ない弁護士の弁だと思ったが、早樹は早くもブログのことを喋ったことを後悔していた。だから、首を振った。

「そういうことではないみたい。何か許せないんでしょう」

「いや、そういうことだよ。世の中はみんな金、金、金なの」

いかにも現実主義者の美波が言いそうなことだが、早樹はそれだけではないと知っているから、反論した。

「私は違うよ」

「わかってるよ、早樹はいい人だもん」

唐突に褒められて、早樹も厭味を言いたくなる。

「よく気が回って、男の面倒をよく見る？　それがいい人？」

「いい人だから、よく気が回るって褒めてるんだよ。あたしにはない美徳だと思うから。早樹が金目当てだなんて、誰も思ってないよ」

美徳とは大袈裟だ。早樹は思わず笑ったが、真矢のことを思い出して、また憂鬱になる。

「でも、その娘はそう思ってるのよ」

「見てみるよ、そのブログ。URL教えて」

仕方がないので、早樹は「夜更けのマイヤ」というタイトルを教えた。

「後で見てみる」

「対策があったら教えて」

「了解」と、美波が真面目な顔をした。

グラスが空になったので、美波がまた発泡酒を冷蔵庫から出してきた。

「ねえ、ところでさ。あの話どうした？」

気になっていたのだろう。美波から切りだされた。

「何の話？」

「庸介さん生存説」

それか、と頷いてから、おもむろに話した。

「実家で初めて聞いたんだけど、うちのお父さんも庸介に似た人を見たんだってさ」

驚いた風に、美波が顔を上げた。

「マジか」

「でもね、お父さんは見間違いだって否定していた。庸介に背格好は似てたけど、若かったって言ってた」

「ありがちなミステリー話になってきたね」

美波は本気にしていない様子で、笑いすら浮かべている。

「あれからまた加野のお母さんからも電話があって、マンションの郵便受けの前にいたって話はメールに書いたよね？」

「うん、でも本当にそうだったのかな」と、疑わしげに言う。「一度そう思い込むと、誰でも庸介さんに見えちゃうんじゃないの」

「かもしれない」

早樹は、小山田潤に連絡して、菊美に会いに行ってもらった話をした。

「小山田潤、覚えてる」美波が嬉しそうに言った。「あの、眼鏡掛けた線の細い人よね。結構、お酒が強いんで驚いたことあった」

結婚前、早樹の親友だった美波も交えて、庸介や庸介の友人たちと何回か飲み会をやったことがあった。

「あと、丹呉《たんご》君とかも覚えてる。変わった名前だから、忘れない」

懐かしい名前が出てきた。丹呉は小山田と同じく同窓で、庸介の釣り仲間だった。遭難当初は、ほとんど毎日海に出て捜索してくれたのだが、八年経った今、小山田同様に連絡を取り合ってはいない。

小山田も丹呉も同窓だから、早樹も知っているが、丹呉とは、小山田ほどには親しくなかった。小山田は始終、早樹たちの中目黒のマンションにも遊びに来ていたが、丹呉は大学院から入ってきた学生で、無口で物静か。家にも遊びに来たことはない。

「小山田君と丹呉君と、もう一人いたじゃない？　割とカッコいい人」

早樹が首を傾げると、美波が顎に手をやった。

「誰だろう。釣り仲間なら、何度か会ってると思うけど」

どちらかと言うと早樹は、庸介が友人たちに会わせようとすることに、あまり乗り気ではなかった。庸介が友人たちと遊ぶのを好んでいること自体が、自分を蔑《ないがし》ろにしていると感じることさえあったのだ。

　だから、開いていた蓋が閉じるように、庸介も次第に早樹を誘おうとはしなくなった。心が離れたとは思わないが、週末になると仲間と海に繰り出す庸介に、早樹が強い不満を抱いていたのは事実だ。

「あと一人の名前、わかったよ。ちゃんと登録してた」

　美波が自分のスマホを眺めて言った。

「何て人？」

「佐藤さん」

　佐藤という名の知人はたくさんいる。どの佐藤だったか、覚えていない。

「下の名前は何ていうの？」

「佐藤幹太《かんた》」

　カンタ。音を聞いて思い出した。

　幹太は確か庸介より年下で、早樹と同じ年齢だ。彼は同窓ではなく、どこで知り合ったのか、釣り雑誌の編集のようなことをしていたはずだ。

　庸介は、年下ながらも「俺の釣りの先生」と幹太を呼んでいた。

「幹太さんの連絡先、何で登録してたの？」

「だって、飲み会で交換したもの」

早樹は、美波に「美波も、案外ちゃっかりしてるね」と冗談を言いそうになって、言葉を呑み込んだ。

美波は峻烈なほどに潔癖な質で、これまで付き合った人の話は一度も聞いたことがない。口を開けば、昨今の男に対する激しい悪口が飛び出すから、むしろ男嫌いではないか、と思っていた。

だから、幹太と連絡先を交換していたのは意外だった。

「今、幹太さんはどうしてるのかしら」

「相変わらずじゃない？」

釣り雑誌の編集。つまり釣り関係の仕事をしているということか。

「連絡は取ってないの？」

「まさか」と、にべもない。

「幹太さんの連絡先を教えてもらってもいいかしら？」

里奈の言うように、庸介の友達に一度訊いてみてもいいと考えていたから、念のために訊ねたのだが、美波は警戒するように肩を竦めた。

「いいけど、どうして」

「庸介みたいな人が、他に現れていないかどうか訊いてみようと思って」

「やめた方がいいんじゃない。おかしな人と思われるだけだよ」

美波に自信たっぷりに言われると、急に気持ちが萎《しぼ》む。目に迷う色が出たのだろうか。早樹の心をさらに小さく折り畳むように、美波が言う。

「気になるのはわかるけど、今さら、そんなことを訊いて回ったら、早樹の頭を疑われるだけだと思うよ」

頭を疑われるとは、酷い言いようだと思う。先日も同様に感じたが、久しぶりに会う美波は言葉が過ぎる。

不機嫌になって黙ると、まるで沈黙が怖いかのように美波が喋った。

「あたしは正直でフェアな意見を申し述べているだけ」

「弁護士先生だものね」

早樹も精一杯の厭味を返したが、その実、虚しかった。いつから、この親友と気持ちがゆき違い始めたのだろう。やはり、克典との再婚からか、と溜息が出る。

早樹が機嫌を損ねたのを感じたのか、美波が取りなすように言った。

「でも、庸介さんて、家出少年だったんでしょう？　だったら、加野のお母さんが信じ込むのもわからないでもないよね」

唐突に「家出少年」という言葉が出たので驚いた。

「何それ。初めて聞いた」

「早樹、知らないの？　庸介さんて、中学生の頃、一カ月も家出してたことがあるんだってよ」

「何で美波が知ってるの？」

「本人が言ってた」

早樹は庸介からそんな話を一度も聞いたことがなかったし、菊美もひとことも言ったことはない。

「いつ聞いたの？」

「何かの時に聞いた。飲み会か何かで隣り合った時かな」

美波は眼鏡を外して、ティッシュペーパーで汚れを拭っている。

「飲み会で、そんな重要な話をするかしら？」

「亡くなった今だから、それが重要に思えるだけでしょう。その時は、単なる思い出話で語っただけだよ。そんな勢い込むことないじゃない」

妻の自分が知らなかったことを、美波が知っているという事実がたまらなく不快だった。

それなのに、美波は屁理屈で応じようとしている。

「一カ月、家出してどうしたの？」

「あたしは詳しく知らないわよ。それこそ加野のお母さんに訊いてみたら？」

訊いてみようにも、菊美とは断絶も同然だった。あの時の屈辱的な会話を思い出すと、気が塞いだ。

「何で、そんな大事な話を今頃するの？　私、初めて聞いたけど」

「子供の時に家出したって話が、そんなに重要かしら？」

美波が驚いたように言い返した。

「割と重要じゃない？　庸介が気に入らないことがあると、家を出て行っちゃうような子供だったってことでしょう？」

しかし、中学生なら、子供ではない。しかも、一カ月も家出しているのは、尋常ではなかった。

家出中の庸介は、いったいどこにいて何をしていたのか。

それだけの体験が、その後の人格形成に影響を及ぼすことはないのだろうか。

「全然、知らなかったな」

早樹は独りごちて、両の頰を手で押さえた。

庸介も庸介の両親も、どうして黙っていたのだろう。

「中学何年の時？」

「それが笑っちゃうの。中二だって。中三になったら、受験があるから大変だってわかってたからって。あの付属って楽に見えるけど、上に行くのは大変らしいのね。学年でもかなりの数が外の学校に行くらしいのよ」

美波が思い出話をするように言う。

「そんなこと、一度も聞いたことないよ」

早樹の声は自然と厳しくなった。

「何が言いたいの？」

気の強い美波が応じる気配を見せた。

「何で今まで黙っていたの？」

「だから、たいした話じゃないと思ってたの」

早樹は呆れて立ち上がった。

「だったら、もういいよ。私は美波がそういう人だと思わなかった。私たちが必死に捜索していた時に、家出の話を聞いていたら、またちょっと違ったかもしれない。関係ない話かもしれないけど、私はそのことを話してくれなかった庸介がわからなくなったもの」

早樹は急にどうでもよくなって、立ち上がった。美波は硬い表情で、煙草をくわえた。

「じゃ、訊くけど。どうして庸介さんのお母さんは、家出のことを早樹に言わなかったの？　それって変じゃない。早樹は今、『私たちが必死に捜索していた時』って複数形で言ったけど、それって、お義母さんやお義父さんたちのことでしょう？」

立ち上がった早樹を見ずに、横を向いたまま美波が早口に言う。

早樹は説明するために、再び椅子に腰を下ろした。

「お義母さんやお義父さんや友達や知人や、うちの家族や私、つまり全員ってことよ」

ああ、どうして私は美波に苛立っているんだろう、と早樹は思った。

このわけのわからない感情は不穏で、何かとんでもないことを美波に向かって言いそうだった。

「あたしは、庸介さんの口から、はっきり聞いたわよ。何でそんな話になったのかって言うと、あたしが姉と大喧嘩して、ひと晩中家に帰らなかったことがあった、でも時間を潰すのに苦労したし、夜はとても怖かったっていう話をしたからだったと思う」

その話も初耳だった。

早樹は、美波が庸介と互いに、自分が知らない出来事を話し合ったということにも不快の念を抱いているのに、美波はそれがどうしてわからないのだろうと腹が立った。

「美波の話も知らなかったよ」

「そりゃそうだよ。誰にも言ったことなんかないもん」

美波が勝ち誇って言ったように感じられた。

「でも、庸介には話したんだね」と、早樹。

「そうよ。何か急に話したくなったんだよね」美波が頷いて、灰皿に長くなった煙草の灰を落とした。「そしたら、僕もあるよって、庸介さんが言ったのよ。子供の頃から、気に入らないことがあると、家に帰りたくなくなるんだって。その時も、帰りたくなったから、学校の帰りにお母さんに電話したんだって。『僕は今日から家に帰らないで、お祖父さんの家に行くから』と言ったとか」

「お祖父さんはどこに住んでたの？」

「そんなの知らないわよ。でも、本当はお祖父さんの家になんか行かなかったんだって。知らない女の人の家で居候《いそうろう》してたって、変なこと言ってた」

「その時、庸介は中二でしょう？　それなのに、知らない女の人のうちに長い間いたなんて、あり得るかしら」

何もかもが腑に落ちない。なのに、美波は平然と答える。

「あたしもびっくりした」

「庸介の家出の原因は何だったの」

「お母さんが大嫌いだったってなことを言ってたと思う。お父さんとお母さんは仲が悪くて、すごい喧嘩をするから、居たたまれないというようなことだった」

「それは本当のことかしら？」

早樹は疑わしかった。

美波が作り話をしているとは思わなかったが、庸介はそんな話をしたことはないし、菊美も息子を褒めそやしこそすれ、家出の話など一度も口にしたことはなかった。

また、庸介の両親が不仲だったとは、到底思えなかった。父親は若い頃、遊んでいたらしいと、庸介から聞いたことはあるが、激しい喧嘩をするほど深刻ではなかったはずだ。

「本当なんじゃない」

「ともかく、私は一切聞いていないから。私が初耳ってことは、庸介が嘘を吐いた可能性だってあるんじゃないかな」

突然、美波が笑った。

「何で嘘を吐く必要があるの？」

「こっちが訊きたいよ」と、早樹も苦笑する。すべてが理不尽に思えた。

庸介が家出をしたことがあること。

その話を、たいして親しいとも思えない美波にだけ打ち明けたこと。

美波が家出の事実を黙っていたこと。

さらに、菊美も黙っていたこと。

「庸介は一カ月も何をしていたのかしらね」

「その知らない女の人と暮らしていたけど、やがて、そこも飽きて家に帰ったって」

「さぞや、大騒ぎだったでしょうね」

ヒステリックに騒ぎ立てる菊美の様子が目に見えるようだった。不意に、自分の中にも菊美への強い反感があると気付く。

「家出も一度や二度じゃないみたい。複数回あるみたいよ」

「常習犯ってこと？　じゃ、訊いてみなくちゃ」

「誰に訊くの」

「お義母さんしかいないわ。もう縁が切れたと思っていたけど、まだ繫がってるのね」

早樹は暗い思いで言った。

「ただいま」

玄関ドアが開く音と同時に、美波の母親の声が聞こえた。

早樹は挨拶のために立ち上がったが、美波はつまらなそうに煙草の煙を見つめている。

第五章　友人たち

1

美波の母親が帰ってきたので、庸介の家出の話は、それきりになった。

久しぶりに会った美波の母親としばし世間話をしてから、早樹が美波の家を出たのは午後四時を回っていた。

陽が落ちるのがいっそう早まった。日陰になった駅前の高層住宅の下を歩いていると、歩道から冷気が忍び寄って、心までも薄ら寒く感じられる。

発泡酒を二本近くも飲んだから少し酔ってはいるのだが、幸福感とは程遠く、早樹は後味の悪さを拭い去ることができないでいた。

どうして庸介は、自分に話そうとしなかったのだろう。さっきから、庸介が中学時代に家出をしたという話が、頭から離れない。

いっそのこと、菊美に詳しく訊いてみた方がいいと立ち止まる。

与野駅の前で、早樹は思い切って大泉学園の家に電話をかけた。携帯電話にかけなかったのは、電話に出ないことを怖れたためだ。

「もしもし、加野でございます」

かなり長くコールが鳴った後、菊美のはきはきした声が聞こえてきた。

九月の断絶以来、菊美が憔悴しているのではないかと案じていただけに意外だった。

名乗ると電話を切られるのではないかと、躊躇いながら挨拶する。

「早樹です。お久しぶりです」

「あら、早樹ちゃん。元気だった？」

菊美は、九月の電話のことなど忘れたかのような、明るい声だった。

「はい、お母様はいかがですか？」

『お母様なんて、金輪際言わないで。あなたに言われる筋合いはないんだから』とまで言い放った菊美は、そんなことも忘れたかのように上機嫌だった。

「元気よ。七十二だって言うと、みんな嘘でしょうって驚くわよ」

少し辻褄が合わない返答だと思ったが、受け流す。

「それはよかったです。今日はちょっと伺いたいことがあって、お電話しました」

「いいわよ、なあに」

「庸介さんのことです」

「庸介がどうかしたの？」

まるで生きているかのような口調に、思わず口籠もる。

「あの、庸介さんが、中学時代に家出したことがあると聞いたので、ちょっと驚いたんです。それでお母様に詳しく伺えないかと思って、お電話しました」

「そんなこと聞いてどうするの？」

不思議そうに問い返す。

「私は聞いてなかったので、それは本当のことか知りたいと思って」

「本当よ」あっけらかんと答える。「中学の時、あの子はよくいなくなってね。数日の時もあるし、日帰りの時もあって」

「日帰り」と、自分で言った言葉が可笑しかったのか、菊美は転がすように笑った。

「一カ月も家出していたと聞いたんですが」

「そうなのよ。あの時はさすがに心配したわね。学校の帰りにお祖父さんの家に行くって電話があってから、そっちには行ってないことがわかってね。あちこち捜しても見つからないから、いよいよ警察に届けを出そうと思っていたら、また電話があったの」

「庸介さんからですか？」

「そう、本人から。今、ある人のうちに厄介になってるから心配しないで、ということだった」

「それで帰りを待っていただけなんですか？」

何と暢気なことだろうと、早樹は内心呆れていた。

「そうなの。あたしは勉強が遅れるんじゃないかと心配でね。でも、そのお宅でも、ちゃんと勉強だけは続けてたみたいだから、よかったんだけど」

菊美は勉強のことしか心配していないのか。早樹はまた唖然とした。

「どんなお宅に厄介になってたんですか？」

「確か、会社員の女の人のアパートだったようよ。迎えに行ったお父さんが言ってた」

「まったく知らない人のうちなんですか？」

「そうなのよ。あの子にそんな度胸があるんだって、びっくりしたもの」

度胸の問題なのだろうか。いや、もしかすると、その女性は父親の愛人ではなかったのか。

ふと疑念が湧いたが、菊美が何も疑問に思っていない様子だったので言えなかった。

「その女の人は若い人だったんですか？」

「いや、確か四十くらいじゃないかしらね。そっか、今のあなたくらい」

菊美が思い出すように言う。

「どこに住んでいる人だったんですか？」

「確か小田急線の方。あたしの知らない名前の駅だったわね」

「どこで庸介さんはその人と会ったんでしょうね？」

「さあ、話しかけられたとか何とか、ぶつぶつ言ってたけどね。詳しく訊くと怒るから、こっちも腫れ物に触るみたいにしてたのよ」

庸介は、小学校から自宅近くの国立の小中一貫校に通っていた。だから、活動範囲は広くない。どこで、その女性に話しかけられたのか、と不思議に思った。今ならば、誘拐の罪に問われそうな出来事だった。

「変な話ですね」

「そうなのよ。変わった子でしょう？」

菊美は愉快そうに笑った。早樹も一緒になって笑ったが、心は冷えている。

「私、その話、全然知らなかったんですけど」

「あら、庸介、話してないの？　恥ずかしかったのかしら」

なぜ、恥ずかしいのだろう。もしや、その女性と性的関係があったのではないか、と想像しかけた早樹は、慌てて打ち消した。

いくらなんでも、当時の庸介は中学二年の少年だ。しかし、アルバムを見せてもらったことがあるが、中学生の庸介は、背も高く大人びて見えた。あり得ない話ではない。

「早樹ちゃん、だから、庸介が今度も同じように家出したんじゃないかと思ってるんでしょう？　ねえ、そうよね」

突然、明晰になった菊美が、声音までも違えて訊ねる。

「それも少しありました」

早樹は驚きながらも、正直に答えた。

「でもね、それからは憑き物が落ちたように、一度も家出なんかしたことないのよ。中学くらいの時って多感でしょう。それで、そんなことしたんだと思うの」

菊美は、たいした問題ではないという風に断じた。

「あの、その頃はお母様たちは喧嘩とかされてなかったんですか？　つまり、中学生の庸介さんが、家に居辛いような雰囲気があったのか、ということですが」

言いにくかったが、思い切って訊ねた。

「あなた、何を言いたいの。そんなこと絶対にないわよ」

果たして、気分を損ねたように菊美が不機嫌な声を出した。太陽の位置が下がって、急に暗くなったビルの陰のような急変だった。

当たっているのかもしれない。

「いえ、言いたいっていうか、ただ、そのことを知りたかっただけです」

早樹の答えに、菊美は何も言わない。

早樹はさらに、あれから庸介のような人物を見たかと訊きたかったが、もし現れたら菊美は自分から言うだろうと思い、礼を述べるに留めた。

「ありがとうございました。では、お元気で」

俄《にわか》に、早樹に対する怒りを思い出したのか、菊美は無言で電話を切った。

早樹はすぐに疑念を確かめたくなって、美波に電話した。

「あら、さっきはご馳走様。楽しかったよ」

美波が親しげな口ぶりで電話に出た。

「こちらこそ。久しぶりにおばさんに会えてよかったわ」

「母も同じこと言ってた。楽しかったって。もう、うちに着いたの？」

電話やメールだと優しいのに、面と向かって話していると、険悪な雰囲気になるのはどうしてだろうと思いながら、美波に言う。

「ううん、まだ駅のとこにいるの。ちょっと訊きたいんだけどさ。庸介が家出して、一カ月間、居候していた時の話なんだけど」

「はあ？」

またその話かという風に、美波がうんざりした声を出す。

早樹は構わず、畳みかけるように訊いた。

「庸介は、そこの女の人と何か性的な関係でもあったのかな？　これって邪推だと思うけどさ」

すると、美波が勢い込んで答えた。

「うん、そのこと、あたしも訊いたのよ。そしたら、何も言わなかったから、結構怪しいと思うんだよね。中学生だって立派な男だしね」

美波はまだ話したそうだったが、早樹は遮った。

「そうか、ありがとう。じゃ、またＬＩＮＥかメールするね」

「了解。じゃね」

なぜ美波は、庸介に性的なことが訊けたのだろうと嫌な気がした。

以前、菊美がしつこく言っていた「事情」とは、妻である自分も知らないところにあったのかもしれないという気がする。

実家に戻っても、このことを母たちに話す気がしなかった。だったら、小山田と会ってみるのはどうだろうと思いついた。

小山田の都合がいいなら、自宅の住所は知らないが、付近まで出向くつもりだ。

携帯に電話をすると、歯切れのいい声で小山田がすぐに出た。

「もしもし、小山田です」

「塩崎早樹です。お休み中、ごめんなさい。今、話しても大丈夫ですか？」

「大丈夫ですよ。どうしました？」

小山田が心配そうに訊ねる。

「今、実家に帰っているので、もしよかったら、今日お目にかかることはできますか？」

「ええ、大丈夫です。今日は銀座のショールームに出ていますから、顧客のふりをしてくれれば、就業時間中でもいいですよ」

小山田が承諾してくれたので、銀座のショールームで、この後会うことにした。

五時過ぎには着くと伝えておいたら、小山田は、ショールーム入り口で待っていると言ってくれた。

だが、入り口付近にいるスーツ姿の男が小山田だと、早樹はまったく気付かなかった。

「お久しぶりです。小山田です」

『眼鏡を掛けた線の細い人』とは、美波の弁だったが、コンタクトにしたのか、眼鏡は掛けておらず、学生時代は細身だった体型が恰幅よくなっていた。スーツの胸に、入館証のような写真入りのカードをぶら下げている。その写真も顔が丸い。

「小山田さん、本当にお久しぶりですね。今日は突然ですみません」

早樹の驚きを目にしたのか、小山田の方から言った。

「僕、太ったでしょう。結婚してから、十五キロも太ったんですよ。早樹さんは、街ですれ違っても、絶対に僕のことがわからないでしょうね」

メールでは、妻の料理が口に合わないようなことを言っていたが、そうでもないらしい。

「前が痩せ過ぎだったんじゃないですか。今はちょうどいいと思いますけど」

早樹は思わず笑いながら言った。

「今がちょうどいいなんて言ってくれるのは、早樹さんだけですよ。うちの奥さんなんか、デブってはっきり言いますよ。じゃ、お茶飲みましょうか」

さりげなくショールームを出て、近くのカフェに向かった。あらかじめ席を予約していてくれたらしく、窓側の席に案内された。

「予約してくれたんですね、すみません」

「営業マンなんで。でも、お宅のご主人は、国産車なんか買ってくれないですよね？」

小山田はメニューを開きながら、ふざけた口調で言った。

「ところで、何にしますか？」

早樹が「コーヒーを」と答えると、ふたつ注文した後、小山田が早樹の顔をしげしげと眺めた。

「早樹さんは、全然変わらないですね」

「そんなことないですよ。もう、四十歳過ぎたし」

「そうか、もう八年ですか。早いなあ」

久しぶりに庸介の友達に会うと、その変貌に驚くと同時に、時間が経ったことが実感されるのだった。

「ご無沙汰してしまって、本当にすみません」

改めて小山田に謝られて、早樹の方も恐縮した。

「いえ、私の方こそです。葬儀も身内で簡単に済ませてしまいましたので、ご連絡しませんでしたが、その節は本当にありがとうございました」

「いえ、お役に立てずにすみません。あの時はまったく無力でしたね」

小山田がコーヒーを飲みながら、窓越しに暮れなずむ街を見遣った。街灯が早くも点《とも》って、寂しくはなかった。

「あの後、加野のお母さんから、何もないですか？」

小山田が早樹の方に向き直って訊ねる。

「ええ。でも、今日ちょっと話しましたが、不安定な感じでした」

「孤独なんですよ」

小山田がしんみり言う。

「そうでしょうね」

菊美の孤独はよくわかっているつもりだ。だからこそ、自分が連絡をし続けなければいけないと思っているのに、菊美の様子が変だと、すぐに面倒になってしまう自分がいる。

あの古びた部屋で一人年老いていく菊美には、息子が生存しているという夢を見ていた方がいいのではないか、と思えるのだった。

「だから、庸介が生きているというのは、お母さんの本当の願いなんでしょうね」

小山田も同じことを考えていたらしい。

「私もそう思います」

「その後、どうですか」

「実家の父が似た人を見かけたそうです。ただ、若かったので年齢が合わないとか。それで、今日小山田さんに会おうと思ったのは、庸介の友達で、庸介みたいな人が訪ねて来たという話はないかしらと」

　確かめに回るつもりだという言葉は、驚かせるかと思い、省略する。

「早樹さんのお父さんが仰るんですか。それはまた、信憑性が高いなあ」

　小山田はぎょっとしたような顔で腰を浮かせた。

「似たような人がうちの前に立っていたんだそうです。時期的にも大泉の義母と同じくらい。ただ、今も言ったように当時のように若かったから、見間違いだろうと言ってました」

「嫌な話ですねえ」と、小山田が早樹の顔を見る。「嫌じゃないですか？」

「嫌です」と、早樹もはっきり答えた。「幽霊話なんか嫌いだし、何よりも生きているのか死んでいるのか、曖昧なのが一番嫌です」

「ですよね」

　小山田が同意して、スマホを眺めた。

「ちょっと友達に訊いてみましょうか」

「何て？」

「庸介に似たヤツは現れたか？　と」

　そう言ってから、現実味がないと思ったのか、にやりと笑って続ける。

「そんなことがあったら、みんな驚いて腰抜かしちゃうよな」

「でも、皆さん、小山田さんみたいに転勤したり、引っ越したりして、前と同じところにいらっしゃらないでしょう？」

「そうですね。でも、変わらないヤツもいると思いますから、後で訊いてみて、僕が早樹さんにメールしますよ」

「ありがとうございます」

早樹は礼を言って、コーヒーを口に含んだ。

「しかし、万が一、姿をくらましていたとしても、今さら出てきても困りますよね？　早樹さんは再婚されたんだし」

「ええ」と言葉少なに頷く。それでも、庸介に会いたいと思っている自分の心を、他人にどう説明していいのかわからない。

「丹呉さんと、佐藤幹太さんのお二人は覚えているのですが、他に親しかった釣り仲間の方もいらっしゃいましたか？」

「いますよ。釣り部とか言って、ふざけてましたから。確か大学の職員の人もよく来ていましたよ。あの人、何て名前だっけな。庸介が繋いでいたから、連絡先もないんだよね」

考え込んだ小山田は、美波がしたようにスマホの連絡先を眺めて言った。

「わかったら、ご連絡しますよ」

「ありがとうございます。丹呉さんも変わらない住所にいらっしゃいますか？」

「丹呉はね、山形から来てたんだよな。確か出版社に就職して、学術系の編集にいるんですよ。給料いいから、安アパートから引っ越したと思いますよ」

丹呉の就職した出版社というのは、以前ライターをしていた時に、早樹も知り合いが数人いる会社だった。彼ら経由で丹呉に連絡を取ってみようと思う。

「じゃ、小山田さんはもう、皆さんと釣りには行かれないんですか？」

「行かなくなりましたね」と溜息を吐く。「主に庸介がまとめていましたからね」

「福岡でもいらしてないとか？」

「ええ。僕は子供が出来てからは、妻に禁じられているんで、しばらく休業状態ですね。寂しいですよ」

しかし、まんざらでもない口調で言う。

「じゃ、佐藤幹太さんは、何ていう雑誌社に勤めているんですか？」

「あれはね、『釣りマニア』だったな。ちょっとマイナーな雑誌なんですよ。まだそこにいるかな、あいつ」

「私の方で連絡してみますね」

早樹が言うと、小山田が不思議そうに早樹を見た。

「早樹さん、本気ですね？」

菊美の気の迷いを本気にしているのか、と言いたそうな口ぶりだった。

「本気っていうか、気持ち悪いので、一応確かめようかと思っているだけです」

「ですよね」

それが口癖なのか、小山田がまた繰り返した。

「ところで、小山田さんは庸介から家出したって話を聞かされたことはありますか？」

「家出？　そらまた唐突な」小山田は考え込んでいる。「なかったように思います」

「私も聞いたことないんですよ」

「奥さんの早樹さんもですか？」

「そうなんです」

早樹は苦笑した。

「あいつ、家出したことあるんですか？」

「ええ、中学生の時に割と頻繁に家出していたらしいです。一番長い時期が一カ月だそうです」

「一カ月？」と、小山田が頓狂な声を上げた。「それは長いですね。中学生レベルで一カ月って、いったい何をしてたんだろう。それに、金も持ってないと逃げられませんよね。その金、どうしたんだろう」

逃げる？　確かに、美波の話を総合すれば、庸介は両親の諍いから逃げていたことになる。

「加野のお母さんの話では、四十歳くらいの女性会社員のところにいたんだそうです」

「女の人の家ですか？　それは驚いたなあ。女の人に監禁されたんじゃないの。あいつ、いい男だから」

小山田は首を傾げた。

「案外、そうかもしれませんね」

早樹は冷静に頷いた。何か性的な絡みではないかと、小山田も疑っているようだ。

「いずれにせよ、そんな話は庸介から聞いたことはありません。初耳だったから、すごくびっくりしました」

「私もびっくりしました」

早樹はグラスの水を飲んだ。溶けて小さくなった氷が口の中に入ったので、音を立てて噛んだ。

「直接関係あるとは思わないけど、知られざる庸介の一面が現れてきましたね」

しかし、そんなことを今さら知ってどうするのだろう、と自分の中の何かが叫んでいる。

早樹は目を伏せた。

「あまりほじくっても仕方ないんでしょうか」

小山田は腕組みをした。スーツの肩のあたりがきつそうに攣《つ》れている。

「いや、いいんじゃないかと思います。だって、現に庸介を見たという人がいるわけですよね。早樹さんのお父さんは否定されているけど、時期的に一致している。庸介は海難事故で死んだとされているけど、状況的にはわからないわけです。他の船に乗り移ったかもしれないし、こっそり上陸したかもしれない。その後、船を無人で動かせばいいわけですから。生きているとしたら、何か理由があるのだろうから、それを知りたいと思うのは、奥さんとして当然でしょうね。友人の僕としても、知りたいです」

小山田の意見に深く頷きながら、早樹は、逆に言えば庸介の死を確かめたい気持ちもあるのだと、心の底で思っていた。

「なので、しばらくお目にかからなかった釣り仲間の人に会ってみようと思っているわけです」

「わかりました。全面的に協力しますよ」

最初のふざけた調子はなりを潜めて、小山田は真面目くさった顔をした。

「ありがとうございます」

やっと味方が見つかったような気がする。

「ところで、その家出の話ですけど、早樹さんは誰に聞いたんですか？」

早樹は、湧き上がる黒い疑念を押し殺すのに苦労した。

「私の友達で、木村美波という子がいたの、ご存じですか？」

「美波ちゃん。あの、ぶっきらぼうな子ですよね。スタイルはちょっといいけどね。僕らが誰か女の子紹介してほしいって言って、早樹さんが誘ってくれたんでしたよね」

早樹は思い出して頷いた。

「そう、その木村美波です。彼女は二年前に司法試験に受かって、今、弁護士やってるんですよ」

「弁護士？　すげえな。でもまあ、そんな感じの子ですよね。頑張り屋というか、やたらと承認欲求が強いというか。僕、苦手だったな。こんなこと言っちゃ悪いけど」

「今日遊びに行ったら、突然、家出の話をしだしたので、びっくりしました。何で知ってるのって訊いたら、飲み会の時に庸介と隣り合って座って、そんな話をしたらしいんです。私が知らないのに」

「それは嫌ですよね。僕も奥さんの昔のことを、友達に聞かされたら嫌だろうな」

小山田が眉を顰めた。

「なので、何か家出が海難事故と関係しているのかしらと思ったんです。考え過ぎでしょうか」

「微妙ですね。生存説は加野のお母さんの幻想かと思ったけど、それも怪しくなってきましたね。調べてみた方がよさそうだ」

「小山田さんがそう言ってくださると嬉しいです。私一人じゃどうにもならなくて」

「その美波ちゃんは、どうなんですか？　弁護士なら、何かいいアドバイスとかありそうじゃないですか」

早樹はその通りだと思いながらも、首を傾げざるを得ない。

「忙しいみたいなので」と曖昧に答えた。

「美波ちゃんは、確か幹太と付き合ってたんですよね？」

知らない事実だった。だから、連絡先を知っていたのかと腑に落ちる。

「私の知らないことばかりです」と苦笑する。

「事故の後ですよ。あの時、よく皆で集まったでしょう。それでデキたんだと思う。あ、下品ですみません」

小山田が真顔で謝ったのは、庸介の捜索の時だからだろう。

「そんな、いつ付き合い始めたとか、そんなことはどうでもいいんですけど、美波はどうして、私にそのことを言わなかったのかしら」

早樹は、思わず独りごちた。

美波が誰と付き合おうと、自分に断る必要などないのはわかっている。だが、美波は親友だと思っていたから、何だか割り切れなかった。

それに、幹太は自分の夫だった庸介の友人の一人だ。言うなれば、自分たち夫婦を介して知り合ったのだから、ひとこと断ってくれてもいいではないか。

高校時代は仲良くしていただけに、水臭いと早樹は思った。

「美波ちゃんは、恋愛に関しては、秘密主義なんですかね？」

早樹の沈んだ表情を見て、小山田がやや慌てた風に言った。口が滑ったことを後悔しているのだろう。

「さあ、どうでしょう。こういうのを秘密主義というのでしょうか。肝腎のことを言ってくれない気がして、ちょっと心外でした」

「庸介の家出の一件ですか？」

「そうです」

早樹は暗い気持ちで頷いた。秘密主義どころか、美波は誤魔化していたではないか。美波の家での会話を思い出す。

早樹が庸介の釣り仲間の名前を挙げていた時、丹呉の名はすぐに出たが、幹太の名が思い出せなかった。

美波は『誰だろう。釣り仲間なら、何度か会ってると思うけど』と首を傾げた後に、幹太の名を思い出したように言い、『飲み会で交換した』と釈明したのだった。

「幹太さんとのこと、私には言いたくなかったんでしょうね」

早樹の言葉に、小山田が首を傾げる。

「そうなのかな。でも、美波ちゃんは、ちょっと変わっているからな」

「変わってますか？」

高校時代の美波は、家庭の都合で国公立大学にしか行けないと、必死に勉強をする真面目な生徒だった。

「うん、いろいろ深謀遠慮があるんでしょうね。弁護士に向いているかも」

「なるほど」と、早樹は笑った。

「ま、いいじゃないですか。昔のことだし」

小山田は、この話題を切り上げたいのかもしれない。美波と幹太が付き合っていたと、早樹の知らない事実を喋ってしまったからだろう。

「そうですね」

しかし、早樹は治まらなかった。

「蒸し返すようですが、美波が幹太さんと付き合い始めたのは、庸介の事故の後だと小山田さんは言ったけど、その前から付き合っていたんじゃないんですか？」

「さあ、どうかな」

小山田が思い出すように目を泳がせた。一緒に窓外に目を遣ると、外はすでに真っ暗でネオンが瞬いている。

「確かに、美波ちゃんが何度か、堤防釣りに来たことがあったな。幹太が面倒見てたのかもしれませんね。あれはどこだっけ。館山だったかな」

当然のことながら、そこには庸介もいたことだろう。早樹は、自分だけが蚊帳の外にいたような気がした。

「全然、知らなかったです」

「だって、早樹さんは、釣りにまったく興味なかったでしょう？　庸介が言ってましたよ。早樹は釣りが嫌いだからって」

小山田がやや慌て気味にフォローする。

「それはそうですけど。私って、何も知らない奥さんだったんですね」

嫌いというほど、釣りを知っていたわけではないと言おうとして、何だかムキになっている自分に気付き、早樹は言うのをやめた。

釣り自体に興味がなくても、美波が同行していたとなると、話は別である。しかも、美波も庸介も、自分には何も言わなかった。それが、さっきから引っかかっている。

「美波も釣り道具とか、揃えていたんですか？」

「揃えたんじゃないかなあ。何せ幹太は専門ですからね。幹太にいろいろ聞いて揃えて、二人で釣りに行ってたのかもしれないですね。僕らも、彼のアドバイスを受けて、道具を買ってましたからね」

「そうですか。本格的だったんですね。美波にもう一度訊いてみようかな」

美波は迷惑がるだろうが、今すぐにでも、このことを確かめたいと思う。そのくらい、衝撃を受けていた。

「美波ちゃんは、早樹さんのショックを思って、今さら言えないだけなんじゃないかな。つまり、言うきっかけを失ったということですが」

小山田が、慌てて取りなすように言った。

「そうかもしれませんね」

早樹は一応同意したが、美波の態度は、友人としての誠実さに欠けるような気がしてならなかった。

「だって、庸介が遭難したのに、早樹さんは釣りの話なんて聞きたくないですよね？　そうでしょう？」

「確かにそういうところもありましたが」

小山田が断ずるように言うので、早樹は曖昧に返事した。だが、自分は庸介の命を奪った釣りという趣味と、その状況について、もっと知りたいと願っていた。あの時の心持ちは、誰に言ってもわかってもらえないだろう。

急に早樹は、庸介の事故後、自分がたった一人で途方に暮れていたことに気が付いた。だから、克典に乞われるままに結婚したのかもしれない、と思い当たる。妻の死で傷付いた克典と、心のどこかで通じ合っていたのは間違いない。

すると、その気持ちを読んだかのように、小山田がコーヒーカップを持ち上げて明るい声で言った。

「ところで、ご主人のことを伺ってもいいですか？」

「ええ、もちろんです」と、顔を上げる。

早樹の顔を眩しそうに見た小山田は、憧れるように言った。

「早樹さんは、塩崎さんとはどこで知り合われたんですか？」

「ライターをしていた時に、インタビューをしに逗子の家に行ったんです。その時、塩崎が配偶者を亡くしたと言ったんです」

「ということは、お互い再婚同士ですね」と言ってから、慌てて謝った。「すみません、こんな立ち入ったことを訊いちゃって。あの早樹さんが塩崎さんの奥さんだなんて、本当に信じられなくて。庸介のところに遊びに行くと、早樹さんが、いつも鍋とか用意してくれたじゃないですか。そのまんま宴会なんかしちゃって、本当にすみませんでした。新婚さんなのに、僕なんか図々しくお邪魔しちゃって、今思うと冷や汗出ますよ。その早樹さんが、塩崎さんの奥さんになられるんだから、人生ってわからないなと思います」

「本当ですね」

相槌を打ちながら、早樹は小山田と話したいのはそんなことではない、と心の中で思っていた。

では、自分は小山田と、何について話したいのだろうか。

早樹は、小山田の丸くなった顔を見た。仕事も家庭も順風満帆らしい四十代の小山田は、何の屈託もなく、克典の会社がいかに面白い試みをしたかについて語っている。

「よくご存じですね」

早樹が苦笑すると、小山田は克典を褒めそやした。

「ともかくすごい人ですよ、塩崎さんは」

「でも、家では普通のお爺さんですよ」

早樹は謙遜した。

「お爺さんだなんて、とんでもない。勇退されたようですが、隠然とした権力をお持ちでしよう。僕ら、ぺえぺえから見れば、雲の上の人ですよ。何せ創業者一族ですからね」

「でも、株式を上場したのは最近ですし、ゲームソフトが当たるまでは普通の玩具会社だったと聞いていますす」

「ともかく塩崎さんの功績であることは間違いないです」

勤め人の小山田から見たら、「雲の上の人」かもしれないが、早樹には、真矢のブログのことなど、家族に関する悩みも深い。現実はそんなに美しくはない。

「庸介がもし生きていたら、今の私を見てどう思うんでしょうね」

思わず口を衝いて出た言葉だった。

「庸介が生きていて、早樹さんの再婚を知ったら、ということですか？」

小山田がどきりとしたように、息を呑んだ。

「ええ、そうです」

自分で言っておきながら、庸介が死んだと見せかけて人を欺《あざむ》いていたのなら、何と怖ろしいことだろうと思う。中学時代に家出を繰り返したという事実を知ってから、庸介という人間がわからなくなっている。遭難に続いて、再び見失った気がするのだった。

「やられた、と思うんじゃないですかね」と、小山田が笑う。

そうだろうか。庸介がそんなことを言うだろうか、と早樹は心の中で呟く。庸介は怖い顔をして責めるような気がした。

『早樹はさ、安易な人間だよ。易《やす》きに流れる。何で学問を諦めるんだよ』

そんなことを言われたことはなかったか。早樹は両の頬を手で挟んで目を閉じた。

折から、隣の四人掛けの席に、主婦らしき中年女性のグループが座り、大きな声でお喋りを始めた。俄に騒がしくなる。小山田が迷惑そうにそちらを見てから続けた。

「でもね、早樹さん。僕は庸介は生きてはいないような気がします」

早樹は、小山田を見遣った。

「どうしてですか？」

小山田は早樹の方に身を屈《かが》めて、小声で囁いた。

「こんなことを言って、早樹さんには申し訳ないけど、僕は、彼は自殺したんじゃないかなと思っていました」

早樹ははっとして息を止めた。

「なぜ、そう思われたんですか？」

「詳しくは知りませんが、彼は学生と何かトラブルがあったようじゃないですか。それで、結構悩んでいたんじゃないかな」

庸介は、授業に関してはよく愚痴をこぼしていた。コマ数が多くて自分の研究ができないとか、忙しいのに入試問題を作らされたとか、主に仕事の煩雑さと多忙さについてだった。気の合わない学生とのトラブルもあったように聞いてはいたが、さほどの問題だったのか。

「自殺するほどの悩みだったんでしょうか。私は聞いてないですけど、何があったんでしょう」

「僕も詳しくは知らないのです。ただ、庸介がちらっと言ってたことはあります」

実は、早樹も自殺を疑ったことはあった。結婚二年目頃から、庸介は怒りっぽくなり、早樹によく当たった。早樹も仕事をして疲れて帰ってくるから、同居人に何かとぶつけられるのは我慢ができない。二人の間には、喧嘩が絶えなくなった。

しかし、だからと言って、あの朝の些細な口喧嘩が原因で、庸介が自殺したのではないか、とは考えられなかった。他に相当する理由があったのなら、是非知りたい。

「すみません、変なこと言って」

小山田が神妙な顔で謝った。

「いいえ、いいんです。ともかく、庸介が人騒がせであることは確かなんですから」

「そうですよね」小山田が溜息を吐いた。「挙げ句の果てに、幽霊騒ぎですものね。まったくとんでもないヤツだ」

学生とのトラブルとは、釣り仲間の大学職員に訊けばわかるのだろうか。

「小山田さん、一緒に釣りに行ってらした、大学職員の方ってどなたですか？」

「名前を忘れてしまったので、丹呉にでも訊いてみますよ。ご連絡します」

「すみません。よろしくお願いします」

小山田にまた頼むことになった。

2

早樹が銀座から浦和の実家に戻ると、テーブルにはすき焼きの準備ができていた。父がその前に座って、一人ビールを飲んでいる。

早樹が帰ってきたのを見て、両親がほっとしたような顔をした。どうやら二人とも、自分の帰りをじりじりと待っていたらしい。

「遅かったね。電話くらいしなさいよ。こっちは心配してるんだから」

父に小言を言われる。歳を取ると、堪《こら》え性がなくなるのだろうか。克典も予定通りにいかないと、苛立つところがある。早樹は素直に謝った。

「ごめんなさい。銀座まで行ってたから、遅くなっちゃった」

早樹が席に着くと、流し台の前から母が振り返った。咎める口調で言う。

「美波ちゃんと何か食べてきたの？」

「違うの。庸介の友達に会ってきた。その人、銀座のショールームにいるっていうから、せっかくなんで会いに行ってきた」

父が、早樹の前にグラスを置いて、ビール瓶を掲げた。

「早樹もビールでいいのか？」

頷くと注いでくれたので、父親と乾杯の真似をして、グラスに口を付ける。

「銀座のショールームって、誰が？」

母は好奇心が強い。

「ほら、小山田さんて、庸介と仲がよかった人よ。こないだ、加野のお母さんに会いに行ってくれた親切な人。その彼が、自動車販売会社に勤めているの」

「ああ、それでショールームなのね」

彼女が納得したように頷いた。

「それより、早く食べよう」

待ちくたびれたらしい父が催促して、皆で笑った。明日は母衣山に帰らなければならないが、実家は居心地がいい。と言って、滞在が長引けば、互いに疲れるはずだった。

「克典さんがお肉をもらったっていうから、急にすき焼きが食べたくなったのよ」

母が笑いながら、牛肉の載った大皿を運んできた。父が卓上のカセットコンロに火を点ける。

「嬉しい。すき焼きなんか全然してないもの。最近、彼は牛肉あまり好きじゃないのよ」

克典は、昼食時にアルコールを飲んで好きなものを食べるから、自宅での夕飯はごく軽い消化のよいものしか食べない。早樹は、家での夕食は常に物足りなく感じられる。

「だったら、お肉が勿体ないわね」

ゴルフの優勝賞品がすき焼き肉だったことを思い出す。五キロのすき焼き肉を消費するまでに、どのくらいの月日が必要だろうか。

克典からは、先ほどＬＩＮＥで報告があった。今日のスコアが書いてあって、一緒に回ったメンバーとの写真が添付されていた。宮崎はいい天気らしく、楽しそうだ。

「悠太たちは？」

母が牛脂を鍋に載せてから、肩を竦めた。

「さあ、今日は何をしてるのかしら。ご飯はいつも別々に食べるのよ。だって、里奈さんも息が詰まるでしょう。うるさい姑がそばにいるんだから。おかずも持って行かないようにしてる」

「それが常識よ」早樹が頷く。

「さっき、夫婦で出掛けたみたいだよ」

父がのんびり言った。

「あら、じゃ外食ね。いくら二人で稼いでいるって言ったって、あんなにしょっちゅう外食してたら、お金は貯まらないわよ」

こんなことを言われるのでは、里奈もさぞかし息が詰まることだろうと同情する。

母が鍋に葱《ねぎ》を入れると、腹が減ったらしい父がごくっと唾を飲み込んだ。そして、早樹と目を合わせて照れ笑いをする。

そのおどけた仕種に、早樹は克典を思い出した。克典もよくこんないたずらっぽい顔をしてみせる。

食事が終わって片付けを手伝っていると、早樹のスマホからメールの着信音が響いた。

「丹呉です。ご無沙汰しています」という件名がある。どうやら、丹呉が直接メールをくれたらしい。長文のようなので、両親に断ってから、自室に戻って読んだ。

塩崎早樹様
拝啓　大変ご無沙汰しております。丹呉陽一郎《よういちろう》です。

先ほど、小山田君からメールをもらって、早樹さんの最近のご様子を伺いました。小山田君が橋渡しをしてくれると言いましたが、直接メールをした方が早いと思い、彼から早樹さんのメアドを聞きました。

突然、メールを差し上げるご無礼、平にお許しください。

早樹さんは再婚されて、塩崎姓になられたそうですね。

遅まきながら、おめでとうございます。

早樹さんには、これまで以上に幸せになって頂きたいと、心より願っております。

小生は相変わらず独身で、現在は、文芸新報社の学芸書籍編集部に勤めております。最近の仕事は、『秀吉の茶の湯研究』という新書です。

さて、小山田君から、これまでの経緯など聞きました。

実に面妖な話で、とても驚愕しております。

早樹さんのご心痛は察してあまりあります。小生でよければ、是非お役に立ちたいと願っておりますので、何なりとお申し付けください。

ところで、庸介君提唱の「釣り部」の「部員」についてのお尋ねですね。

小生の思い出す限りでは、以下の五人が出たり入ったりしていました。そして、時折、ゲストと称する人が参加しました。

お尋ねの大学職員とは、高橋氏のことでしょう。確か、庸介君と親しかったように記憶しております。

高橋氏は常時参加というわけではありませんでしたから、正式というよりは、準メンバーとでもいうような立場でした。

彼の電話番号やメアドは残念ながらわかりませんが、大学事務局に電話をすれば連絡できるかと思います。

差し支えなければ、小生から連絡してみます。

ちなみに、早樹さんのご友人、木村美波さんもゲストというよりも、準メンバーに近かったかと思います。
●印が「部員」です。
●加野庸介
●小山田潤
●佐藤幹太（「釣りマニア」編集部員）
●丹呉陽一郎
○高橋直幸《なおゆき》（大学職員）
○木村美波

またご連絡差し上げますので、よろしくお願い致します。

敬具

丹呉陽一郎

丹呉のメールの最後には、出版社名と部署名などの署名があった。

丹呉は、大学院から入ってきた学生で、真面目で礼儀正しい青年だったと思い出す。小山田と一緒に来るよう、自分たち夫婦の家に誘っても、遠慮していたのか、一度も来たことはなかった。

それにしても、『木村美波さんもゲストというよりも、準メンバーに近かったかと思います』という一文には、やはり衝撃があった。

早樹は、ここにパソコンがあれば楽なのに、と思いながらスマホを操り、何とか長文の返信を認めた。

つい心境を吐露してしまったのは、丹呉陽一郎という人物に負うところが大きかった。

丹呉陽一郎様

メールありがとうございました。

大変ご無沙汰しておりましたが、お元気でご活躍のご様子、嬉しく思います。

このたびのことでは、ご心配をおかけしてすみません。

正直に申し上げますと、庸介が現れたという義母の証言に関しましては、私は単なる見誤りか勘違いに過ぎないのではないか、と思っております。

でも、私は妻でありながら、庸介の唯一の趣味である釣りや、当時の彼の心境などについて、あまりにも無関心であったように思うのです。結婚して三年が経ち、互いに我儘が現れ出てきた頃だったのでしょう。

今さらではありますが、このことを機に、当時の状況などを少しずつ辿ってみたいと考えています。

その熱意は現在の暮らしに向けた方が無難だ、と忠告してくれる人も少なからずいることと思います。

しかしながら、庸介の海難事故は、私の心の中で、ずっしりと重い石となりました。

その石を除けることができないままに、八年もの月日を生きてきました。

新しく夫になってくれる人も現れましたから、何も知らない方は、今の私に、さぞやお幸せでしょう、と仰います。その通りです。

だからこそ、今、その重い石を心の中から捨て去りたいと思うのです。

丹呉さん、いろいろご教示頂きまして、ありがとうございました。

佐藤さんには、私から連絡してみようと思っていますが、大学職員の高橋さんは面識がありませんので、間に入って頂けると幸甚です。

どうぞよろしくお願い致します。

塩崎早樹

丹呉は山形県出身で、地元の国立大学を出てから、東京の私大大学院に入学してきた変わり種だった。

出版社の編集志望で、そのためにはもっと勉強して、東京の生活も知らねばならないという決意のもとに院に入ってきた、と庸介から聞いたことがあった。だから、大学時代はたくさんのバイトをしたらしいことも。

丹呉が、他の誰よりも思慮深く、大人っぽく見えたのは、落ち着いた青年期を迎えてから東京暮らしを始めたということもあったのだろう。浮ついたところがなく、たまに重い口を開けば、ユーモラスな訛《なまり》が飛び出すので、皆に愛されていた。

丹呉にメールを送信してから、早樹はベッドに寝転がって、明日のことなどを考えている。

夕方、母衣山に戻ればいいのだから、午後にでも丹呉に会ってみようかと思う。

小山田に続き、丹呉。若い日に、庸介と一緒に学び、遊んだ人たちと再会するのは、楽しくもあった。

しかし、思うがままに行動できる日も明日までだ。もちろん、用事があると言えば、克典はその中身までは問わない。だが、やはり自分は後ろめたく思っている。庸介に関わることだからだ。

ならば、いっそ克典に、この間の出来事を打ち明けてしまおうかとも思う。

菊美の電話から始まって、美波、小山田、丹呉と友人関係に波紋が広がっている事実を。さらに、高橋、佐藤幹太、下手をすれば、中学時代に家出をした時に世話になったという女性など、早樹の知らない人間関係も表れてくるかもしれないのだ。

現実的な克典のことだから、「もう済んだことだから、いい加減にやめておきなさい」と、忠告してくれるかもしれない。

あるいは、「早樹の気の済むまで調べるといいと思う」と優しく言いそうでもある。

はたまた、「面白い」と身を乗り出し、一緒に解明しようとしてくれるかもしれない。

克典に限っては、不機嫌な顔をして黙り込むというパターンだけはない。必ず、誠意ある、理に適った答えを返してくる。

不意に、自分は庸介の黙り込む態度に傷付けられてきた、という思いが蘇った。

庸介は突然、不機嫌に黙り込むことが多かった。いったんそうなると、早樹は、何が原因で、庸介が感情を損ねたのかがまったくわからず、大いに戸惑ったものだった。

「どうして黙ってるの」と、早樹が苛立って声を荒らげれば、庸介はますますアルマジロのように固い鎧《よろい》で自分を覆って丸くなり、一切口を利かなくなるのだった。

早樹は当時の苛立ちを思い出して、思わず大声で言った。

「あれだけは、本当に嫌だった」

声に出してしまってから、自分が抑えていて、発散できなかったものもたくさんあったのだと思った。

では、自分は庸介と克典、どちらの男を愛しているのか？

早樹は自問してから、頭を抱えた。今はそのどちらでもなかった。

克典を愛していると思っていたが、庸介が生存していたらという「希望」のようなものを突き付けられた時、その感情が薄らいだのは事実である。

では、庸介を愛しているかと問われたら、返答に困るに違いない。生死のはっきりしない者を懐かしく思いはしても、愛しているとは言えないのだ。愛しているというのは、生者に言う言葉だからだ。

ドアがノックされて、母の声がした。

「ねえ、今何か言った？　声が聞こえたけど」

「ごめん、独りごと」

「ならいいけど、お風呂空いてるわよ。早く入って」

「はい、すぐ入る。ありがとう」

親は常に子供を案じてくれる存在だが、違う人生を歩み始めると、それも少しずつピントを外れ、うるさく感じられるようになる。

そんなことを思いながら風呂に入る準備をしている時、当の克典から電話があった。

「もしもし、今、大丈夫？」

克典がのんびりと訊ねる。

「大丈夫。お風呂に入ろうとしていたの」

「それはすみませんね」

「謝ることはないわ」

早樹が言うと、上機嫌の克典が笑った。

「すみません。あ、また謝っちゃったね」

周囲に人がいるらしく、男たちが談笑する声が聞こえる。ゴルフの後、仲間と飲んでいるのだろう。

「ところで、笹田の皆さんはお元気かい？」

「ええ、おかげさまで、皆変わりないです。そうだ、悠太たちが夏のお礼を言ってたわ。楽しかったって」

「それはどうも。また来てくださいって言っておいて」克典も楽しそうに笑ったようだ。

「ところで、明日のことで電話したんだ。うっかりしていたけど、明日は月曜日だよ」

「あ、長谷川園」

毎週、月曜は長谷川園が庭に入る日だった。

月曜日に、二人揃って留守にすることなど滅多にないので、念頭になかった。

「早樹、長谷川君たちには合鍵を渡してないんだよね？」

「そうなんです」

母衣山の家の庭に入る扉は、ガレージの横にある頑丈な鉄扉で、飛び越えられるような高さではなかった。

その鉄扉の鍵を渡そうとしたことがあるが、長谷川に、基本的に鍵は預からないことにしている、と断られた経緯がある。

「一日くらいならいいかと思ったけど、剪定を頼んじゃってたんだ」

早樹は、すぐに克典の意図を察した。

「わかりました。今ビールを飲んじゃったんで、これからじゃ無理だから、明日の朝、早くに帰ります」

「いいかい？　悪いね」

「いいえ、大丈夫よ。克典さんはゆっくり遊んでらしてください」

「遊んでらしてくださいと言われると、何だか気が引けるね」

克典の言葉が聞こえたのか、周囲の男たちの笑い声がいっそう高くなる。誰かが、冷やかしているようだ。

「冗談よ。長谷川さんのことは心配しないで。間に合うように帰るから」

「実家で羽を伸ばしている最中にすみません」

「あ、また謝った」

「すみません」

酒が入ってふざけているのだろう。滅多に酔わない克典にしては、珍しいことだった。

「僕は六時の飛行機に乗るから、そっちに着くのは十時前だと思う。じゃ、お父さんとお母さんによろしく」

「ありがとう。ゴルフ頑張ってください」

「はい、頑張ります」

まるで業務連絡のような電話が切れた。結局、明日の早朝、母衣山に帰らねばならなくなった。急に現実に引き戻された感じがする。

庸介の中学時代の家出のことや、釣り仲間における、美波の意外な存在感など、早樹を悩ませていることどもが少し遠のいた。

だったら、心の重い石など、最初からなかったものとして生きていく方が賢明なのか、とも思うのだった。

次の日の早朝、早樹が、急いで帰ることになったと言ったら、父はがっかりした様子で、「じゃ、気を付けて」とハンドルを握る仕種をした。だが、母は早樹の帰宅に安堵したらしく、こんな小言を言った。

「昨日、あなたはわざわざ小山田さんに会いに行ったみたいだけど、もう、昔のことには首を突っ込まない方がいいと思うのよね」

里奈が、友人たちに庸介のことを訊いてみたらどうかと言った時も、母は反対した。

「お母さん、昔のことって言うけど、今の私自身のことでもあるのよ。私には、みんな繋がってるの」

早樹は、反論した。

「そうだろうけど、あなたにとっては、今の克典さんとの生活の方が大事なんじゃないの？　克典さんは立派な大人なんだから、それなりの伴侶にならないと駄目じゃない」

「つまり、私が未熟だってこと？」

「未熟っていうか、若いってことよ」

当たり前ではないか。克典は七十二歳。自分は四十一歳。三十歳以上の歳の開きがあるのだから、価値観も違えば、経験も能力もすべてが違う。この差は一生埋まらないことを承知した上で、二人は一緒にいるべく努力をしている。それがなぜ、わからないのか、と早樹は苛立った。

「お母さん、それなりの伴侶ってどういう意味？　私には努力が足りないってこと？　お母さんは昔のことに首を突っ込むと言うけど、私はただ納得したいだけなのよ。庸介は死んでしまったのか、どこかで生きているのかって。お母さんだって最初は、万一庸介が現れたら激しく怒ってやる、とか言ってたじゃない。ころころ意見が変わって変だよ」

「変わってないわよ。あたしはあなたの将来が心配なだけよ。今はもう克典さんと生きていくことにしたんでしょう？　だったら、過去なんか忘れて、今の生活を優先すべきじゃないかしら。あなたはちょっとほじくり過ぎじゃないかと思うの」

その時、はっと気付いた。母はわかっているのだ。庸介が生きているかもしれないと言われて、早樹の心がどれほど動揺しているのかを。心を落ち着かせないと、克典との生活に支障を来すと言いたいのか。

「お母さんには、私の気持ちはわかっているようでいて、わからないのね。そんな単純なことじゃない」

「わかってるわよ」と、母が溜息を吐いた。「単純じゃないからこそ、単純にした方がいいんじゃないのってこと。あたしは早樹のことが心配なの。ただ、それだけ」

母の気持ちは理解できたが、早樹は俯いて答えなかった。


早樹が玄関を出たのは、きっかり七時だった。車のキーを取り出して、車庫に向かった時、奥から自転車を引っ張り出してきた里奈と、ばったり顔を合わせた。

里奈は、ジーンズに赤いダウンベストという軽快な姿だ。これから勤め先の保育園に向かうところらしい。

「あら、早樹さん。おはようございます」

里奈が微笑みながら挨拶した。いかにも保育士らしく、滑舌のよい明るく高い声だ。

「おはようございます。ずいぶん早く出勤するのね」

「ええ。でも、悠太さんは六時半には出ちゃいましたよ」

ともに教師だった両親も、朝はいつも早く出たと思い出す。高校が近かった早樹は、最後に出て、戸締まりをする役目だった。

「早樹さん、もうお帰りなんですか？　今日、ゆっくりされてから帰るんじゃなかったんですか？」

里奈は、早樹が左手に提げている、泊まりのための荷物を入れたナイロンバッグを、ちらりと見ながら言った。

「そうなんだけど、今朝、庭師さんたちが来ることを忘れていたの。これから帰って、庭の鍵を開けなきゃならないのよ」

早樹は、早朝の空を見上げた。十一月に入って、日の出が遅くなった。今日もよい天気のようだが、まだ太陽の光は弱い。

「そっか。広いお庭だから、お手入れが大変ですよね」

里奈がのんびりした口調で言う。

「ええ、だから、毎週定期的に来てもらってるの。お掃除も兼ねて」

「あれだけ素敵なお庭ですもの、お金もかかりますよね。でも、いいなあ。あんなところに住めたら楽しいだろうなあ」

里奈は時間に余裕があるのか、早樹と話すのが楽しそうだ。

「そうそう、克典さんが、里奈さんたちによろしくって言ってましたよ」

「ありがとうございます。こちらこそ、塩崎さんによろしく仰ってください。また遊びに行かせてくださいって」

　里奈が白い歯を見せて笑った。

「ええ、また寄ってね。じゃ、里奈さん、お仕事頑張って」

　早樹が車のドアを開けようとすると、里奈は何かを思い出したように自転車を引いたまま立ち止まって、話しかけた。

「早樹さん、私が差し出がましいことを言ったのなら、すみませんでした」

「何のこと？」と、驚いて振り返る。

「庸介さんのことです。私が一昨日、他の人に当たった方がいいって言ったことです。お義母さんが反対してらしたじゃないですか。何か気になっちゃって」

　早樹は頭を振った。

「いいえ、あなたの言うことは正しいと思う。今、庸介の友人たちに連絡しているのよ。そしたら、私の知らないことばかり出てきて、正直戸惑っているの」

「そうですか」と、里奈が暗い顔になった。「そういうのって嫌ですよね。後になって、出てくるって。例えば、どんなことですか？」

「私の友達の、木村さんという人が庸介たちと一緒に釣りに行ってたんですって。そして、庸介の釣り仲間の人と付き合っていたんだって。そんなこと、全然知らなかった」

「だって、その人、早樹さんのお友達なんでしょう？」

そう、私が庸介たちに紹介した、という言葉を呑み込む。

「ええ、高校の時の親友なの」

「あ、知ってる。弁護士になった人ですよね。悠太さんもよく話題にしてました。すごく優秀で努力家って」

「そう、その人」

「信じられないです」

里奈が目を丸くして、口に手を当てた。

「私がぼんやりしていたのよ。鈍い奥さんだったみたい」

里奈が首を傾げた。

「そうかな。皆で隠していたんじゃないですか」

「まさか」早樹ははっとした。

里奈が、早樹の肩にそっと手を置いた。

「だって、早樹さんはその頃は仕事が忙しかったんでしょう？　悠太さんが、あの頃は早樹が可哀相だったって、言ってましたよ。大学は休みが多いのに、早樹さんだけ通勤して疲れてるって。こんなこと言って悪いけど、奥さんに黙って、皆で楽しいサークル活動でもしてたんじゃないですか」

「確かに、あの頃の私は時間がなくて、バタバタと走り回っていた」

博士課程に進むのを諦めて就職を選んだ早樹と、博士課程を終えて准教授になった庸介。アカデミズムの世界に留まって教授を目指す庸介と、編集とはいえ、ビジネスの世界に入った早樹は、一緒にいる時間がずれるにつれて、心も少しずつずれていったのかもしれない。

「あ、こんな時間だ。すみません、もう行かなきゃ」

スマホで時刻を確認した里奈が慌てた様子で、自転車に跨《また》がった。

「ごめんね、引き留めて」

「引き留めたのは私です。早樹さん、私、また余計なこと言いましたね。すみません」

里奈が弾む声で何度も謝るので、早樹は「いいのよ」と笑った。

「じゃ、お気を付けて」

里奈は一礼すると、勢いよく自転車を漕いで、路地を走り去って行った。

『皆で隠していたんじゃないですか』

里奈の言葉が、早樹の胸に突き刺さっていた。

里奈の鋭さが、若さそのものなのだと思う。他人の視線の酷《むご》さや、心を傷付ける言葉に敏感な、若者の鋭さ。両親や克典は、すでに丸く穏やかな心になっているから、気にならないことでも、若い人は気になるのだ。そして自分は、まだ若い方に入っている、と早樹は思った。

早樹は、渋滞にも遭わずに湾岸線を走り、横浜横須賀道路経由で、午前八時半には母衣山に着いた。

小春日和で、山の上は穏やかな潮風が吹いている。早樹はガレージに車を入れてから、母屋の鎧戸を開けて、光と風を入れた。たった二泊、家を空けていただけなのに、家の中は古びた臭いが籠もっているように感じられる。真矢の犬の臭いがまだ染み付いているような気がして、早樹はテラスのガラスドアを全開した。

そのままテラスから、緩やかな庭の勾配の先に広がる相模湾を見下ろして、深呼吸をした。晩秋の海はキラキラと光って、夏とは違う透明な美しさがある。

庭の真ん中に置かれた「海聲聴」に目を遣った早樹は、どきりとした。丸みを帯びたクリーム色の石肌が、一瞬女性の背中に見えた。

実は、克典はこのオブジェを、美佐子の墓と見立てて選んだのかもしれない。

克典と再婚してから、美佐子の墓に早樹が参ったのは一度だけで、これからは一人で行くから早樹はいいよ、と克典に言われた。

若い妻の負担を思ってか、はたまた一人だけで参りたいのか、あるいは子供たちに遠慮しているのか。

しかし、早樹も、多摩にある庸介の墓に、克典を連れて行ったことはない。また克典が行きたいと言ったこともなかった。克典は、庸介の死にあまり関心を持っていないのだ。

だから、「海聲聴」は、美佐子の「声」を聴きたいために、克典が買ったのかもしれない。

早樹は滑らかな石の背中を眺めながら、そんなことを思う。

「おはようございます。長谷川園です」

インターホンが鳴り、長谷川の元気な声が飛び込んできた。

「おはようございます。鍵、開けておきましたから、入ってください」

「はい、ありがとうございます」

やがて庭先に、アシスタントと一人の若い衆を連れた長谷川が現れた。早樹はテラスから、長谷川に挨拶した。

「塩崎は今、留守なんですけど」

頭に白いタオルを巻いた長谷川が、大きく頷いた。

「大丈夫です。指示は頂いていますんで」

「じゃ、よろしくお願いします」

長谷川がてきぱきと動き始めたのを見て、早樹はキッチンに引っ込んだ。

片隅のテーブルで、自分のパソコンを開く。果たして、丹呉から返信がきていた。

塩崎早樹様
冠省　ご返信ありがとうございます。

承知致しました。まず、小生から高橋氏に連絡を取ってみます。

もし、早樹さんが高橋氏と一度お会いして、直接お話を聞かれたい、ということであれば、その旨も伺ってみます。実現した場合は、小生も同席させて頂きたいと存じます。

なお、佐藤氏ですが「釣りマニア」という雑誌は休刊になっていました。彼がその出版社に在籍しているかどうかに関しましては、小生が同業の伝《つて》で確かめてみますので、少々お待ちください。

恐れ入りますが、早樹さんのご連絡先、携帯電話の番号とＬＩＮＥのＩＤなどを教えて頂ければ幸甚です。よろしくお願い致します。

敬具
丹呉陽一郎

小山田といい、丹呉といい、連絡が早く、行動力が伴っているのが気持ちよかった。彼らと密に連絡を取っていると、自分もてきぱきと物事を動かしたくなる。

繭《まゆ》の中にいるような母衣山での生活から飛び出して、仕事がしたくなった。危険な兆候かもしれない。母の忠告が蘇る。

『克典さんは立派な大人なんだから、それなりの伴侶にならないと駄目じゃない』

それなりの伴侶とは何か。達観して欲望を抑えることか。丸く穏やかな人格になることか。しかし、自分はまだ四十一歳なのだ。この先、リタイア生活に耐えられるだろうか。

早樹は、これまで想像したことはあるけれども、実感したことのない壁に、遂にぶつかったような気がしている。その壁は予想外に高く堅牢に聳え立っていた。ちょっとやそっとでは、壊せないような気がする。どうしたらいいのだろうか。

その苛立ちをぶつけるかのように、早樹は丹呉へメールを手早く打った。

丹呉陽一郎様

拝復　迅速に対応してくださり、本当にありがとうございます。

今度のことは、塩崎には話していません。その理由は自分でもよくわかりません。多分、彼を動揺させたくないのでしょう。

実家の母には、庸介の事故当時のことを、友人たちにあれこれと訊いて回らない方がいいと反対されました。前のメールにも書きましたが、塩崎夫人として、前だけを向いて生きていくべきなのかもしれません。

しかし、庸介の母親に、彼に似た人を見かけたという連絡をもらって以来、私の生活は、一変しました。耳許で常に、「庸介は生きているかもしれない。さあ、どうする」という囁きが聞こえるような気がするのです。

そして、その囁きは微妙に変化したのです。

「庸介とはいったいどんな人だったの？　あなたは庸介が好きだったの？」と。

そうです。私は庸介の生死について知りたいと思っていましたが、実は、庸介という人がどんな人だったか知りたいのです。そして、庸介と結婚していた私自身のことも知りたいのです。

あの時の私は何を考えて何に悩み、どんな未来を夢見ていたのでしょうか。庸介の海難事故以来、私は違う人間になったような気がしてならないのです。

そして、違う人間になった私は、若い頃にまったく想像もしていなかった人生を歩むことによって、あの事故を忘れようと努めてきました。

いいえ、忘れようと努めたからこそ、予期しない人生を選んだのかもしれません。

丹呉さんは、庸介主催の飲み会では、いつも隅でにこにこして、あまりお話しされていませんでしたね。

「釣り部」でもきっと、一歩下がられて、会を支えてこられたのでしょう。

私は、その丹呉さんにしか見えなかったものを教えて頂きたい、と願っています。

でも、もし、それは不必要な詮索である、とお考えでしたら、率直に仰ってください。

佐藤幹太さんのことですが、木村美波さんから編集部の電話番号は聞いていましたので、私の方から連絡しようと思っていました。しかし、「釣りマニア」が休刊になっていたのでしたら、電話番号が使われていない可能性もありますね。

丹呉さんのご報告を伺ってから、佐藤さんにご連絡することにします。

お忙しいところ大変恐縮ですが、どうぞよろしくお願いします。

塩崎早樹

早樹は、携帯電話の番号やＬＩＮＥのＩＤなどを記して、丹呉に送信した後、しばし放心した。思わず心中を吐露してしまったせいだった。たった二日間、母衣山にいなかっただけなのに、見知らぬ場所にいるようで落ち着かない。

早樹は、寝室に行ってベッドに横になった。うとうとしていると、携帯に電話がかかってきた。克典かと思って慌てて飛び起きたら、木村美波からだった。

早樹は電話に出ようかどうしようか迷った。美波の不誠実に対して、腹に据えかねている自分がいる。しかし、率直に訊いてみたい気持ちもあるので出ることにした。

「もしもし、今、大丈夫？」

美波が咳き込むように早口に訊いた。

「ええ、大丈夫」

「寝てたの？」

「わかる？」

どうしても切り口上になってしまう。早樹は反省して、スマホを右手に持ち替えて言い直した。

「美波、昨日はお邪魔しました。仕事、ちゃんと終わった？」

だが、せっかちな美波は、早樹の質問には答えず、いきなり用件に移った。

「それよっか、真矢のこと、調べてもいいかしら？」

美波の口から、「真矢」という名が放たれると、早樹は一瞬、誰のことかわからずに、ぼんやりした。

「真矢？」

「何言ってんの。早樹の義理の娘じゃないの」と、美波が笑った。

「義理の娘」という言葉を聞いて、自分には子供などいないはずなのにと思い、それから真矢のことだと気付いた瞬間に、ブログの悪意を思い出して鳥肌が立った。

「ああ、びっくりした。真矢さんのことか。どうするって？」

「だからさ、業者を使って調べてもいいかってこと。ほら、うちにはいろんな業者が出入りするから、早樹が興味あるのなら手配するよってこと。安く上げてもらうから、費用はそんなに心配しなくても大丈夫よ」

「何を調べるの？」

「彼女がどこに住んでいて、誰と親しくしてて、今何をしているかよ」

「そんなのいいわ。訊けばわかるから」

「誰に訊くの？」

美波が畳みかけるように問う。

「克典さんの長男とか、その奥さんとかよ」

そう答えてから、真矢の近況を知ったところで、ブログをやめさせることなどできないのだと虚しくなった。

だが、美波は早樹の心境を慮ることもせずに、面白がっている風でもある。

「その長男の人は、妹の今の状況を知ってるのかしら？」

「さあ、兄妹だから知ってるんじゃないかしら。ともかく、私はいいわ。そんなこと、どうでもいいもの」

自分は真矢の状況を知りたいのではなく、真矢の心を知りたいのだ。すると、美波はむっとしたのか、急に事務的な口調になった。

「あ、そうなんだ。わかりました」

切ろうとしているようなので、早樹は慌てて止めた。

「美波、ちょっと待って。私、知らなかったんだけど、あなた、庸介たちとよく釣りに行ってたんだって？」

「時々だけどね」

あっけらかんと肯定するので、早樹の方が驚いた。

「美波、私、全然聞いてなかった」

「あら、そう。お宅のダンナさんが喋ってなかっただけなんじゃない？」

「何で、あなたも言ってくれなかったの？」

「だって、早樹は興味ないって言ってたし、あたしもたいしたことじゃないと思ってたから」

しかし、庸介はほとんど毎週末、釣りに出掛けていた。妻である早樹が、またかと気にならなくなるまでに、かなりの時間を要したことは事実だ。

そのことを親友である美波に愚痴ったことだってあったはずだ。なのに、美波は早樹にひとことの断りもなく、庸介たちに同行していた。どう考えても、おかしいではないか。早樹には、その点が承伏できない。

「そうかな。何か割り切れないんだけど」

「あたしは早樹が知らないことの方がおかしいと思う。早樹は、庸介さんに関心がなかったんでしょう」

美波に断じられてむっとする。

「そんなことないよ」

「でもさ、こんなこと言って悪いけど、どっちにせよ、もう昔のことじゃん」

美波が呆れたように言う。

「そうだけど、知らなかったことばかりだから、戸惑ってるのよ」

「例えば？」

「例えば、美波は幹太さんと付き合っていたんでしょう？　だったら、そのことも教えてくれればいいじゃない。水臭いよ」

「誰が言ったの、そんなこと？」

美波が気色《けしき》ばむ番だった。

「小山田さんよ」

「嘘だよ、そんなの。付き合ってなんかいないよ」

本人が否定しているのだから、それ以上何も言えない。

「でも、幹太さんと連絡先を交換したとか、言ってなかった？」

「名刺もらっただけだよ」と、美波が叫ぶ。

「そう、じゃ、いいわ」

「はい、じゃあね」

不穏な余韻を残して、電話は切られた。美波の気に障るような、無礼なことを言ったのだろうか。早樹は不安になる。

しかし、『皆で隠していたんじゃないですか』という里奈の言葉が蘇って苦しくなるのだった。そして、苦しんでいる自分を、誰かに知ってほしかった。こういう状態を孤独と言うのかもしれない。

時刻は、十二時近くになっている。早樹は、長谷川たちに茶を淹れるために起きて、キッチンに行った。湯を沸かしながら庭の方を見る。庭師たちは、樹木を剪定したり、落ち葉を掃いたり、それぞれの仕事をしていた。彼らは弁当を持参することもあるし、軽トラで近くに食べに行くこともある。今日はどうするのか訊いてみようと、早樹はテラスのガラスドアを開けた。

長谷川が、早樹を見て遠くから叫んだ。

「奥さん、お構いなく。今日は外に行きますから」

早樹は了解したという風に、手を挙げた。克典がいないので、早樹を煩わせないよう、長谷川が気を遣っているのだろう。

キッチンに戻って、早樹はハーブティーを淹れた。食欲がないので、ハーブティーを持ってパソコンの前に座る。

果たして、丹呉から返信が届いていた。早樹のメールに応えてか、堅苦しさが消えた真摯なメールだった。

塩崎早樹様

ご返信ありがとうございます。

私は、早樹さんの苦しいお気持ちは理解しているつもりです。ですから、今度のことが「不必要な詮索」などとは、露ほども思っておりません。

ただ、私だけが気付いたことが何かあるのでは、と問われますと、特別なものは何もなかったと言うしかありません。

私は大学まで山形以外の場所で暮らしたことのない田舎者でしたので、東京育ちの庸介君や小山田君が眩しく、仲間に加えてくれたことを心から光栄に思い、喜んでいたのです。それで控えめに振る舞っていただけですので、「会を支えていた」ような、大それたことは一切しておりませんし、そんな器でもありません。

ちなみに、私は庸介君の海難事故以来、釣りはやめました。私は、庸介君は何かが原因で落水されたのではないかと考えていますが、その、彼の絶望感などを想像しますと、今でも怖ろしく、彼が気の毒でならないのです。それで、自分を戒めるためにも、釣りは一切やめてしまいました。

おそらく、「釣り部」の「部員」も同じ気持ちだったと思います。昨日、小山田君から連絡をもらいましたが、彼も以来、釣りはしていないと言っていました。

庸介君の遭難当時は、皆で集まって捜索に出たりしましたが、以後は会うこともまったくなくなりました。

ですから逆に、彼が生きているかもしれないと想像することは、私にとっては救いでもあるのです。

いえ、それは、私たち「釣り部」全員の願いであり、救いなのかもしれません。

もちろん、奥様である早樹さんのお気持ちは、また少し違うものでありましょう。

今は塩崎さんの奥様となられて別の家庭を築かれておられるのですから、もっと複雑で深いお気持ちであろうことは、想像に難くありません。


さて、ふたつほどご報告があります。

ひとつは、大学職員の高橋氏です。今朝、大学に電話してみたところ、高橋氏と話すことができました。彼は喜んで早樹さんにお目にかかりたいと言っています。

お時間や場所など指定してくだされば、店は私が手配しますので、同席をお許し頂きたくお願いします。

もうひとつは、佐藤幹太氏のことです。

彼は「釣りマニア」が休刊になった時、発行元である「釣友社」を退社されたそうです。

現在は、同じような釣り雑誌でライターをされているのでは、という話でした。

ただ、ペンネームでも使われているのか、確認できませんでした。この件は、私の方でもう少し調べてから、ご報告します。

それではよろしくお願い致します。

敬具
丹呉陽一郎

早樹は丹呉の携帯に電話をした。

高橋が承諾してくれるのなら、今日の午後にでも会いたい、と言うためだ。

コールがふたつほど鳴った後、丹呉の懐かしい声が聞こえた。時々イントネーションが違うのが、誠実に聞こえる。

「どうも。早樹さん、お久しぶりです」

「丹呉さん、お久しぶりです。メールありがとうございます」

「いえ、勝手なことばかり書きました。さぞや、ご心痛でしょうね」

不覚にも涙が出そうになる。

「ええ、生きていると信じているわけではないのですが、揺れ動いて困っています」

「私もそうです。生きているといいですね」

そうだろうか？　早樹は庭に目を遣った。

相模湾に目を移すと、午前中は穏やかだったのに、いつの間にか風が出て白波が立っていた。

海は美しい。が、怖ろしい。海に出て還らなかった人は、大勢いることだろう。残された家族は、その人が二度と還らないことを、どうやって認めたらいいのか。

庸介の死亡が認定されて、心の中ではようやく解決したと思っていたのに、またぞろあの苦しみを繰り返すのか。

早樹は、庸介に生きていてほしいのか、はっきりと死を突き付けられたいのか、わからなくなった。言葉の止まった早樹に、丹呉が気遣うように言った。

「すみません。私、無責任なことを言いましたね」

「いえ、そんなことありません」

早樹は否定したが、丹呉はもう一度謝った。

「いや、すみません。生きていてほしいと口で言うのは簡単ですが、夢物語に過ぎないのかもしれません。夢を見たい人はそれでいいのでしょうが、人はそんなに単純には生きられませんよね。早樹さんは、そんなお気持ちなんじゃないでしょうか？」

「ええ、割り切れません」

早樹は相模湾から目を離さずに答えた。少し間を置いてから、丹呉が訊ねる。

「庸介君のお母さんは、諦めていないと聞きましたが」

「そうなんです。加野の母は、庸介らしき人を二回も見たと言ってますから、ますます生存説に執着すると思います」

「あのお母さんなら、そうだろうな」と、丹呉は思い出すように言った。「悲しんでおられましたものね、いつまでも防波堤に立ち尽くして。忘れられませんよ、あの後ろ姿は」

「そうでしたね」

菊美は庸介を溺愛していた。だから、庸介の遭難を知って激しく動揺し、狂乱に近い嘆きを見せた。それは早樹の心配や悲しみの比ではなかった。

「ところで、庸介君のお父さんはご健在ですか？」

「いいえ、数年前に亡くなりました」

「そうですか。お父さんは、庸介君が見つからなくて、さぞかし無念だったでしょうね。それで、お母さんはお元気なんですか？」

「ええ、体の方は元気のようです。でも、一人で寂しいと思いますよ」

早樹は曖昧に答えた。

「それは小山田も言ってましたね、お元気だけれどって」

丹呉も遠慮がちに言う。小山田経由で、菊美の、早樹に対する悪口も聞いているのかもしれない。

「丹呉さん、お仕事中にお電話なんかしてすみません。気が急いていたものですから」

「いや、私でしたら、全然、構いませんよ」

「実は今日の午後でしたら、出られるものですから、高橋さんにお目にかかれたらと思ったのですが」

「それは、ちょっと無理でしょうね。高橋さんにはさっき電話したばかりですし、月曜はバタバタしていることが多いですから、遠慮した方がいいと思います。早樹さん、あまり慌てないでくださいね」

丹呉は笑ったようだった。

「すみません。確かに焦ってるんです。私の実家の前でも、庸介にそっくりな人を見たと父が言うものですから、何だか落ち着かないんです」

「聞きました。気味の悪い話ですよね」と、丹呉が同意する。

「ええ、そうなんです」

「わかりました。私の方はなるべく早く、高橋さんのご都合を聞いておきますよ。佐藤君のことも調べておきますので、少し待って頂けますか。なるべく早くご連絡します」

早樹は礼を言って、電話を切った。

丹呉に性急さを指摘されたのは恥ずかしかったが、話を聞いてもらったことで気が楽になっている。

小山田は心配して、すぐ菊美に会いに行ってくれたが、菊美の認知症気味故の幻想だと片付けたがっているように思われた。そして、どちらかと言うと、庸介のことより、実業家である克典に関心があるように思える。だから、早樹には丹呉が頼りだ。

「何だ、こりゃ。変なの」

すぐ近くで男の嘲笑が聞こえたので、早樹は驚いて振り返った。長谷川園の見習いの若い男が、テラスの前に立って、「焔」のオブジェを見て笑っていた。長谷川たちが戻ってきて、午後の仕事を始めたようだ。

早樹はリビングに行き、テラスのガラスドアを開いて外に出た。件の若い男が、早樹の姿を見て軽く頭を下げた。

「風が冷たくなったわね」

早樹が話しかけると、困惑したような顔をして頷いた。

3

その夜、克典は予定通り、十時に帰宅した。少し陽に灼けていて、よほど楽しかったのか、上機嫌だった。

「笹田のお父さんたちは変わりない？」

しかし、真っ先に早樹の家族を気にかけるところは、やはり賢い人だと早樹は思う。

「ええ、変わりないです。よろしくって言ってました」

「そうか。ご無沙汰しちゃって申し訳ないね」

「いいのよ、お互い様だもの」

両親も克典も年齢が近いから、始終会うのは照れくさいのだ。

「はい、お土産」

克典が紙袋を手渡してくれたので、早樹は中を覗きながら訊いた。

「あら、お肉は？」

「クール便で送ってくれるってさ」

「五キロもあるなら、冷凍庫でも嵩張《かさば》るから、長谷川さんたちに差し上げてもいい？　あそこは若い人たちと、よく海岸でバーベキューするんですって」

「ああ、いいよ」

克典が軽く頷いたので、早樹はほっとした。

「じゃ、来週渡しますね」

「しかし、バーベキューにするには、上等な肉だよ。A5だそうだ」

「じゃ、うちで食べた方がいいかしら」

「そりゃそうだよ」

しかし、克典は、サシの多い上等な肉は体に悪いと言って滅多に食べない。牛肉は長い間、冷凍庫を占拠することになるだろう。

結局はそういうことか、と思わず苦笑すると、克典にからかわれた。

「何だか楽しそうだね。いいことでもあったのかい？」

「別に何もないけど」

早樹は、克典が宮崎空港で買ってきたらしい、土産の菓子を手に取った。

「長谷川君には、それをやればいいよ」

「克典さんは、意外とケチなのよね」

早樹の言葉に、克典がにやりと笑った。

「僕がいないから、楽しかったんじゃないの？　何だかリフレッシュした感じだよ。生き生きしている」

早樹は内心はっとした。家族や昔からの友人たちに会ったり話したりしたせいで、心が刺激を受けたのは確かだった。美波に苛立ったとしても。

克典との日常は、ルーティンをこなす穏やかな日々でしかない。

「克典さんもそうじゃないの？　三日もゴルフなんかやっちゃって」

「そうだね。久しぶりに続けてやると、案外楽しかったよ。これから少し増やすかもしれない」

「いいんじゃない。船もまた乗ったらどうですか？」

思い切って言うと、克典が頷いた。

「そうだな。何もタブーにすることはないのかもしれないね。早樹も乗ればいいのに」

「私はいいわ」

毎日海を見て暮らす日々には慣れたが、さすがに船に乗って相模湾に出るのは嫌だ。

「まあ、好きにするさ」克典は疲れたのか、あくびを洩らした。「何も決めないで、その時の気分でやっていくのが、縛られなくていいと思うよ」

プランを練って、その通りに行動したがる克典にしては、珍しいことを言うと思った。早樹の心に変化があったように、克典にも何かいつもと違う出来事があったのかもしれない。

だが、詮索する気はない。

庸介と暮らしていた頃は、互いの変化に敏感だった。

早樹は、庸介が自分の知らない世界に入り込んでいくことに怯え、その世界に嫉妬したものだ。当時の早樹にとって、それが釣りとその仲間たちだった。

「もう寝るよ」

克典がまっすぐ寝室に向かったので、早樹はその背に訊いた。

「お風呂は？」

「ゴルフ場で入ってきたからいい」

「じゃ、おやすみなさい」

克典は先に寝てしまうだろう。早樹はリビングに行って、テレビを点けた。毎晩見るニュース番組にチャンネルを合わせる。

小一時間ほど夕刊を読んだり、テレビを眺めてから入浴を済ませ、寝室に行った。

常夜灯が点いているだけで、部屋は薄暗かった。キングサイズのベッドの端から滑り込んで、自分の側のサイドテーブルにある読書灯を点ける。

克典は疲れたのか、軽く鼾《いびき》をかいて熟睡していた。口を半開きにした克典の寝顔を見ていると、自分がここにいることが不思議に思われてくる。克典は歳の割に若いが、やはり老人だ。

残酷だと思いながらも、庸介と比較することをやめられない自分がいる。

しかし、克典との暮らしを選んだのは、他ならぬ自分だった。それは、「ルーティンをこなす穏やかな日々」を望んだからではなかったか。

『克典さんは立派な大人なんだから、それなりの伴侶にならないと駄目じゃない』

母の言葉が蘇る。早樹は慌てて読書灯を消し、壁の方を向いた。


翌日は、朝から小雨が断続的に降っていた。夕方から雨という予報だったのに、すでに黒い雨雲が空を覆っている。

「何だ、もう雨が降ってる。昨日、長谷川園に来てもらってよかったね。これからしばらく雨が続くらしいよ」

克典が新聞を広げて、天気予報を見ながら言う。

「そう？　また雨が続くの憂鬱ね」

「ずっと雨マークだ」

「昨日は朝のうちに、何とか帰ってこられてよかったわ」

「出るのが早くて大変だっただろう。何時に出た？」

「七時かな。でも、高速が空いてたから順調だったわ」

「また、飛ばしてきたんじゃないの。おまわりさんに気を付けなさいよ」

「まさか。法定速度を守ってきたわよ」

二人でのんびりと会話しながら、早樹は庭の向こうに広がる海を見た。

雨の日は水平線が曖昧で、心が沈んでゆく。海の中は、さぞ冷たいことだろうと、そこまで想像が及ぶ。

「早樹、朝からこんなに食べると、昼が食べられなくなるよ。最近は昼飯を食べることだけが楽しみだからね」

克典が新聞を畳み、早樹が用意したトーストとハムエッグの皿を指差した。克典は、トーストの上にハムを載せて、ナイフで器用に真半分に切った。

「これだけでいいよ」

だったら、早く言ってくれればいいのにと思ったが、口にはしない。

「お昼はどうします？」

早樹は日常が戻ってきたと思いながら、半分になったトーストを頬張る克典の横顔を眺めた。

「うん、久しぶりにイタリアンに行こうか」

克典は時々行く、七里《しちり》ヶ《が》浜《はま》のレストランの名を告げた。

「あそこのボンゴレが懐かしい。何せゴルフ場じゃ、カツ丼だの蕎麦だのばかりだもの。旨いスパゲティが食いたいよ」

いつから習慣化したのかわからないが、昼食は、克典がその日の気分で決めるようになった。あれが食べたいと言われて、準備していたのに、克典の気紛れで外食することもある。そして近頃は、何が食べたいかと、早樹に訊いてくれることもしなくなった。

克典が横暴というよりも、早樹が意見を表明しないせいだった。このままでは言いなりになるとわかっていても、習慣になってしまうと、覆すのが面倒になる。

若い頃の自分は、夫にこれほど従順になれるとは思ってもいなかったのに、いつから変わったのだろう。

こんな自分を見たら、庸介はびっくりするに違いない。庸介と暮らしている時の早樹は、克典以上に気紛れで我儘だった。

いや、そんな風に振る舞おうとしていた。その方が、庸介が喜ぶと思っていたのだ。

庸介は、「女は驕慢《きようまん》に見えるくらいがいい」と、常々言い、早樹が強く自己主張することを好んでいた。だから、二人の間では、早樹が我儘に振る舞うことがゲームのようにもなっていた。

だけど、庸介は自分とのゲームに飽いたのではないだろうか。違うか？

何度も心の中で繰り返された、果てしない疑問が再び蘇る気配があった。早樹は心が疲弊する予兆に身構える。

「じゃ、レストランを予約しますか？　何時にします？」

早樹は気を取り直して、秘書のように訊ねた。

「そうさね。した方がいいだろうな。じゃ、十二時半に予約してくれ。うちを十二時に出ようか」

「わかりました」

克典はおそらく、レストランでワインを数杯飲み、午睡をするだろう。そして、夕食は野菜を中心とした軽い食事をしたいと言うに決まっている。早樹には少し物足りないが、小食になった克典に合わせるのだ。

庸介と食事に行った時の自由さや楽しさを思い出して、早樹は少し憂鬱になる。そして、ありとあらゆる場面で、克典と庸介を比較し始めた自分に早くも疲弊を感じるのだった。

七里ヶ浜のレストランで昼食を食べた後、克典はゴルフの疲れが出たのか、家に帰りたがった。

「克典さん、鎌倉のスーパーに寄りたいんだけど」

ワインの酔いで顔を赤くした克典が肩を竦める。

「悪いけど、僕だけ帰ってもいいかな」

「はいはい、わかりました」

いつもなら、食材の買い出しに克典も付いて来るのに、今日は早く横になりたいらしい。早樹は克典を母衣山に送った後、一人で鎌倉にあるスーパーマーケットに出掛けた。スーパーの駐車場に車を入れた後、シートに座ったまま、スマホを見た。

小山田と丹呉それぞれから、メールがきていた。小山田のを先に開ける。件名は「一昨日はお疲れ様でした」だった。

塩崎早樹様

一昨日はわざわざショールームまで来て頂き、有難うございました。

私の変貌ぶりには、呆れられたかと思います。それなのに、早樹さんが全然お変わりないことに、とても感心しました。

私は久しぶりに会う早樹さんに上ずってしまって、木村美波さんのことを告げ口したり、庸介の自殺説を自慢げに開陳したり、と何だか早樹さんに失礼なことばかり喋っていたのではないかと、深く反省しています。

お気を悪くされたなら、大変申し訳ありませんでした。お詫びします。

さて、今回のことについては、丹呉に詳しく話しておきました。丹呉からは、早樹さんと連絡を取り合ったという報告をもらっています。

彼は、仕事柄、時間が自由なようですから、私よりはお役に立てるのではないかと思います。もし何かご心配なことがありましたら、遠慮なくご相談ください。

加野のお母さんの方は、私に任せて頂ければと思います。

敬具

小山田潤

結婚して子供が生まれ、十五キロも体重を増やした小山田からは、現状に満足している幸福なオーラが伝わってくる。庸介の暗い波が、その幸福なオーラを打ち消すことを、小山田は心配しているのだろうか。及び腰になっているような気がした。

一方、丹呉からのメールは、高橋との会合に関する連絡だった。

塩崎早樹様

高橋氏から連絡がありました。

今週ならば、水曜の夜か土曜の午後が都合いいそうです。

早樹さんは、湘南にお住まいですし、夜は出にくいですよね。でしたら、今週土曜の十四時から、ということで、いかがでしょうか。

高橋氏はどこにでも出向くと仰っていますので、早樹さんには、横浜か東京駅までご足労願うか、あるいはどこか、ご都合のよい場所を指定してください。

私が適当な店を探します。

それではよろしくお願い致します。

敬具
丹呉陽一郎

早樹は丹呉に、土曜の十四時で構わない、渋谷あたりまで出向く、と返事した。問題は、克典に何と言って了解を得るかだが、昔の友人たちと会うからと正直に告げるつもりだった。

丹呉からは即座に返信があった。

拝復　それでは今週土曜の十四時、渋谷のセルリアンタワー内のラウンジを予約しておきます。確定しましたら、またご連絡しますのでよろしくお願いします。

丹呉

物事が前に進んだ爽快さがあった。

早樹はスーパーに入ってから、今夜の夕食は湯豆腐に決めた。肌寒い日だから、克典は喜ぶだろう。豆腐二丁と春菊や白菜、タラの切り身、日本酒などを選んで、切れていた食材を買い足した。

今帰っても、克典は午睡中に違いない。早樹は一人で自由に街歩きをする解放感を感じた。車に荷物を置いてから、一度入ってみたいと思っていた洒落《しゃれ》たカフェに行く。

コーヒーを飲みながら、小山田に簡単な返信を書いていると、突然声をかけられた。

「すみません、塩崎様の奥様じゃないですか？」

顔も体も見事に陽に灼けた、ジーンズ姿の女性が立っている。小麦色の膚をことさら強調するかのように、胸が大きく開いた白いTシャツを着て、その上からベージュのウールカーディガンを体に巻き付けるようにして羽織っていた。スタイルがよく、ビーズの長いピアスがよく似合っている。

女性が誰かわからず、早樹は戸惑った。口籠もっていると、女性の方から自己紹介をした。

「長谷川です。主人がいつもお世話になっています」

長谷川の妻だった。藤沢の方で、ヨガやフラダンスを教えていると聞いていた。早樹も教室に誘われたことがあるが、結婚して間がない頃だったので断っていた。

「こちらこそ、いつもお世話になっています」

早樹は立ち上がって礼をした。

長谷川の妻が、とんでもないという風に両手を挙げる。

「いいえ、私の方こそお礼を言わなくては。この間、作品を買ってくださったとかで、中神さんがすごく喜んでました。中神さんて、私たち夫婦の友達なんです。長い時間をかけて作った作品だから、すごく愛着があったみたいで、塩崎さんに感謝しているって何度も言ってました。本当にありがとうございます」

長谷川の妻が弾んだ声で礼を言った。中神は、庭に置いてある「海聲聴」と「焔」を作った彫刻家だ。

「そうですか。それはよかったです。あの、お座りになりませんか？」

二人とも立って話していたので、早樹は向かい側の椅子を勧めた。

「どうしようかしら」

長谷川の妻は迷うように腕時計を見てから、「では、ちょっとだけ失礼します」と言って腰掛けた。インストラクターをしているだけあって、初対面の人間と話すことにも慣れているらしい。まったく衒《てら》いのない様子で自己紹介を始めた。

「私、ヨガとフラを教えています、長谷川菜穂子《なおこ》といいます。よろしくお願いします」

菜穂子は、肩に掛けていたナイロン製のバッグを探って、洒落た名刺を差し出した。

名刺には、「ヨガインストラクター&フラダンサー」とあり、教室の名前と場所が書いてある。

「塩崎早樹です。長谷川さんには、本当にお世話になっています」

「いいえ、長谷川も喜んでいます。あんな素敵なお庭を任せてもらえるなんて、俺はついてるって、いつも言ってますよ」

「そうですか。庭の計画は、塩崎の道楽ですから。でも、考えるだけで、自分ではあまりやらないんです。ていうか、園芸ができないみたいで」

「そんなの、うちに任せてくださいよ」

二人は顔を見合わせて笑った。

「菜穂子さんも、サーフィンをなさるんですか？」

早樹は、菜穂子の陽に灼けた顔を見ながら訊いた。

「昔はやってましたけどね。今は、こちらだけです」

器用に手を動かしてフラダンスの真似をする。年の頃は三十代半ばか。二人の子供がいると聞いているが、陽灼けした膚を露出しているところは若々しくて、二十代にしか見えなかった。

「さすがに、お上手ですね」

「一応、先生ですから」

菜穂子は笑って言った後に、アイスカフェオレを注文した。そして、早樹の顔を嬉しそうに見る。

「私、早樹さんと一度ゆっくり、お話ししたかったんです。今日はよかったわ」

「そうですか」

「だって、たまにマリーナなんかでお見かけすることもありますけど、いつも塩崎さんとご一緒じゃないですか。すごく仲がいいって、長谷川も言ってました。だから、早樹さんと話したくても、なかなかチャンスがなくって」

早樹は驚いたが、湘南の方に友達はいないので、何となく嬉しかった。

「今日はお一人なんですね？」

「ええ。最近、塩崎はランチの時にお酒を飲んで、その後、昼寝をすることが多いんです。だから、今日は置いてきました」

「優雅だなあ。イタリア人みたいですね」

早樹が菜穂子の言葉に深く頷くと、菜穂子は楽しそうに笑った。

「ところで、早樹さん、今度、私のヨガかフラ教室にいらっしゃいませんか？　お友達もできて楽しいですよ」

「そうでしょうね」

早樹はカフェの中を眺め回した。女性だけのグループがひと組、楽しそうに談笑していた。

全員がテニスラケットを持っているところを見ると、テニスクラブの仲間だろうか。

自分には、同じ趣味を持つ仲間もいないと、早樹は少し寂しく思った。庸介と結婚している頃は必要を感じなかったし、遭難事故以降は趣味どころではなく、また、仕事を続けることに必死だった。そして今は、克典との結婚について余計な詮索をされたくないからと、むしろ避けている。

「そうそう、私のヨガ教室に、真矢さんもいらしてたんですよ」

思いがけない名が出たので、早樹は驚いた。

「真矢さんが？」

「ええ。まだ、時々遊びにいらっしゃいますよ」

「ヨガを習いに？」

「いいえ、私に会いにいらっしゃるみたい。すごく嬉しいです」

ということは、菜穂子のヨガ教室に入れば、真矢と相見《あいまみ》える日がくるかもしれない。面と向かって会ったら、真矢はどんな反応をするだろうか。

「真矢さんて、どんな方ですか？　私、実はまだお目にかかったことがないんです」

「すごく可愛い人ですよ」

間髪を容《い》れずに、菜穂子は答えた。

克典の後妻となった早樹が、克典の末娘に会ったことがないと言えば、どことなくトラブルのにおいを嗅ぎ取りそうだが、菜穂子は気付かぬふりをしている。それとも本当に気付かないのか。

「可愛いって、どんな風にですか？」

「素直っていうか、ピュアというか。あんな人は滅多にいないと思いますね」

「菜穂子さん、私もヨガ教室に入ってみようかしら」

早樹は思い切って言った。いつまで待っていても、事態は変わらない。真矢が早樹に会いに来ることもないだろうし、克典を許すはずもなかった。

しかし、こじれたまま放っておけば、真矢の誤解や憎しみは解消されるどころか、ますます峻烈になりそうで怖ろしかった。克典が何も手を打てないのなら、自分がブログをやめさせようと思う。

「あら、是非入ってください。早樹さんがいらしてくださったら、嬉しいわ」

菜穂子はバッグを手で探ってから、申し訳なさそうに顔を上げた。

「いつもパンフレットを持ってるんですけど、今日はバッグを替えたから、忘れてきちゃいました。長谷川に今度届けさせますね。よろしいですか？」

「ええ、来週で結構ですよ」

「ありがとうございます」

菜穂子が嬉しそうに両手を叩いた。

「菜穂子さん」と、早樹は声をかけた。「すみませんけど、私があなたのヨガ教室に行くことは、真矢さんには黙っていてくださいね」

「もちろんです。言いません」と、菜穂子は即答した。「うちの生徒さんは、皆さん、自己紹介とかなくて、勝手に出たり入ったりしていますので、名字でお互いを呼ぶこともありません。てか、知らないんじゃないかしら。でも、続けていると、気の合う仲良しもできますよ。どうぞ試しにいらしてください。それで、ちょっと合わないなと思ったら、やめても全然構いませんから」

菜穂子の言葉で気が楽になった。

「そうですか。じゃ、とりあえずパンフレットを拝見してから、伺いますね」

「はい、ありがとうございます。お待ちしてますから、絶対にいらしてくださいね」

菜穂子が自分のアイスカフェオレ代を置いて立ち上がった。

「じゃ、お先に失礼します」

軽く礼をして、颯爽と出て行く。

早樹は、思いもかけないところから風が吹いて、事態が変わることもあるのだと考えながら、しばらくぼんやりしていた。

　ふと気付くと、すでに午後三時を回っている。早樹は慌てて店を出た。


　母衣山に戻ると、克典はすでに起きて、書斎でパソコンを見ていた。

「お仕事？」

　早樹は開いているドアから書斎を覗いて、声をかけた。

「いや、ネットを見てるだけだよ」克典は振り返りながら答えた。「遅かったね」

「鎌倉のカフェで、長谷川さんの奥さんに会ったの。すごく綺麗な人だった」

「僕も前に会ったことあるよ。長谷川君が連れてきたんだ。あれは自慢しにきたんだな」

　克典がにやにやする。

「私、彼女のヨガ教室に行くことにしたの。いいかしら？」

「そんなの僕の許可を取ることなんかない。行くといいよ」

　克典は関心なさそうに欠伸を洩らした。

「ありがとう。あとね、今週の土曜日、ちょっと東京に行ってきます。友達に会うの」

「へえ、誰？」

　克典は意外だという風に眉を上げた。

「大学院時代の友達」

「どうぞどうぞ。ゆっくりしておいで」

「すみません」

「謝ることなんかないよ。早樹がそういう遠慮するのは柄じゃないな」克典が笑った。

4

土曜日の午前中、早樹は克典の昼飯を用意した。早樹の留守中、克典は一人で車を呼んで、その日の気分で好きな物を食べに行くと言っていた。

ところが、朝から雨が降っているので、気が殺《そ》がれたらしい。家にいると言いだしたから、早樹は急遽、豆腐と三つ葉の味噌汁、握り飯、卵焼きなどを作った。

出来上がってラップをかけている時、インターホンが鳴った。

「長谷川園の長谷川です」

克典は書斎に籠もったままで出てこない。おそらく庭の用事ではなかろうと、早樹は一人、玄関に向かった。

「どうも、こんにちは」

長谷川は、いつもの植木屋の形ではなく、灰色のパーカーにジーンズという若者風の格好をしていた。

「今日はお休みですか？」

「はい、こんな天気なんで、うちは休みです。子供を連れて、横浜のデパートに出掛けるところなんです」

長谷川は玄関ドアを振り返りながら言う。

「お子さんは？」

「車で待ってます」

外に停めた車も、いつもの軽トラではなく、自家用の四輪駆動車なのだろう。その車を運転する、アロハやハーフパンツ姿の長谷川を、何度も見かけたことがあった。

「これ、うちの奥さんに頼まれまして」

長谷川が少し恥ずかしそうに、クリアファイルに入ったヨガとフラ教室のパンフレットを差し出した。

パンフレットは、カラー写真付きで、四ページもある立派なものだった。

菜穂子の手書きの手紙も付いていたが、後で読むことにして長谷川に礼を言った。

「いつでもよかったのに。すみません」

パンフレットは、長谷川が庭の手入れに来るついでに持ってくるだろうと思っていた。

「いや、こっちに用事があったんで、ちょうどよかったです。来週も雨って予報なんで、しばらく伺えないかもしれないし」

「菜穂子さんはご一緒ですか？」

「いや、今日は教室で教える日なんですよ」

「そうですか」

早樹はパンフレットをぱらぱらとめくってみて、感嘆した。

「すごく立派なパンフですね」

「いや、あの人見栄っ張りなんで、すぐこういうのを作っちゃうんですよ」長谷川が苦笑いしながら言う。「ちなみに、これをデザインしたのは中神ですよ」

「あの彫刻家の中神さんですか。綺麗なデザインですね」

だから、長谷川も熱心にオブジェを売り込んだのだろう。早樹は、長谷川夫婦と中神の強い結び付きを感じた。

「これを拝見すると、絶対に習いに行こうという気になりますね」

長谷川は照れくさそうに首を振った。

「いやいや、ヨガ教室なんて、他にもたくさんありますから、わざわざ藤沢までいらっしゃらなくてもいいですよ。一三四号線はいつも渋滞だし」

「でも、どうせやるなら、菜穂子さんに習いたいと思っていますから」

早樹の言葉に、長谷川は相好《そうごう》を崩して喜んだ。

「それはどうも、うちの奥さん、喜びますよ」

「よろしく仰ってください。ありがとうございます」

早樹が礼を言うと、長谷川は恐縮して出て行った。

「どうしたの？　今、長谷川園が来てたでしょう」

入れ違いに書斎から出てきた克典が、欠伸をしながらのんびりと訊いた。

「ええ。長谷川さんが、奥さんのヨガ教室のパンフを持ってきてくれたの」

早樹は、克典にパンフを見せた。「へえ」と受け取った克典が、興味深そうにパラパラとページをめくった。

「今時の若い女の人は、こういう綺麗なところじゃないと通わないんだろうな。藤沢でも賃料、高いだろうに」

一緒に覗き込んでいる早樹に、克典が驚いたように言った。

「あれ、これは真矢じゃないか」

克典が指差した個所に、黒いウェアを纏ってポーズを取っている女の姿が写っていた。長い髪をポニーテールにして、真剣な表情をしている。

秀でたおでこの具合や、目許などが克典によく似ていた。その真面目そうな顔立ちからは、ブログの呪詛《じゅそ》が信じられない。

「これが真矢さん？」

「そうだよ」

「可愛い人ね」

早樹は、自分と同い年の克典の娘の顔を見つめた。繊細そうでもあり、頑固そうでもある、複雑な表情をしている。

「そうかい？」

「ええ、魅力的な人だわ」

真矢に食事会を断られて、克典が何とも手を打つことができないと言ってから、二人の間で、「真矢」という名はタブーに近いものになっていた。だが、二人とも真矢の写真に見入っている。

「驚いたね。そういや、ヨガをやってると美佐子から聞いたことがあったような気がする。長谷川君の奥さんのところだったんだね。知らなかったなあ。あいつは秘密主義だからねえ」

克典が呟いた。娘と折り合いの悪い父親の無念さが滲み出ているように思えた。

昼過ぎの湘南新宿ラインに乗った早樹は、克典の表情を思い出しながら、パンフに添えられた菜穂子の達筆の手紙を読んだ。菜穂子は、真矢の写真があることにも触れていた。

塩崎早樹様
先日はありがとうございました。お目にかかれて光栄でした。

お約束したパンフを、さっさと郵送すればよかったのに、遅くなりまして申し訳ありませんでした。

長谷川が御宅に伺うついでにお持ちすると言って聞かないものですから、延び延びになってしまいました。でも、さすがに長雨予報で、長谷川も諦めたようです。

ヨガのお教室は、初級クラスが火曜と土曜、中級クラスは水曜と金曜になります。日曜はマスタークラスです。

後ろのページの、大勢の写真の中に真矢さんが写っております。二列目の左端、ピンクのヨガマット、黒いウェアをお召しになっているのが真矢さんです。

それでは、ご参加を心からお待ちしておりますので、どうぞよろしくお願い致します。

長谷川菜穂子

土曜のクラスを申し込んだら、真矢に会える確率が高まるのではないだろうか。

車中、早樹はそんなことを考えながら、真矢の写真を見つめていた。

『空気が読めない人』と、優子は、真矢についてありきたりな悪口を言っていたが、他人への想像力に欠ける人間もいれば、その場の雰囲気に安易に合わせることを潔しとしない人間もいる。真矢はどっちなのだろうか。早樹は、真矢に会って話してみたいと強く思うのだった。

湘南新宿ラインは予定通りに到着し、丹呉が指定したセルリアンタワーのホテルには、約束の時間の十分前に着くことができた。

早樹は、ロビーで時間を潰そうと思ったが、ちょうどツアーの外国人旅行客が到着したところで、ロビー内は人が溢れていた。座る場所も見当たらないので、少し早いがラウンジで待つことにする。

ラウンジの入り口から中を覗くと、奥の四人掛けソファ席で、ジャケット姿の男が二人、早樹を見て立ち上がるのが見えた。丹呉と高橋のようだ。

早樹は慌てて薄手のコートを脱いで腕に掛け、二人に近付いた。

「お久しぶりです。全然お変わりないですね」

丹呉がにこやかに腰を折って挨拶した。

丹呉こそ、黒縁の眼鏡をメタルフレームに替えたくらいで、八年前とほとんど変わりがない。ジーンズに白いシャツ、格子柄のジャケットと地味な服装も同じだ。

「丹呉さんも。すぐにわかりました。今日はありがとうございます」

早樹が頭を下げると、丹呉が横に立っている男を紹介した。

「こちらが『釣り部』に参加されていた高橋さんです。今は、文学部事務室にお勤めされています」

早樹は意外に思った。「釣り部」で一緒に遊んでいると聞いていたから、庸介らと同じ年代かと思っていたのだが、高橋は五十歳前後だろうか。

背はさほど高くないが、よく陽に灼けていて体格がよい。黒いジャケットの下に白いTシャツ、グレイのズボンにスニーカーという姿は、休日の体育教師のようでもある。

「初めまして、高橋直幸です。加野先生には、大変お世話になりました」

「加野先生」という言葉に、早樹は懐かしさを覚えた。

高橋が差し出した名刺には、「文学部事務室課長」とある。

早樹の出た大学では、学部事務室の部長は、大概教員が勤める。職員で課長ということは出世頭なのかもしれない。

確かに、高橋には、企業の遣り手風な押しの強いところがありそうだ。

「こちらこそ、加野が生前お世話になりまして、ありがとうございました」

「生前」という語が、思わず口を衝いて出た。途端に、丹呉が身を強張らせるのがわかった。しかし、法律的には死亡が認められたのだから、この挨拶でいいのだと早樹は思う。

挨拶の後、それぞれオーダーを済ませた。早樹と丹呉は、無難なホットコーヒーだが、高橋は生ビールだ。

「すみません、喉が渇きまして」と、高橋が言い訳した。

「いいですよ、高橋さん。お好きなもの飲んでください」

丹呉が笑いながら勧めた。

「どうも」高橋はなかなか表情を崩さない。

丹呉は、家に遊びに来たこともないし、飲み会で会っても滅多に喋らなかった。だが、仕事で鍛えられたのだろうか。快活に話を進めてくれた。

「早樹さん、お天気が悪いのに渋谷まですみませんでした。僕らは都内なので、どこでもよかったのですが、申し訳ありません」

丹呉がそつなく謝った。

「とんでもない。私の用事ですから、こちらこそ申し訳ないです。高橋さんこそ、お休みの日に、わざわざすみません」

高橋が、重い空気を押し除けるかのように、陽に灼けた両手を挙げた。

「いや、土曜の午後というのは、私のリクエストですから、どうぞお気遣いなく。私は土曜の午前中に、職員の好き者と一緒にサッカーやってるんですよ。今日は雨だから、どのみち練習はなかったんですが、土曜は必ずサッカーの後に、皆でビール飲んで反省会しているんです。で、日曜は家庭サービス。だから、土曜が一番有難いんです。むしろ、丹呉さんに悪かったね」

高橋が頭を下げたが、顔は笑っていた。

「いいえ、僕は全然。独身だから暇ですし」

丹呉の言葉に、高橋が驚いたように丹呉を見た。

「あれからずっと独身なの？」

急に口調がくだけた。

「そうです」と、丹呉が答える。

「いいとこに就職決めたからさ。とっくに結婚したかと思ってたよ」

「なかなか、そううまいことといかなくて」

「そうかな。丹呉さんは、ぶきっちょに見えて、結構器用なんじゃないの」

高橋のふざけた言い方に、丹呉が苦笑した。

早樹は自分の再婚を当てこすられているような気がした。考え過ぎなのはわかっているが、時折、他人の言動に過多に反応してしまう自分が顔を出す。

「僕のことなんか、どうでもいいですよ」

丹呉が照れ隠しにか、コーヒーを啜った。

「だけど、八年ぶりに会ったんだから、いろいろ情報交換しましょうよ」

高橋が笑いながら、丹呉を見遣った。

「高橋さんは、加野とはどういう経緯で知り合ったのでしょうか」、
早樹は雰囲気を変えようと、高橋に訊ねた。

「私が学部の教務課にいた時ですね、加野先生と知り合ったのは。加野先生に入試委員をお願いしたんです。気軽に引き受けてくださって、実にいい先生でした。どこかに行かれた時は、必ずお土産を買ってきてくれてね。よく気の付く人でしたよ。だから、教務課でも人気ありましたね。そのうち、お互い釣りが趣味だとわかって、一緒に行くようになったんですよ」

高橋は、運ばれてきた生ビールのグラスを、乾杯するかのように持ち上げてから、口を付けた。

そう言えば、入試問題を作らされて大変だった、と庸介が愚痴っていたのを思い出す。職員たちは、教員のプライベートなことまでよく知っていて、噂話が好きなので要注意だと、庸介が言っていた。土産物を渡したりしたのは、庸介なりの知恵だったのだろう。

庸介の事故の時、職員から『遺品を持って帰って』と言われて、まだ死んだと決まってない、と反発したこともあった。

「困った先生方は、よくいらっしゃるんですよ。例えば、私らのことを、ただの事務屋だと思ってこき使う先生とかね。あと、困るのが、事務処理能力が異常に低い先生。書類の提出なんか、いくらお願いしても、まったくできない人もいますしね。世間では、教授だの准教授だのっていうと、偉い人みたいに言われてますけどね、だらしない子供以下の人も大勢いますよ。何よりも、立派な社会人なんだから、その辺はちゃんとやって頂かないといけませんよね。それが最低の社会人レベルじゃないですか。その点、加野先生は全然違ってましたね。きちんとしていらっしゃった。それに、弱音を吐かれませんでしたしね。入試問題も凝っていて、私どもも、『先生、それじゃちょっと受験生には難し過ぎませんか』と意見したくらいです」

高橋は何を思い出したのか、一人で笑った。

「失礼ですが、高橋さんはOBですか？」

早樹は、高橋の言い方に何とはなしに違和を感じて訊いた。

「はい、OBです。うちはOBじゃないと課長にはなれないので」

高橋はどこか屈託を匂わすように言う。

「高橋さん、あれから釣りはやめちゃったんですか？」

丹呉に訊かれて、高橋は返事に困ったように軽く首を傾げた。

「いや、やめないで続けてましたよ。過去形ですけどね。加野先生の事故以来、みんなやめちゃったじゃないですか。だけど、私は幹太君と行ったり、一人で行ったりしてました。釣りが好きだし、急にやめられるものでもない。でも、最近は、サッカーに凝っちゃって、釣りに行く時間がないですね」

「幹太と行ってたんですね？」

丹呉が嬉しそうに高橋に確かめた。連絡先がわかると喜んでいるのだろう。

「ええ、佐藤幹太君です。何せ、あの人は釣りが商売ですからね。私が行きたいって言えば、喜んで付き合ってくれました。でも、『釣りマニア』が休刊してからは、幹太君も付き合いが悪くなったし、私もサッカー専門になっちゃいましたね」

丹呉が、早樹の方をちらっと見ながら高橋に訊いた。

「じゃ、幹太の携帯番号もわかりますか？」

「わかりますよ。変わってないと思います」

高橋がスマホを出して、番号を教えている。

「ありがとう。後で連絡してみます」

「でも、幹太君は、釣友社を辞めちゃいましたよ」

高橋が丹呉に教えた。

「うん、そうらしいですね。今何してるのか、ご存じですか？」

「ライターやってるって聞きましたけどね。どうなんだろう」

それ以上、消息はわからないらしい。

高橋は首を傾げたまま、ビールグラスを手に取った。話が途切れると、高橋が早樹の方を見た。

「奥さん、今は塩崎早樹さんと仰るんですよね？」

「はい、昨年再婚したんで」

「丹呉さんに電話もらった時、ちらっと聞きましたが、何か変なことが起きてるんですってね」

高橋が組んでいた足を解いて、身を乗り出す。

「そうなんです。加野の母から連絡があって、庸介に似た人を見たと言うんです。それも二回も。あと、先週の土日に、私は埼玉の実家に帰っていたんですけど、そこでも父が似た人を見たと言いました。時期は同じなんです」

早樹が説明した後、丹呉が補足した。

「小山田が、早樹さんに頼まれて大泉学園の庸介の実家に行ったんです。お母さんが独り暮らししてるのですが、完全に惚《ぼ》けてはいないけど、ちょっとおかしいんじゃないかということでした」

「あり得ますね」と言ってから、高橋は早樹の方を見た。「塩崎さんのお父さんがご覧になったということだけど、そちらのお父さんは大丈夫なんですか？」

高橋が頭を指差したので、早樹は苦笑いをした。

「父はまだ六十九歳ですので、そこは心配ないかと思います」

「こんなに率直に言って、塩崎さんには申し訳ないけど、見間違いでしょうね。私は、加野先生は亡くなられていると思います」

高橋ははっきり言った。

「小山田さんもそう仰ってるし、実は、私もそう思うのです」

早樹は同意した。お前は本当にそう思っているのか、と心の中から微かな声が聞こえたような気がしたが、無視した。

「僕もあり得ないと思います。けれど、あり得ないと言いながらも、ひと筋の希望というか、何か奇蹟を信じたいような気持ちはあるんですよね」

丹呉が、ずり下がった眼鏡のフレームを押し上げながら、呟いた。

「でもね、私、今回のことを聞いて、ちょっと調べてきたんですが」と、高橋がジャケットのポケットから、白い紙を出した。ネットの記事をプリントアウトしたものらしい。その紙をちらちらと見ながら言った。

「これまでにね、海難事故で死亡認定されて、後で生きていたのが発見されたというのは、世界でもあまり例がないですよ。もちろん、漂流して還ってきた人はたくさんいます。それは死亡を認定されないうちですからね。ところで、海上保安庁に死亡認定されたのは、何年後だったんですか?」

「七年後です。昨年です」

「長いですね。海保も何かを疑っていたのかな」

高橋がにやりと笑ったので、早樹は笑われたことに反感を持った。

「早樹さんは、生死を調べるというよりは、このことをきっかけに、当時の状況とか、庸介がどんな心理状態だったのか、とかそういうことを調べようと思われてるようですよ」と、丹呉が口を挟んだ。

「そうなんです」と、早樹は引き取って頷く。「あの時はショックで混乱して、何も考えられなかったので、『釣り部』の皆さんにお礼も言えませんでしたし、私も何が起きたのかゆっくり考えることもできませんでした。だから、これを機に、もう一度あの事故を考えてみようと思ったんです」

「よくわかりますよ。それだけ時間が経ったということでしょう」

高橋は何度も頷いてみせた。

「船で沖合に出て行った人を、別の船で迎えに行くって可能ですか」

早樹の質問に、高橋は太い腕を組んで考え込んだ。

「ええ、GPSがありますから大丈夫です。そもそも沖合二十キロくらいなら携帯もオッケーですから。洋上で会うのは何の問題もないでしょう」

「そうですか。では、出たふりをして、こっそり戻ってくることはできますか？」

早樹の質問に、高橋は首を振る。

「じゃ、その船はどうやって沖合に運ぶの？　無理でしょう。しかも、自分の船じゃなく、レンタルでしょう」

「二艘で出て行って、一艘に乗り換えるのはどうですか？」

「何のためにそんなことするんです。死を偽装してるってことですか。何のメリットがあるの？　保険金詐欺ですか？　それともどこかに違う家族がいるんですか？」

「まさか」早樹は気を悪くした。だが、高橋は気付いていない様子だ。

「それに死ぬなら死ぬで、そんなの一人で海に行って飛び込めばいいだけです。実に簡単な話じゃないですか」

空気が凍ったような気がした。丹呉が黙っているので、早樹が言う。

「小山田さんから聞いたんですが、小山田さんは庸介が自殺したんじゃないかというのです。理由は、学生とのトラブルだと。高橋さんは何かご存じないのですか？」

「トラブルねえ」

高橋は顎に手を当てて、中空を見つめ考えているようだ。頭の中で、言っていいこととまずいことを選り分けているのではないかと、早樹は想像した。

「僕の知る限りでは、そんなことは何もないと思いますけどね」

高橋が考え込んでなかなか言葉を発しないので、丹呉が代わりに言った。

やや慌てた口調だったのは、早樹に余計なことを伝えたくないからか。同席したいと言ったのも、高橋の口を止めたいからかもしれなかった。

するとﾠ、高橋が口を開いた。

「ひとつだけ、ちょっと思い当たる節があります。当時、加野先生は大学で、八コマくらい持ってましたよね。確か日本文学のゼミで、奨学金で来てる子がいましてね。その子はバイトをたくさんして生活費を稼いでいたんです。それでも足りなくて、風俗嬢までしていた。先生は親身になって、相談に乗っていたようです。その学生はバイトが辛いので、これ以上できない、退学すると言いだした。でも、先生は、もっと頑張れるからと、退学を止めさせたんですよ。でも、結局、その学生は過労から鬱病を発症して退学しました。その後、自殺したという噂があります。加野先生は責任を感じて悩んでおられました。私が思い当たるのはそのくらいです」

「知りませんでした」

早樹は憂鬱な思いを隠すことができず、低い声で言った。

「その学生さんの名前はわかりますか？」

「個人情報ですから、教えることはできません」

高橋はにべもなく断る。

「そこを何とかお願いできませんか？」

丹呉が食い下がると、高橋が頭を振った。

「何のために、丹呉さんや塩崎さんにお教えしなくてはならないんですか。その理由は何ですか」

「私がその学生さんのご親族に会いに行って、庸介のことを訊きたいからです。自殺が噂で生きていらっしゃるのなら、その方に」

早樹が答えると、高橋は難しい顔をした。

「訊いてどうするんですか。彼女が今どうしてるのか、誰も知りませんよ。大学に残っているのは、当時の住所氏名のみです。いいですか、塩崎さん、八年も前の話ですよ。今さら蒸し返されたくない人だっていますから」

「でもね、高橋さん。早樹さんの気持ちもわかってあげてください」と、丹呉が味方した。

「今になって、生存説みたいなのが出てきてるんですよ。もしかしたら質の悪い冗談かもしれないし、見間違いもあるでしょう。遺族としたら、せっかく第二の人生に踏み出したところなのに、気持ちが安らぐわけがないでしょう。早樹さんが、この機会に庸介がどんな人間だったのか、死んだら死んだでその状況を知りたいと思うのはよくわかるんですよ」

高橋が真剣な表情になった。

「丹呉さんの言う通りだと思いますよ。ただ、私が言ってるのは、警察でも何でもないあなたたちが、当時の学生や親族を訪ねて行くことはすべきではないということです。私は秘密保持の義務がありますから彼女の名前は教えられない。だから、加野先生がそのことを気に病んで自殺されたとしても、事故で亡くなったとしても、もし生きていたとしても、彼女のことは別なんです」

早樹は俄に疲労を感じて、嘆息した。

「高橋さんは、正しいと思います」

丹呉がコーヒーカップをソーサーに置いた時、かちんと音がした。

「いや、高橋さんは、今生きているのか死んでいるのかわからないと言ったけど、奨学金制度を利用した学生の動向くらいは摑んでいるんじゃないですか。でも、塩崎さんに、その詳細は教えられないということですよね」

「そうです」

「釣り部の誼《よしみ》でも駄目ですか？」

「釣り部の誼ですか」と、高橋が復唱して苦笑した。「そんなに活動してなかったじゃないですか」

「でも、庸介は毎週釣りに行ってました」

早樹が言うと、高橋が丹呉の顔を見た。

「そんなに多くないですよ。せいぜい、月に一、二回でした」

高橋が言った後、丹呉が気まずそうに俯いたので、早樹は、「釣り部」の連中が、毎週釣りに行っていたと口裏を合わせていたのだと、やっと気が付いた。

早樹が言葉を失っていると、高橋が取りなすように言った。

「いや、私は加野先生よりも年上ですし、家族もいます。八、九年前っていうと、二人目の子供が生まれたばかりの頃ですからね。釣りに出掛けてばかりはいられませんよ。結構、釣りは金がかかりますからね。そんなことしてたら、離婚されちゃいます。だから、加野先生も、私を誘うのを遠慮されていたんだと思いますよ」

「いや、高橋さんをお誘いするのを遠慮したというよりは、僕らは時間のある人間が行けばいい、という緩い部活でしたから、毎週参加する人は少なかった」丹呉が同調する。

「ということは、毎週釣りに行っていたのは、庸介一人だったんでしょうか」

丹呉と高橋が顔を見合わせた。高橋の目許がビールのせいで、少し赤らんでいる。

「さあ、幹太君が付き合ってたんじゃないですかね。何せ、釣り雑誌の編集で、釣りが仕事のような男ですから」

高橋が首を傾げながら言った。

「きっとそうですよ。僕も実は、月に一回か、そのくらいしか行けませんでした。院生の時は金がないし、就職してからは時間がなくて」と、丹呉。

「あら、丹呉さんもそうだったんですか。毎週、庸介と付き合ってくれていたのかと思っていました」

早樹は意外に思った。すると、高橋が笑いながら言う。

「行きたくても、本当に金がかかるんですよ。加野先生が釣りに凝ることができたのは、奥さんと共働きだったからじゃないですか」

「確かにそうでしょうね」

二人の間には子供もいなかったし、庸介は自由に金が遣えたはずだ。

「ピンキリですが、十万もする釣竿があります。これが魚によって替えなきゃいけないときている。餌もそうです。この餌と仕掛けが馬鹿にならない。金目鯛なんか、餌に一万、仕掛けに一万かかることもある。そして、船。こんな贅沢な趣味はそうないですよ」

高橋が言うと、丹呉も口を挟む。

「ええ、僕は道具なんかそんなに持ってなかったから、幹太によく貸してもらったり、試供品をもらったりしてました」

「私もそうだよ。だから、幹太君の存在は便利だったな。きっと加野先生も同じだっただろうね」

早樹は当時を思い出した。庸介が毎週日曜には釣りに行ってしまうので、仕事を持っていた早樹は不満だった。たまには二人で外出したいのに、一人で家に残れば、一週間分の洗濯や掃除、日用品の買い物などの溜まった家事を片付ける羽目になる。家事を終えてから、家で仕事などをしていると、夕方には決まって気が滅入った。これでは何のために結婚したのかわからないではないかと。気分を変えようと、一人で映画やショッピングなどに行っても、さほど面白いわけではないのだから。

また、庸介が釣った魚を持ち帰ってくるのも、実は苦手だった。食べきれないほどの量の魚をさばくために、キッチンは延々と占拠され、冷蔵庫も冷凍庫も魚でいっぱいになる。

菊美が近所の人に配りたいからと言ってきて、その日のうちに、大泉学園の庸介の実家に刺身や切り身を持って行くこともあった。そんな時は、綺麗に刺身にしなくてはならず、早樹も手伝ったが、それも大変な作業だった。

早樹が文句を言った途端、庸介は釣果を持ち帰らなくなった。帰宅前に、釣り宿で仲間と食べたり、友人たちに分けてしまうのだと言っていたが、本当は釣りに行ってなかったのかもしれない。

「釣りに行くと言って、本当は違うところにいたのかもしれないですね」

早樹が言うと、丹呉は黙って首を傾げたが、高橋は一蹴した。

「彼は一人でも行ってたんじゃないですか。さっき丹呉さんが言ったように、緩い部活だったんです。毎週出る必要はなくて、釣りに行ける人、行きたい人が参加すればいいというスタンスだったからね。私なんか、丹呉さんとも、そう何回も会ってないですよ」

早樹は思い切って訊いた。

「木村美波とは会いましたか？」

丹呉は、高橋の顔を横目で見ながら、コーヒーに付いてきた小さなクッキーを頬張っている。

「ああ、木村さんて女性、来てましたね。ちょっと細身のね」高橋が思い出すように言う。

「何度か会ったと思うけど、私はあまり記憶にないですね。釣り船にも乗りましたっけか。ああ、一回、船のトイレが囲ってあるだけなんで、諦めて陸《おか》で待ったりしてたことありましたね。今は、女性の釣り師も増えたから、船も設備よくなりましたけどね」

まだ喋りたそうな高橋を、早樹は遮った。

「彼女、私の高校の時の友達なんですよ。庸介とは、私を介して知り合ってます」

高橋は余計なことを言うまいと思ったのか、黙った。

早樹は、自分でも何を言いたいのか、よくわからなかった。要するに、不快なのだった。

今さら、知りたくもないことがたくさん出てくるのは、高橋を除く、釣り部の連中が、都合のいいことしか耳に入れてくれなかったからだろう。つまり、美波が参加していることを早樹が知ったら、不快に思うと忖度《そんたく》した結果なのだ。

「庸介は、美波と付き合っていたんでしょうか？」

喉元まで出かかっていた言葉が、勝手に飛び出してしまった。

丹呉も高橋も、この先何度会えるかわからない。もしかすると、一生会うこともないかもしれない。訊きたいことは訊いておこう、と肝が据わったのかもしれなかった。

「いやいや、そんなことはないと思いますよ」

丹呉が気の毒なほどうろたえて、否定するように、右手をひらひらと目の前で振った。一方、高橋は落ち着いて答えた。

「それはプライベートなことですからね。私らに言われてもわかりませんし、答えようがありません。まして、加野先生は故人ですからね」

最後の言葉を言った後、高橋は早樹の目をまっすぐに見た。早樹が見返すと、すっとかわされた。

丹呉が咳払いをしてから、早樹に訊ねた。

「早樹さん、そんなに美波さんのことが気になりますか」

「ええ。私はまったく知らなかったので」

「だったら、美波さんに直接訊いてみたらいいのでは？」

いつの間にか、丹呉の目に好奇の色が浮かんでいる。

高橋はというと、自分が持ってきた紙片に目を落としたままだ。

「ええ、訊いてみるつもりです。でも、私が訊いても、あの人は絶対に何も言わないと思いますよ」

佐藤幹太と付き合っていたのかと訊いたら、美波は色をなして怒ったことがある。

「じゃ、もう、この問題は不問にするしかありませんよ。二人のことは、誰もわからないんですから」

高橋は簡単に片付けようとしている。早樹は小さな声で反論した。

「高橋さん、私は配偶者でしたから、そうは思いませんけど」

「それは、そうでしょうね」と、高橋が頷きながら語気を強くした。「でも、加野先生は八年前にお亡くなりになった。木村さんと当時何かあったとしても、木村さんも、今さら奥さんには何も言いたくないでしょう。その辺をわかってあげて、もう突《つつ》かない方がいいんじゃないかと思います」

どうでもいいことを突いて、出さなくてもいい何かを、藪《やぶ》から追い出そうとしているわけではなかった。納得がいかないだけだ。

「庸介が浮気したかどうかなんて、今となっては、私もどうでもいいんです。本当に八年前のことですから、嫉妬もありません」

それは本当だった。これは嫉妬ではなく、屈辱と失意の問題なのだ。庸介と美波に尊厳を損なわれたことへの屈辱と失意。釣り部の仲間に、勝手に忖度されて情報制限されたことへの屈辱と失意。しかし、今さらそんなことを言って何になるのだろうという無力感もある。

「そんな浮気沙汰よりも、庸介が死を偽装してまでも、私を裏切りたかったのか、ということが知りたいだけなんです。私にとっては、自殺だって裏切りです」

それが、最大の屈辱と失意だった。

急に、高橋が気の毒そうな表情になった。

「そうですね。お気持ちはよくわかります。偽装なんかしてませんよ、加野先生は。何かが原因で落水されて、船に上がることができずに亡くなられたのではないかと思います。本当にお気の毒なことです」

「僕もそうだと思っています」

丹呉が沈痛な面持ちで言う。

「だったら、どうして似た人が今頃になって現れるんですか。変でしょう。何で八年も経って、苦しめられなくちゃならないんですか」

早樹が大きな声を張り上げたため、テーブルの横を通りかかったウェイターが、驚いたように早樹の顔を盗み見た。

早樹は、高橋と丹呉を見比べていたが、二人が顔を上げないので、ガラスの向こうに見える中庭に目を転じた。石組みの壁が、降りしきる雨で黒く濡れている。

「確かに変な話です。最初に小山田から聞いた時、あり得ないと思った。でも、僕は庸介に生きていてほしいです」

丹呉が静かな声で言った。

「私は、加野先生は事故で亡くなられたと信じています。ところで、加野先生はライフジャケットは装着されてたんでしょうか？」

高橋が、持参した紙をがさがさと見ながら訊ねた。

「船には残されていなかったようですから、多分着けていたと思います。釣りの時は大概着けていると聞いてますから」

「ライフジャケットを着けていたらですね。あの時期の相模湾の黒潮に乗れば、数時間で伊豆や平砂浦《へいさうら》や洲崎《すのさき》のあたりに、遺体が漂着することもあるんですよ。もしかすると、着けてなかったんじゃないですかね」

早樹は首を傾げた。それは誰にもわかり得ないことだ。

「そうかもしれません」

あの頃は、海中を庸介が漂っている姿が頭に浮かんで、毎日眠れなかったものだ。早樹は苦しい時期を思い出して嘆息した。

「お気持ちは痛いほどわかりますが、過去は過去として、前を向いて生きるしかないと思いますよ」

高橋は手にしていた紙片をくるっと丸めて、筒のような形にしながら言う。

「そうですね」としか、早樹は返答できなかった。

高橋がスマホで時間を確認した後、早樹に向かって頭を下げた。

「すみません。私は用事がありますので、これで失礼させて頂いてもよろしいですか」

「ええ、ありがとうございました」

早樹は礼を言ったが、高橋にはもう少し訊いてみたいことがあった。それは、途中で高橋が話を打ち切った、生活に困窮していたという庸介のゼミ生のことだった。しかし、高橋の頑固な態度からすれば、決して話さないのもわかっている。

高橋が財布を出そうとしたので、早樹と丹呉が同時に止めた。

「じゃ、すみません。ご馳走になります。何かありましたら、ご遠慮なく連絡ください」

高橋は悪びれずに礼を言って、先にラウンジを出て行った。

「高橋さんて、かなりのリアリストですね。故人、故人って、早樹さん、気分を悪くされませんでしたか？　一緒に釣りに行ってる時は気付かなかったけど、大学で出世しているうちに、神経が粗くなったのかな」

丹呉が、高橋の姿勢のいい幅広の背中を眺めて言う。

「正直に言うと、最初は失礼だなと思いました。庸介のことは故人だとはっきり仰るし、うちの父の認知症も疑うし」早樹は言葉を切って、思い出し笑いをした。「でも、そういう考えを持った方が、この先生きていくのに楽なのかもしれません」

「いや、高橋さんは、大学の面子《メンツ》を一番に考えておられるんでしょう。学生の自殺もそうですが、教員の自殺や事故偽装だってスキャンダルになりますから。これは邪推かもしれませんが、すでに解決済みとしたいのではないかと思いました」

早樹はショックを受けた。

「それは気が付きませんでした。確かに、教員の自殺や事故も同じですね」

丹呉は両手を口許に当てて、何ごとか考え込んでいる様子だ。

「庸介は私に相談ごとをするような人じゃなかったけど、人知れず悩んでいたのかもしれませんね。丹呉さんは、ゼミの学生のことで、何か庸介から相談とか受けたことがありますか？」

丹呉は、眼鏡のフレームの鼻の部分を持ち上げる仕種をした。

「あれは、僕も初耳です。釣り部の連中も皆知らないんじゃないかな。そういうプライベートな話をする会じゃありませんしね。皆で釣りをして、魚を食べて酒飲んで帰るという、いたって単純な遊びでしたから」

早樹は急に不安になった。もしかすると、自分は庸介から発せられたかもしれない、ヘルプのサインを見逃していたのではないだろうか。

「お時間、大丈夫ですか？」

丹呉に心配そうに訊ねられ、早樹は腕時計を見た。すでに午後三時半。夕食は、克典と食事に行くことになっているから、帰らねばならない時間だった。

「そろそろ失礼します。すみませんが、先ほどの佐藤幹太さんの電話を、私も教えて頂いていいですか？」

丹呉がスマホを取り出して、高橋から聞き取った佐藤幹太の携帯番号を教えてくれた。早樹は登録しながら、佐藤幹太に会っても何もわからなかったら、探ること自体を諦めようと思うのだった。

「早樹さん、ちょっとお願いがあるのですが」

丹呉に言われて、早樹は向き直った。

「はい、何でしょう」

「ちょっと言いにくいのですが」

　丹呉はなかなか言いださない。

　成功している実業家の克典に関係することかもしれないと、早樹は身構えた。

「塩崎のことですか？」

「いえ、違います」

　丹呉が驚いたように顔を上げた。

「このことを本に書きませんか？」

　意外だった。ぎょっとして顔を見ると、丹呉が身を乗り出した。

「早樹さんはライターをやってらしたんですよね。だったら、このことを書いてみたらどうだろうという編集者としての提案です」

　それで親身になっていたのかと、愕然とする思いがあった。

「海難事故で行方不明になった夫が、再び姿を現したという目撃証言があった。妻はすでに再婚しているけれども、当時の真相解明に乗り出しながら、自分たち夫婦のことを振り返って考える、というのは、ものすごく興味を持たれる話だと思うのです。早樹さんの今の幸せも、辛いお気持ちもわかっているつもりですし、僕ら釣り部の戸惑いや責任感もある。だから、当事者の早樹さんに手記を書いて頂くのが一番いいと思うんです。ご無理なようなら、僕が一緒に訪ね歩いて、まとめます。いかがですか」

早樹は言葉が出ないほど落胆した。

美波は不誠実で、小山田は逃げ腰、高橋はリアリスト。丹呉だけが頼りだったのに、出版を持ちかけられるとは思わなかった。

「すみませんが、今の私にはその余裕がないのでできません」

愕然として、首を横に振った。

「私が書くのでも駄目ですか。あるいはノンフィクション作家に頼んでも？」

早樹は首を振り続けた。

「そうか、残念です。愛する人間が突然消えること、そして再び現れたかもしれないと思うこと。絶望と希望とがないまぜになって、社会学的にも面白いテーマだと思うんですよ」

丹呉の熱弁を聞けば聞くほど、気が塞ぐ。

「ごめんなさい、お役に立てません」

早樹がテーブルの上の勘定書を取ると、丹呉がそれを奪った。

「すみません、勝手なことを言って。ここは僕に払わせてください。そして、僕の言ったことを、もう一度考えてみてください」

誰も何もわかっていない、と早樹は失望を隠して立ち上がった。


（下巻につづく）

この作品は二〇一九年三月小社より刊行された
ものを文庫化にあたり二分冊したものです。

とめどなく囁《ささや》く(上)

桐《きり》野《の》夏《なつ》生《お》

令和4年7月10日　初版発行

発行人――石原正康
編集人――高部真人
発行所――株式会社幻冬舎
〒151-0051東京都渋谷区千駄ヶ谷4-9-7
電話　03(5411)6222(営業)
　　　03(5411)6211(編集)
公式HP　https://www.gentosha.co.jp/
印刷・製本―中央精版印刷株式会社
装丁者――高橋雅之

幻冬舎文庫

ISBN978-4-344-43207-9　C0193　き-33-2

この本に関するご意見・ご感想は、下記アンケートフォームからお寄せください。
https://www.gentosha.co.jp/e/